ハウルの動く城②

アブダラと空飛ぶ絨《じゅう》毯《たん》

ダイアナ・ウィン・ジョーンズ
西村醇子 訳

徳間書店

フランセスカへ

アブダラと空飛ぶ絨毯《じゅうたん》

Characters

アブダラ……ラシュプート国のバザールの絨毯商人。父親の第二夫人の息子

ジャマール……アブダラの隣人。揚物屋《あげものや》

アシーフ……アブダラの父の第一夫人の伯父の息子

ハキーム……アブダラの父の第一夫人の兄の息子

ファティーマ……アブダラの父の第一夫人の姉

ピンクの娘と黄色の娘……ファティーマの姪《めい》の姪

〈夜咲花《よるさくはな》〉……アブダラが夜の庭で出会った謎の姫ぎみ

スルタン……ラシュプート国の統治者

カブール・アクバ……盗賊の親分

ジンニー……瓶《びん》の中の精霊

兵士……ストランジア人。戦《いくさ》に敗れたあと旅をしている

ハウル……オキンスタン（インガリー）国の王室づき魔法使い

ソフィー……ハウルの

モーガン……ハウルとソフィーの息子
カルシファー……ハウルに魔力を提供している火の悪魔
サリマン……オキンスタン国の王室づき魔法使い
レティー……サリマンの妻。ソフィーの妹
ハスラエル……魔神《ジン》
ダルゼル……魔神。ハスラエルの弟
〈真夜中〉と〈はねっかえり〉……猫の親子
ジャスティン……オキンスタン国の王の弟
ヴァレリア……オキンスタン国の王女
ビアトリス……ストランジア国の王女
アルベリア国、ファルクタン国、ペイキスタン国の王女、インヒコ国の麗《うるわ》しの姫ぎみ、タイヤック国のお世継ぎの王女、ドリミンド国の皇女、ツァプファン国の第一王女、高地《ハイ》ノーランドの王女等々、二十七人の王女たち
犬……ジャマールの愛犬。すぐかみつく
空飛ぶ絨毯

Howl's Moving Castle

アブダラと空飛ぶ絨毯《じゅうたん》

Contents

Howl's
Moving Castle

一章　若き絨毯《じゅうたん》商人の夢

インガリーからはるか南に下った地、スルタンが治めているラシュプート国のザンジブ市に、一人の若き絨毯商がおりました。名をアブダラといいました。

商人によくあることですが、アブダラも金持ちではありませんでした。かねてより息子を見かぎっていた父親は、死ぬときにも、バザールの北西のひとすみにささやかな小屋をひらく資金しか残してくれませんでした。残りの金は、バザールの一等地にある大きな絨毯店もろとも、すべて第一夫人の身内にゆずってしまったのです。

アブダラはなぜ父親が自分を見かぎったのか、わかりませんでした。自分が生まれたときのお告げと関係あるらしいのですが、とくに調べてみようと思ったことはありません。昔からその事情については、好きなように空想している方がよかったのです。

空想の中ではアブダラは、どこかの君主の、ずっと行方不明になっている息子でした。ということは父親も実の親ではないことになりますが、これは城を空に浮かべるようなもの、つまり完全な空想で、アブダラもそれは心得ていました。アブダラは父親そっくりだと誰もが言ったからです。

鏡を見ると、りりしい若者の、鷹のようにほっそりした顔が映ります。確かに父親の若いころの肖像画とそっくりです。ただし、父親はいつもふさふさした口ひげをたくわえていたのに対し、アブダラの方は上唇にかろうじて六本の毛がはえているだけでした。もちろんアブダラだって、早くもっとひげが増えればなあと思ってはいたのですが。

不幸にして――この点でもみんな同意見なのですが――アブダラの性格は母親ゆずりでした。父親の第二夫人だった母親は夢見がちで気が弱く、まわりの者に歯がゆい思いをさせる人でした。でもアブダラは、母親に似ていても平気でした。絨毯商人の一生なんて、勇気あるおこないをする機会はめったにないのが普通ですし、それで満足していました。

アブダラがバザールにひらいた店は、小さくてもかなりいい場所だったことがわかりました。金持ちが住む、美しい庭園に囲まれた大きな屋敷のある西部地区の近くですし、いっそうよいことには、北方の砂漠を越えてザンジブ市入りする絨毯の織り工たちが、バザールへ来てまっ先にとおるあたりだったのです。

金持ちにしろ絨毯の織り工にしろ、バザール中央にある大きな店を目ざすものと相場が決まっています。しかし若い商人が道にとびだしてきて、丁重に取引をもちかけ、値引サービスを申し出ると、驚くほどたくさんの人がこの商人の店に立ち寄ってくれました。

こうしてアブダラは、ほかの商人が見る前にたびたび上等の絨毯を仕入れ、それを売ってもうけをあげることができました。絨毯を仕入れたり売りさばく合間には、店にじっと座って白昼夢にふけっていられる、というのも気に入っていました。

アブダラの人生で、唯一の暗雲といえば、父親の第一夫人の身内が月に一度はアブダラのもとを訪ね、欠点をあげつらっていくことでした。

「だって、おまえはもうけを少しもたくわえてないじゃないか！」と、父親の第一夫人の兄の息子のハキーム（アブダラはこの男が大嫌いでした）が、この物語がはじまった運命的な日に、大声で言ったものです。

アブダラは、もうけが出たらそれでもっとよい絨毯を買うことにしているのだ、と説明しました。それによって、全財産は商品としてたくわえられ、商品の質が上がっていくというわけです。別に暮しに困っているわけではないし、ひとり者なので、よくばる必要はない、とアブダラは言いました。

「でもおまえ、結婚しなきゃ！」と、第一夫人の姉のファティーマ（アブダラはハキームなんかより、もっとファティーマを嫌っていました）が言います。「前にも言ったけど、また言わせてもらうわ。あんたくらいの若い男でも、とっくに二人ぐらい妻がいるもんよ!」

ファティーマは今日はそう言うだけでは足りないらしく、本当に奥さんを二人世話してやると言いだしました。アブダラはそれを聞いて、ぞっとしました。

「それにおまえの店の品が高級になれば、それだけ盗まれる可能性も増えるし、店に火事でも起きたときには、全部だめになるんだぞ。おまえ、そういうことを考えてみたのか?」と、父親の第一夫人の伯父の息子のアシーフ(アブダラはハキームとファティーマを束にしたより、もっとこの男を嫌っていました)が、くどくどと言いました。

アブダラは、自分がいつも店で寝ていてランプの扱いには気をつけていると、うけあいました。父親の第一夫人の三人の身内はそろって首を横に振り、舌打ちをすると帰っていきました。普通はこれで三人とも、翌月の訪問日まではそっとしておいてくれるのです。

アブダラはほっと息をつき、すぐに空想の翼を広げることにしました。

空想はこのごろでは、細部までよく練りあげられていました。白昼夢の中ではアブダラは、はるか東方の国の、力のある君主の息子です。その国は遠すぎてザンジブでは知られていませんが、アブダラは二歳のとき、その国からカブール・アクバという悪名《あくみょう》高き盗賊にさらわれたのです。カブール・アクバは鷲《わし》のくちばしのようなかぎ鼻で、鼻の片方に金の輪をつけています。銀の柄の短銃を持っていて、それでしょっちゅうアブダラをおどすのです。ターバンにはめている血玉髄《ブラッドストーン》のおかげで、カブール・アクバは人間離れした力を得ているようでした。怖くなったアブダラは、砂漠へ逃げだし、現在の父親に拾われました。

白昼夢の中では、善良な絨毯商人の父親が生涯砂漠へ足をふみ入れようとしなかったことは無視しています。実際には、ザンジブを離れようとするやつの気が知れん、というのが父親の口ぐせでした。それでもアブダラは、のどの渇きと足の痛みに苦しんだ悪夢のような砂漠の旅と、父親との出会いをありありと空想することができました。同様に、自分が誘拐される前にいた宮殿のようすも、こまごまと思い浮かべることができます。その宮殿は床に緑色の斑岩《はんがん》をはりめぐらした、柱が並ぶ立派な玉座の間があり、ハーレムも厨房も、あらゆるところに贅《ぜい》がつくされ、七つの円屋根《まるやね》は金箔でおおわれていました。

でも最近、白昼夢は、アブダラが誕生したときに定められた許婚《フィアンセ》の王女のことばかりでした。王女はアブダラに劣らず高貴な生まれで、アブダラが国を離れているうちに、けむるような大きな黒い目をしたすごい美人になりました。王女はアブダラの宮殿と同じようなぜいたくな宮殿に住んでいて、そこへ行くには天使の像が立ち並ぶ小道をとおり、七つの大理石の中庭を抜けていきます。どの中庭にも中央に宝石でできた噴水があって、貴橄欖石《きかんらんせき》にはじまり、奥へ行くほど宝石が高価になり、七つ目の庭の噴水は翠玉《エメラルド》をちりばめた白金製《プラチナ》でした。

けれども今日、アブダラはこの空想がもの足りなく思えてきました。父親の第一夫人の身内が帰ったあとは、よくこういうふうに気分が落ちこむのです。今日気づいたのは、立派な宮殿には豪勢な庭園がつきものだということでした。アブダラは庭が好きでしたが、庭のことはほとんど知りません。アブダラの知っている庭といえば、だいたいはザンジブ市の公園でした。

公園の芝生はふみあらされ、花も少ないのですが、アブダラはときどき余裕ができると、ジャマールという男に金を払って店番を頼み、昼休みをこの公園ですごすことにしていました。片方の目が不自由なジャマールは、アブダラの店の隣で揚物屋《あげものや》をやっていますが、わずかな銭を払うと、アブダラの店の前に自分の犬をつないで番をさせてくれるのです。

アブダラとしては、まともな庭を想像するには経験不足だとわかっていました。でも、ファティーマが選ぶという二人の妻のことを考えるくらいなら、なんだってましというものです。そこで王女の庭に、風にゆれるシダや、よい匂いのする散歩道を次々につけ加えようとしました。

でも空想に熱中する前に、邪魔が入りました。背の高い薄汚い男が一枚の薄汚れた絨毯を両腕でかかえて、店の前にやってきたのです。

「あんたは商《あきな》いのために絨毯を仕入れるんでしょうな、大きな屋敷の息子殿？」この見知らぬ男は、軽く頭を下げながらたずねました。

ザンジブでは絨毯の買い手も売り手も、互いにえんえんと美辞麗句《びじれいく》をつらねるならわしがあります。ですからこの男の態度は、絨毯を売ろうとするにしては、ずいぶんぶっきらぼうだといえました。アブダラはむっとしました。男の態度のせいだけでなく、現実にひきもどされ、夢の庭園が粉みじんにくだけてしまったからです。そこでアブダラはそっけなく答えました。

「そのとおりです、砂漠の王よ、あなた様はこのあわれな商人と取引をお望みなのですね？」

「取引ではない、売りたいのです。山と積んだござの主《あるじ》たるお方」男は訂正しました。

ござだって！　なんという侮辱でしょう。店頭に飾ってある絨毯のうち、一枚はインガリー国で、というか、ザンジブではオキンスタンと呼んでいる国で作られた花柄で房飾りのついためずらしい品です。また、店内にはインヒコ国とファルクタン国製の絨毯が少なくとも一枚ずつありますが、それはスルタンその人だって、宮殿の小部屋に飾るのならいやがりはすまい、というほどの品物なのです。

けれども、もちろんアブダラはそんなことはおくびにも出しません。ザンジブでは、自慢はしないのが礼儀作法なのです。そこで浅くお辞儀をしてひややかに言いました。

「わたしめの粗末でむさ苦しい店が、あなたのお探しの店だということもありえましょう、旅人の真珠《パール》たるお方」こう答えながら、男のまとっている砂漠の埃《ほこり》まみれの衣《ころも》や、鼻の脇につけているさびた飾り、それにぼろぼろのターバンを批判するように見やりました。

「むさ苦しいよりもっとひどいと申せますな、床おおいの偉大な売り手殿」と相手は言ったかと思うと、ジャマールの店の方にむけて薄汚れた絨毯のはじをばたばたさせました。ちょうどジャマールがイカを揚げていたので、魚くさい青い煙がもうもうと漂ってきたのです。男は続けて言いました。「隣人の尊敬すべきご商売の臭いが、貴兄の品物にあまねくしみとおっているのでは？　なかなか抜けないタコの香りなども、焚《た》きこめられておりましょうな？」

腸《はらわた》が煮えくり返ったアブダラは、それを隠そうと、へつらうようにもみ手をしました。くさいなんていうことをあからさまに口にするのは、たいそう無礼なことなのです。この男が売りたがっているすりきれたさえない品にもイカの臭いがつけば、かえってよくなるというものだ、と男のかかえている敷物に目をやって思いながら、アブダラは言いました。

「あなた様の卑《いや》しきしもべとしましては、ふんだんに香料を使い、店内に香りをつけたいと心がけております、知恵の大御所殿《おおごしょどの》。鋭敏なる嗅覚をお持ちの王子殿は、この物乞《ものご》い同然の商人に、それでも品物をお見せくださるおつもりでしょうか？」

「もちろん、それに決まっております、鯖《さば》の群れにまじった百合のごときお方。それ以外にここにいる理由がありましょうか？」

アブダラはしぶしぶ入口のドアがわりの幕を脇に寄せ、男を店内に招き入れました。次に、中央の支柱にかかっているランプがわりの火を大きくしました。店内の匂いをかいでみると、きのう焚《た》いた香《こう》がまだ強く立ちこめています。こんな男のために新たに香を焚くこともないでしょう。

「どのようなご立派な品を、卑しきわたしめの前に広げていただけるのでございましょう？」アブダラは疑わしげにたずねました。

「これです、お買い得品の買い手殿！」男が片腕を器用につきだすと、絨毯が床の上にさっと広がりました。

アブダラにだって、このくらいの芸ならできました。絨毯商人ならこうした芸を身につけているものです。だからアブダラはさして感心しないまま、いかにもへりくだったふうに両手を互いちがいに袖の中につっこみ、品物を見やりました。

絨毯は大判ではありませんし、広げてみると、予想以上に薄汚れていました。めったにない図柄ではありません。もしこれほど模様が薄れていなければ、独創的だったことでしょう。けれども今となっては、はじのすりきれた汚らしい絨毯でしかありません。

「ああ、この貧しき商人がこちらのきらびやかな敷物にお払いできますのは、銅貨三枚だけでございます。それがわが乏《とぼ》しき財布の限度でございます、諸事厳しきご時勢ゆえ、ラクダの群れの大将殿。その値《ね》ではいかがでございますか?」とアブダラは言いました。

「五百なら売りましょう」と見知らぬ男が答えました。

「今、なんと?」と、アブダラ。

「金貨で」相手がつけ加えました。

「砂漠のすべての盗賊の頭《かしら》たるお方、ご冗談でございましょう? あるいは、このちっぽけな店には揚げたイカの臭いのほか、さしたる物がないとおわかりになり、ここよりもっと金持ちの商人の店を訪ねようと、思われたのでございましょう」

「冗談を言ったつもりはないが。でも、貴兄が関心がないと言うのなら、立ちさることにいたします、鰊《にしん》の隣人殿。これは魔法の絨毯なのですが」

この手のせりふなら聞いたことがあります。アブダラは袖に互いちがいに手を入れたままお辞儀をすると、うなずいてみせました。「絨毯にはさまざまな美点があると、よく申します。砂漠の詩人殿は、この絨毯にどのような美点があると言われますか?

人がおのれの天幕に戻ったとき、憩《いこ》いの場となるものでしょうか？　炉端《ろばた》に平和をもたらすものでしょうか？　それとも」と言いかけ、アブダラはほつれた絨毯のはじを爪先でこれ見よがしにつつきました。「けっしてすりきれないと言われているのですか？」

「これは空を飛びます。持ち主が命じたところなら、どこへでも、おお、度量狭き者の中でもとりわけ狭量《きょうりょう》なお方」と、見知らぬ男が答えました。

アブダラは顔を上げ、男の陰気な顔をのぞきこみました。砂漠の気候のせいで両頬に深いしわが刻まれています。冷笑を浮かべているせいで、しわがいっそう深く見えます。アブダラは、こいつは父親の第一夫人の伯父の息子と同じくらいいやなやつだという気がしてきました。

「疑《うたぐ》り深いわたしめを納得させてください。もしこの絨毯がその力を証明するなら、虚言《きょげん》の王者殿、そのときは取引を結ぶかもしれませぬ」

「喜んでお目にかけましょう」背の高い男は絨毯の上に足をのせました。

ちょうどこのとき、隣の揚物屋で、お定まりの騒ぎが起きました。おそらくどこかの浮浪児がイカを盗もうとしたのでしょう。とにかくジャマールの犬がキャンキャン吠えはじめ、次にはジャマールをふくめて、いろいろな人間が叫び声をあげました。ところがさらに、それに輪をかけてうるさい鍋のぶつかるガチャガチャという音や、脂身が焼けるジュウジュウいう音が起こったのです。

ザンジブではいかさまは世渡りの術のひとつです。アブダラは一瞬たりとも、この見知らぬ男と絨毯から目を離すつもりなどありませんでした。この男がジャマールを買収し、こっちの気が散るようにしている可能性だってあるじゃないか。だってこいつは、ジャマールのことが頭から離れないとでもいうように、たびたびあいつのことを持ちだしていたからな……

アブダラは目の前の長身の男と、とくに絨毯にのせた汚い足もとをしっかり見つめていました。けれども男の顔もちらちらうかがっていたので、唇が動いたのが目にとまりました。そのおかげでアブダラは、隣から聞こえてくる喧騒にもかかわらず、「二フィート上へ」という言葉を耳ざとく聞きつけました。

アブダラはいっそう注意を払って男の足もとを見つめました。絨毯がすーっと上昇し、アブダラのひざの高さで空中に停止しました。男のくたびれたターバンは店の天井すれすれまで上がっています。アブダラは絨毯を持ちあげている棒はないかと探し、次に天井からつるしている針金はないかと探しました。ランプをつかむと、あちこち動かし、絨毯の上も下も照らしてみました。

見知らぬ男は両腕を組み、アブダラがさぐっているあいだじゅう、冷笑を浮かべていました。「おわかりでしょう? とびきり疑《うたぐ》り深いお方も、これで納得なさいましたか？　わたしは空中に浮かんでいますか、いませんか？」男は隣の店があいかわらず耳をろうさんばかりの騒ぎなので、負けじと声をはりあげていました。

アブダラは絨毯が空中に浮かんでいることと、自分にわかるかぎりでは支えもないということを認めないわけにいきませんでした。「まあ、それに近いと申せます」アブダラも声を大きくしました。「次はあなたにそこから降りていただき、わたしが乗ってためす番です」

男は顔をしかめました。「どうしてですかな？　自分のまなこで確かめたことのほかに、何を確かめたいと言われるのか、龍のように大いなる疑念の持ち主よ？」

「一人の主人にしかつかえない絨毯かもしれません」アブダラはどなりました。「犬にもそういうのがおりますが」ジャマールの犬がさっきから隣で吠えているので、そう考えたのは自然ななりゆきでした。ジャマールの犬というのは、飼い主以外が触ると誰にでもかみつくのです。

男がため息をつき、「下へ」と命じると、絨毯は静かに床に降りました。男は絨毯から降りると、絨毯を示してアブダラにお辞儀をしました。「どうぞ、おためしください、ああ、抜け目なさにかけては遊牧の民《たみ》の長《ちょう》たる族長《シーク》顔負けのお方」

アブダラはかなり興奮したまま絨毯に足をのせ、「二フィート上がれ」と叫びました。ジャマールの店には、どうやら警吏《けいり》が到着したようです。剣がガチャガチャいう音と、いったい何事か、というどなり声が聞こえます。

絨毯は命令に従い、なめらかな動きでさっと二フィート昇ったので、アブダラは胃を下に置き忘れてきたような気がして、いささかあわてて腰を下ろしました。絨毯の座り心地は快適で、しっかりしたハンモックのような感じです。

「わたしめのあわれなにぶい知性も納得しつつあります。それで、値はいかほどと申されましたか、寛大さの鑑《かがみ》たるお方？　銀貨二百枚では？」

「金貨で五百枚。絨毯に下へ降りるようにお命じください、そのうえで話しあうといたしましょう」

「下へ、床に着地せよ」と命じると、絨毯が従ったので、アブダラの心中にしつこくひっかかっていた疑い――さっき絨毯に乗ったとき、隣の喧騒にまぎれてこっそり男が呪文を唱えたのではという疑い――はなくなりました。

アブダラが勢いよく立ちあがると、かけひきがはじまりました。

「わたしの財布には金貨百五十枚しかありません」と、アブダラ。「財布をさかさに振りまして、縫目の奥までさぐってもそれだけでございます」

「それならば、もうひとつの財布をとりだされるか、さもなければ寝具の下をお探しになってはいかがでしょう」と、男。「わたしの気前のよさも、四百九十五枚の金貨がぎりぎりで、わたしとて、さし迫った入用《いりよう》がなければ、これを売ろうとは思わないのでございます」

「わたしは左の靴の底から、どうにか金貨四十五枚ほどはひねりだせましょう。非常用にたくわえておりましたもので、あわれにもそれで終りでございます」

「右の靴も調べてみられてはいかが。おまけして金貨四百五十枚では」

　この調子でかけひきが続きました。一時間後に男は二百十枚の金貨を持って店を立ちさり、残されたアブダラは、多少すりきれているとはいえ、本物の魔法の絨毯の持ち主となり、大喜びしていました。

　とはいえ、まだ心からは信じられません。身軽に砂漠を旅したいのはわかるが、かなりひどくすりきれているといっても、本物の空飛ぶ絨毯を、金貨四百枚以下で手放すなんて、信じられない。砂漠では絨毯の方が、きっとラクダよりも役に立つだろう。絨毯なら食べさせる心配はいらないし、上等のラクダなら少なくとも金貨四百五十枚はするんだから。

　どこかに落とし穴があるんだ。この手の詐欺の話は聞いたことがある。普通は馬や犬を売りつけるという話だが……。お人よしの農夫や狩人に、すばらしい犬や馬を驚くほどの安値で売ろうと言い、売れないと飢え死にするしかないと嘘をつく。思わぬ掘出物を買って喜んだ農夫や狩人は、夜のあいだ馬を馬屋に（あるいは犬を犬小屋に）入れておく。翌朝になると馬や犬は消えているという寸法だ。この手の馬や犬ははづなを抜けだし（あるいは首輪をすりぬけ）、夜のうちに持ち主のもとへ戻るように訓練されているということだ。こんなにすなおな絨毯なら、同じように訓練できたかもしれない……

そこでアブダラは店を離れる前に、魔法の絨毯を店の支柱の一本に入念に巻きつけ、さらにその上からより糸をひと巻使ってぐるぐるしばりつけ、さらにそのより糸のはじを土台の鉄の杭《くい》の一本につないでおきました。

「そこから抜けだすのは、たいへんだよ」アブダラは絨毯にそう声をかけると、隣の店で何があったのか見にいきました。

店は静まり、片づいていました。ジャマールは売台に腰かけ、悲しそうに犬を抱いていました。

「どうしたんだい？」アブダラはジャマールにたずねました。

「こそ泥の子どもらが、おれ様のイカを全部ほうり投げやがったのさ。一日ぶんの仕入が泥だらけ、全部ぱあになったよ！」

アブダラは自分の取引で上機嫌だったので、ジャマールに銀貨を二枚やって、この金でまたイカを買えよ、と言いました。ジャマールはうれしさのあまり泣きだし、アブダラを抱きしめました。ジャマールの犬までがアブダラをかまなかったばかりか、手をなめました。アブダラはにっこりしました。人生も捨てたものじゃないぞ。口笛を吹きながら、うまい夕飯を食べに出かけ、そのあいだ犬がアブダラの店の番をしてくれました。

夕暮がザンジブの円屋根や寺院の尖塔のむこうの空を赤く染めるころ、アブダラは店に戻ってきました。あいかわらず口笛を吹き、頭の中はスルタンにあの絨毯を売りつけ、大金を得る計画でいっぱいでした。

絨毯は出かける前と寸分《すんぶん》たがわぬ場所にありました。それともあの絨毯は、宰相《さいしょう》閣下のところへ持っていった方がいいのだろうかと、顔を洗いながらアブダラは迷いました。宰相閣下に、スルタンへの贈り物にぴったりです、と勧めてみたらどうだろう？　そうすればもっと高値がつけられるぞ。そのときは絨毯の値打ちがぐんと上がるぞ、と考えていたとき、はづなをすりぬけるように訓練された馬の話がまたもや心に浮かんできて、離れなくなりました。

前あきの長い寝間着に着替えながら、アブダラは絨毯が自由になろうともがいている光景を思い浮かべていました。ずいぶん年をへて、世慣れた感じの絨毯です。きっとじゅうぶんな訓練がされていて、あのより糸からだってすりぬけられるのでしょう。仮に絨毯が逃げなかったとしても、アブダラはそのことを考えてひと晩じゅう眠れないだろうと、わかっていました。

そこで、アブダラはより糸を気をつけて切り離し、もっとも高価な絨毯の山の上にあの絨毯を広げました。いつもその山を寝台にしていたのです。それからナイトキャップをかぶり――砂漠から冷たい夜風が吹きつけ、店にすきま風が入りこむので、ナイトキャップは必需品でした――横になると毛布をかけ、ランプを吹き消して眠りにつきました。

二章　夜の庭の姫ぎみ

目をさましますと、アブダラは土手の芝生に寝ていました。体の下にはまだあの絨毯がありますが、まわりは想像したこともないほど美しい庭でした。

これは夢にちがいない、とアブダラは思いました。この庭は、あの見知らぬ男にぶしつけに邪魔されたとき、自分が空想していた庭そのものです。満月に近い月が天空高く昇り、白絵具のように白い光を、芝生に咲くたくさんのかぐわしい小さな花々に投げかけています。丸い黄色いランプが木々につるされ、月光の届かないところにも、光をあてています。みごとな工夫です。白い月光と、黄色いランプの光で、アブダラがいる芝生のむこうが見えます。そこには屋根つきの回廊があり、しゃれた柱につるが巻きついています。回廊の奥のどこかから、ちょろちょろという静かな水音が聞こえてきます。

あたりがとても涼しく、天国のように心地よかったので、アブダラは起きあがり、水音の源を探しはじめました。ぶらぶらと回廊を歩いていくと、つる植物に咲いていている星のような小さな花が頬をなでます。月光のもと、あたりは白く静まり返っています。釣鐘《つりがね》型の花がうっとりするような軽《かろ》やかな香りを放っています。アブダラは夢見心地で、こちらでは大輪のなめらかな百合に指を触れ、あちらでは一面に咲く淡い薔薇《ばら》のまわりを、よい香りを吸いこみながら歩きました。これほど美しい夢は、見たことがありません。

音の出所《でどころ》は、露に濡れた大きなシダのような茂みのむこう側にありました。芝生に、すっきりした形の大理石の噴水があったのです。茂みにとりつけられた何列ものランプの光を受けて、さざめいて流れ落ちる噴水の水は、金や銀に輝く三日月のように見えます。アブダラはうっとりと近寄りました。

完璧な庭というには、あとひとつ欠けているものがありました。でもさすがに出来のよい夢らしく、最後のひとつの望みも満たされました。むこうからとても愛らしい娘が、裸足《はだし》で湿った芝草を軽やかにふんで、アブダラの方へやってきたのです。ふんわりとまとった薄い服ごしに、娘が、空想の中の王女のようにほっそりしているけれど、やせっぽちではないことが見てとれます。

でも近くへ来た娘の顔は、空想の中の王女のような完全な楕円ではありませんでした。それに、大きな黒い瞳は夢見るようにけむってはいません。実のところ、娘の瞳ははっきりと興味深そうにこちらをじっと見ています。アブダラは急いで自分の空想の方を訂正しました。目の前の女性はまぎれもなく美人だったからです。そして話しかけてきた声も、湧きあがる噴水のように軽く陽気で、はっきりした性格だとわかる声でした。これ以上望めないほどすばらしい声です。

「あなた、新しい型の召使かしら？」

夢の中じゃ、いつだって変わった質問をするものなんだ、とアブダラは思いました。

「いいえ、わが空想の傑作なるお方。わたしは長らく消息不明だった遠国の王子でございます」

「あら。それでほかの人と感じがちがうのかしら。つまりあなたは、わたくしとはちがう種類の女性だということですの？」

アブダラはとまどいぎみに夢の娘を見つめました。「わたしは女じゃありません！」

「本当に？　でも、ドレスを着ていらっしゃる」

視線を下にむけたアブダラは、いかにも夢の中らしく、自分が寝間着を着ていることを発見し、あわてて言いつくろいました。「これはよその国の衣装です。わたしの故国は遠くにあります。ですが、間違いなくわたしは男です」

「いいえ、男性のはずがありません」きっぱりと娘が言い返しました。「体型がちがいます。男性はあなたの倍も太っているし、腹と呼ばれているところがでっぱっているものです。顔じゅうに白い毛がはえているのに、頭には毛がなくててかてかしているのです。でもあなたはわたくしのように髪の毛があるし、顔にはほとんど毛がないではありませんか」アブダラがむっとして上唇の六本の毛に触っていると、娘がさらに聞きました。「それとも、帽子の下はつるつるですか？」

「まさかそんな」アブダラはふさふさと波打つ髪が自慢だったのです。頭に手をやってナイトキャップをかぶっていると気づいたので、「ほら」と脱いでみせました。

「まあ、わたくしと同じようなとてもすてきなおぐし。それなのに男の方とは、わけがわかりません」娘の愛らしい顔に不思議そうな色が浮かびます。

「こっちだって同じですよ。ひょっとしてあなたは、いろいろな男の人に会ったことがないのでは？」

「もちろんありません。ばかなことをおっしゃるものではありません。わたくしは父上にしかお会いしません。でも、父上にはよくお目にかかっていますから、男性を見ればわかります」

「では、外へは一度も出たことがないんですか？」困ったアブダラはたずねてみました。

娘は笑いました。「ありますとも。今、外にいるではありませんか。ここはわたくしが夜、散歩をする庭です。父上が造ってくださいました。昼間外へ出ると、肌が荒れるものですから」

「わたしが言ってるのは、町へ出かけ、いろいろな人に会ったことがないのかということです」アブダラは説明しました。

「ええ、それは一度も」娘は多少機嫌をそこねたようすで、アブダラにぱっと背をむけて、噴水のむこう側のふちに腰を下ろし、そこからふり返ると言いました。

「父上がおっしゃるには、わたくしも結婚したあとなら、夫の許しが得られれば、ときどきは町へ出かけられるかもしれないそうです。ただし、町といってもここの町ではないでしょう。父上は、オキンスタンの王子にわたくしを嫁がせる手はずをつけておいでです。輿入《こしいれ》までは、この壁の内側にとどまっていなければならないのです」

ザンジブの大富豪の中には、娘を、ときには妻さえも、豪壮な屋敷の中に、まるで囚人のようにとじこめている者がいるそうです。アブダラは、父親の第一夫人の姉のファティーマを誰かが同じようにとじこめてくれたらいいのに、とたびたび思ったものでした。ところが今、夢の中では、この愛らしい娘がとじこめられているなんて、ひどく理不尽で不公平だという気がしました。普通の若い男性がどういうものかも知らないなんて、あんまりです！

「こんなことをおたずねして、失礼かもしれませんが、ひょっとしてオキンスタンの王子は年配でちょっと不器量《ぶきりょう》な方なんじゃないですか？」とアブダラはたずねました。

「そうねえ、父上がおっしゃるには、ご自分と同じように男ざかりの方だそうです」

娘はあやふやなようすで答えます。「でもやっかいなのは、男性というものは野蛮な性質だということです。もし王子より先にほかの男性と顔を合わせれば、その方はすぐにわたくしに恋をし、わたくしをさらっていくと父上はおっしゃるのです。そうなると当然、父上の計画も挫折してしまいます。たいていの男性はひどいけだものだそうですが、あなたもけだものかしら？」

「とんでもない」と、アブダラ。

娘はアブダラを見あげ、しげしげと見つめました。「そうですね、あなたはけだものには見えません。ですから、やはり男性のはずがないのです」どうやら娘は、いったんこうと考えるとゆずろうとしない性格のようでした。「……何かわけがあって、あなたのご家族は、あなたが男だと信じるように育てた、ということはありませんか？」

アブダラは、おかしいのはわたしではなくあなたの方だとよほど言いそうになりましたが、失礼になると思ったので、ただ首を横に振りました。わたしのことを心配してくれるなんて、やさしい人だなあ。それに、心配そうな顔をすると、ますますきれいに見えるし……ああ、思いやりにあふれた瞳が、金銀に輝く噴水の光を受けて、なんと光っていることか！

「ひょっとすると、あなたは遠い国の方《かた》だから、いろいろなことが異なるのかもしれません。ここへおかけになって、もっと話してくださいな」娘は噴水のふちの、自分の脇を示しました。

「その前にお名前をお教えください」と、アブダラ。

「それが、ずいぶんばかげた名前なの」娘は落ち着かないようすで答えました。「〈夜《よる》咲花《さくはな》〉といいます」

　夢の娘にはぴったりの名前だと思って、アブダラは感心したように娘を見おろしました。「わたしはアブダラです」

「まあ、名前まで男性の名をつけられてしまったんですね！」〈夜咲花〉は憤慨《ふんがい》したように言うと、「さあ、座って話してください」とうながしました。

　アブダラは娘のかたわらに座りました。こいつはずいぶん現実みたいな夢だなあ。大理石はひやっとしているし、噴水のしぶきが寝間着にしみてきた。そのうえ〈夜咲花〉からは薔薇香水のかぐわしい香りが漂ってきて、庭園の花の香りとまじりあっている。でも、これは夢だ。白昼夢が、夢の中に出てきただけなんだ。そこでアブダラは、自分が王子としてすごした宮殿のことや、カブール・アクバに誘拐された次第、砂漠へ逃れたこと、そこで絨毯商人に出会ったことなどをすっかり話して聞かせました。

〈夜咲花〉は心から同情しているようで、熱心に聞いていました。「なんて恐ろしいんでしょう！　まあ、たいへんでしたわねえ！」とか、「ひょっとして、あなたの養父が盗賊とひそかに手を組んで、あなたに男だと思いこませてしまったのかしら？」と、言葉をはさみながら。

アブダラは、たとえ夢だとしても、間違った理由で同情をひいているのがしだいにうしろめたくなってきました。そこで、「父がカブール・アクバの手先だった可能性は確かにありますが」とだけ言って、話題を変えました。

「そちらの父上の話に戻りましょう。わたしにはお父上の計画は少し問題があるように思えます。だってほかの男性と会って見くらべることもないまま、オキンスタンの王子と結婚させられてしまうなんて。それで本当に王子を愛しているか、おわかりになるのでしょうか？」

「おっしゃるとおりです。実はわたくしも、ときどき不安に思っていましたの」

「では、こういうのはどうでしょう？　わたしが明晩、できるだけたくさんの男性の肖像画を持っておうかがいすることにしましょう。そうすればあなたにも、男性の水準というものがかなりはっきりするので、王子とくらべることができるでしょう」夢であろうがなかろうが、アブダラは明日また必ず戻ってこようと決心していました。

これで立派な口実ができました。

〈夜咲花〉は両手でひざをかかえ、前後に体をゆらしながら疑わしげにアブダラの申し出を考えていました。〈夜咲花〉の頭の中を太ってはげ頭で白いひげをはやした男性がぞろぞろとおりすぎていくのが、アブダラには見えるような気がしました。

「お約束します。背の高さも体型もさまざまな男性をお見せすると」

「それなら役に立つかもしれませんね」〈夜咲花〉がうなずきました。「それに、あなたとまたお会いできますものね。あなたは今までにお会いした人の中では、とても感じがいい方《かた》ですわ」

アブダラは明日戻ってこようという決心をいっそう堅くしました。こんなふうにこの人が何も知らぬままにされているなんて、いいことじゃないからな。

「あなたこそ、わたしがこれまでに会ったどの人よりも……」アブダラは恥ずかしそうに言いました。

でもそう言ったとたん、〈夜咲花〉は立ちあがり、立ちさるそぶりを見せたので、アブダラはがっかりしました。

「もう中へ入らなくてはなりません。お作法では最初の訪問は三十分以内にすべきなのに、あなたは倍も長居《ながい》をなさっています。でも、これでもうお知りあいになりましたから、次には二時間より長くいらしてもけっこうです」

「ありがとう、そうします」

〈夜咲花〉はほほえむと、アブダラの前を夢のようにとおりすぎ、噴水のむこう側へ歩いていくと、花の咲いている茂みのあいだに消えてしまいました。〈夜咲花〉が行ってしまうと、庭も月光も香りも、魔力を失ったように思えました。回廊をひき返すよりほかありません。そこでさっきの土手まで戻ってきました。月明りで絨毯が見えます。絨毯のことはすっかり忘れていましたが、夢の中にちゃんとあるわけですから、アブダラはその上に横になると、そのまま寝入ってしまいました。

数時間後、店の幕のすきまから射しこむまぶしい光でアブダラは目がさめました。おととい炷《た》いた香《こう》がまだ残っていますが、今では安っぽくて息がつまりそうに感じられます。実際、店全体がかびくさく蒸《む》れて、みすぼらしく思えます。耳が痛いのは、夜のあいだにナイトキャップが脱げてしまい、すきま風にさらされたからでしょう。ナイトキャップを探しているうちにアブダラは、魔法の絨毯が夜のあいだに逃げたりせず、まだ体の下にあることに気づきました。急に何もかも退屈で気のめいる暮しだという気分に襲われたところだったので、少なくともこれはいい知らせでした。

そこへジャマールが、いっしょに朝食を食べないかと、店の外から声をかけてくれました。きのうの銀貨のお礼でしょうか。

アブダラはいそいそと店の幕をあけました。どこか遠くで雄鶏がときを作っています。青空がだんだんあざやかになり、店の埃と古い香の中にもいくすじもの光が射しこみました。でも明るい光の中で探しても、ナイトキャップは見つかりません。さっきよりもさらに気がめいりました。

「なあ、ときどき、言いようもなく悲しくなる日ってないかい?」陽のあたる外であぐらをかいて座りこむと、アブダラはジャマールに聞いてみました。

ジャマールは愛犬に甘い揚げパンを食べさせてやっています。「あんたがいなければ、今日はそういう日になってたろうよ。誰かが金を払ってあの小僧どもに盗みをさせたんだと思うんだ。そりゃあ、手慣れてたから。おまけに警吏が、騒ぎを起こしたから罰金を払え、ときた。おれには敵がいるらしいんだよ、なあ、お隣さん!」

ジャマールの言うように誰かがわざと騒ぎを起こしたとすると、絨毯を売りつけた男はアブダラに呪文を聞かせまいとしたのでしょう。アブダラが疑ったとおりでしたが、だからといってどうなるものでもありません。

「たぶん、あんたも犬があまり手あたりしだいかまないように、もっと気をつけた方がいいのかもしれない」

「いやなこった!　おれは自由意志を尊重しているんだ。もしこいつがおれ以外の人間は全部嫌いだというなら、それはこいつの勝手だろう」

朝食後、アブダラはもう一度ナイトキャップを探してみました。とにかくここにはありません。最後にかぶっていたときまで、順を追って思い出してみました。ゆうべ横になって寝ようとしていたときは、確かにあった。あのときは絨毯を宰相閣下のところへ持っていこうかと考えていたんだっけ。そのあとに夢を見て……夢の中でもかぶっていた。ナイトキャップを脱いで〈夜咲花〉（なんて愛らしい名前だろう！）に、はげていないことを見せたっけ。

そのあとはずっと、キャップを手に持っていた。噴水のふちで〈夜咲花〉の隣に座るまでは。それからカブール・アクバに誘拐された話をして、しゃべりながら両手を振りまわしたのを、はっきり覚えてるぞ。だからどっちの手にもナイトキャップを持っていたはずはない。

夢の中では、こんなふうに物が消えてしまうことはよくある。だけど、どう考えても、噴水のふちに座ったときにキャップを落としたとしか考えられない。あの噴水のそばの草の上に落としてきたんだろうか。もしそうなら……

アブダラは店のまん中に立ちつくし、射しこむ光を見つめていました。不思議なことに、さっきのように汚らしい埃や古い香の匂いが立ちこめている感じはしません。それどころか、黄金色の光が、天国から射しこんでいるように輝いています。

「あれは夢じゃなかったんだ！」アブダラは大声をあげました。憂鬱《ゆううつ》な気分がすっかり消え、呼吸さえ楽になった感じです。「本当だったんだ！」

アブダラは魔法の絨毯に歩み寄り、考えこみながら見おろしました。夢の中では、絨毯の上で目がさめたのです。ということは……

「つまりわたしが眠っているあいだに、おまえがどこかの金持ちの庭に運んでいってくれたということか。もしかしたら、わたしが眠っているあいだに声に出して命令したのかもしれない。きっとそうだ。庭のことを考えていたものな。おまえって、わたしが思っていたより、ずっと値打ちがあるぞ！」

三章　百八十九枚の肖像画

アブダラは魔法の絨毯《じゅうたん》を小屋の支柱にふたたび念入りにしばりつけてから、バザールへ出むき、そこで店をひらいているたくさんの画家のうちでいちばん腕の確かそうな画家を探しました。

お決まりの長々とした挨拶のあと――アブダラは画家に、「鉛筆の王子にして白墨《チョーク》の魔術師」と呼びかけ、相手は「最上の顧客にして明敏なる鑑定家殿」と呼び返したのですが――アブダラはこう言いました。

「あなた様が今までに出会われた、姿形《すがたかたち》も年齢もさまざまな男性の肖像画を所望《しょもう》いたします。王に物乞い、商人に職人、太った男にやせた男、若者に老人、美しい男に醜い男、そして人並《ひとなみ》の男の肖像をそろえてください。ごらんになったことのないたぐいの男性も、絵筆の手本たるおん方様、どうか想像して描《か》いてください。ありえないことだとは存じますが、万が一想像がうまくいかない場合には、画家の貴族殿、あなた様はただその目を店の外にむけ、眺め、写してくださればよいのでございます」

アブダラは片腕を伸ばして、バザールをせわしげにゆきかう買い物客たちをさしました。ありふれた光景ですが、〈夜咲花《よるさくはな》〉は一度も見たことがないのです。そう思っただけで涙ぐみそうになりました。

画家は疑わしげにぼさぼさのひげをしごきました。「なるほど、多種多様な人を賛美しようとされる高貴なお心のお方、わたくしめにはたやすいことでございます。けれども得がたき判定官殿、この卑《いや》しき絵描きに、それほどたくさんの肖像画が必要なわけを、明かしてはいただけませぬでしょうか？」

「なぜ、画板の王者にして冠にふさわしきお方は、それを知りたがられるのでしょう？」うろたえてアブダラはたずねました。

「顧客の長《ちょう》たるあなた様、この腰の曲がった虫めは、どのような画材を用いるべきか、考えたいのでございます」と画家は答えましたが、実際はこのたいそうめずらしい注文に好奇心を抱いただけだったのです。「木の板もしくは画布《カンバス》に油絵具を使いましょうや、紙もしくは仔牛の皮にペンで描《か》きましょうや、それとも、壁にフレスコ画を描きましょうや？　どれを選ぶかは、顧客の中の真珠《パール》殿の使い道しだいでございます」

「紙にしてください」アブダラは急いで言いました。ここで〈夜咲花〉との出会いの話をする気はさらさらありませんでした。〈夜咲花〉の父親はきっと大金持ちで、絨毯商人の若造《わかぞう》が娘にオキンスタンの王子以外の男性を見せようとしているなどと聞きつけたら、邪魔をするに決まっています。「この肖像画は、普通の人のようには戸外を歩きまわることのできない、体の不自由な者に見せるためなのです」

「なんと、あなた様はいとも情け深いお方でいらっしゃいますな」

画家は驚くほど安く肖像画を描くことをひきうけました。アブダラがお礼の言葉を述べようとすると、相手は言いました。「いやいや、幸運なお方よ、礼を言われるにはおよびませぬ。わたくしにもおひきうけする理由が三つございます。

まず第一に、わたくしは自分の楽しみのために描きためた絵を持っております。そうした絵にお代をちょうだいするのは、正直とは言えませぬ。なぜならばわたくしは、金にならなくても描いたでありましょうから。

第二に、あなた様がお申しつけになったことは、わたくしのふだんの仕事よりも十倍もおもしろうございます。ふだんわたくしは、若いご婦人かその花婿《はなむこ》殿、さもなければ馬やラクダを、どれも実際の姿にはかまわず、きれいに美しく描きまする。さもなければ、いうことを聞かない子どもたちを、両親の願いどおり天使のように見せまする。いずれも現実を無視いたしますのでございます。

第三に、もっとも高貴なお客様、あなた様はおつむがなんでございますので、そういう方から暴利をむさぼると、罰《ばち》があたりますでしょう」

またたくまに、アブダラという絨毯商人の若者が正気を失い、どんな肖像画でも買うそうな、という噂がバザールじゅうに広まりました。

これはたいへん迷惑な話でした。おかげでその日一日じゅう、ひっきりなしに来客に悩まされたからです。客たちは、これは祖母の肖像画で、貧しさゆえに手放さざるをえないのだとか、これはスルタンの競争用ラクダの絵だが、たまたまある荷車のうしろから落ちてきたのを拾ったのだとか、このロケットには妹の絵が入っている、とかいった内容を、長たらしくきらびやかな口上《こうじょう》で並べたてるのでした。

アブダラはこうした手合《てあい》を苦心して追い払いました。でも、男性を描いた絵であれば買いとることもあったために、客はさらに次々に押しかけてきました。とうとうアブダラは集まってきた人たちに言いました。

「わたしが絵を買うのは今日だけです。男性の絵にかぎります。お売りになりたい方は、日没の一時間前にもう一度お集まりください。そのときに買わせていただきます。いいですか、そのときだけですよ」

これで、数時間は落ち着いて絨毯の実験をすることができるようになりました。アブダラは、あの庭園に行ったことはやはり夢にすぎなかったのではないかと、ふたたび迷いはじめていました。絨毯が動こうとしなかったからです。朝飯のあとすぐに、絨毯に二フィート昇ってくれと頼み、今日も飛べることをためそうとしたのですが、その絨毯は動きませんでした。画家を訪ねたあとにもう一度やってみたのですが、そのときもだめでした。絨毯は床にのびたままです。

「もしかしたら、扱いが悪かったかい」アブダラは絨毯に話しかけました。「おまえはわたしが疑ったにもかかわらず、忠実にわたしのもとへとどまってくれた。それなのにわたしは、おまえをふたたび柱にしばりつけたりしたんだからな。もし自由に床の上に置いておいたら、友よ、気分はましになるかい？　そういうことかい？」

アブダラは絨毯をしばらく床に置いておきました。でも、絨毯は飛ぼうとしません。本当は暖炉前によくある、ただの古ぼけた敷物だったのかもしれません。

アブダラは、その後も肖像画を買ってくれとうるさくやってくる人々の相手をしながら、考えてみました。絨毯を売りつけたあの見知らぬ男は、やっぱりあやしい。よりによって男が絨毯に上がれと命じたその瞬間に、ジャマールの店で騒ぎが起きたなんて。二度とも男の唇が動いていたのに、あのやかましさのせいでなんと言ったかは聞きとれなかったんだ。

「わかったぞ！」アブダラは片手のこぶしをもう片方の手のひらにばしっと打ちつけて叫びました。「動かすには何かの呪文がいるんだ。だけどどういうわけか、きっとよこしまな理由からだろうけれど、あの男はわたしに教えてくれなかったんだ。なんて悪党だ！　するとわたしは、寝ているあいだにその呪文を唱えたにちがいない」

アブダラは店の奥に急いで駆けこみ、あちこちひっかきまわし、昔学校で使ったぼろぼろの辞書を見つけだしました。それから絨毯の上に立ち、辞書のいちばんはじめの言葉を読みあげました。「アアー、さあ、飛んでくれ！」

何も起きません。我慢強くアブダラは「イ」をためし、それもだめだったので、辞書にのっている言葉をすべて順ぐりにためしてみたのです。肖像画を売りつけようとする客に邪魔されてばかりいたので、かなりの時間がかかりました。それにもかかわらず、夕方までにはアブダラは「ワンワン」に達していました。でも、絨毯の方はぴくりともしません。

「こうなったら何か辞書にない言葉か、異国の言葉だ！」アブダラは熱に浮かされたように言いました。きっとそうだ。さもなければ〈夜咲花〉は夢だったということになってしまう。でもたとえ〈夜咲花〉が本当にいるとしても、この絨毯に連れていってもらえる可能性はどんどんへっているぞ。アブダラは立ったまま、ありとあらゆるへんな言葉や思いつくかぎりの異国の言葉を発してみましたが、絨毯の方はあいかわらず動きませんでした。

日没の一時間前になると、紙の束や大きな平たい包みをかかえた人々が小屋の外に集まってきて、またもやアブダラの邪魔をしました。注文の絵を届けにきたバザールの画家は、絵の入った紙ばさみで、人ごみをかきわけなければなりませんでした。

それからの一時間は、てんてこまいのうちにすぎました。アブダラは肖像画を調べ、伯母や母親の絵をしりぞけ、甥《おい》たちを描いた出来の悪い絵に高値をつけられれば、値切りました。一時間のあいだにアブダラは、あの画家から百枚のみごとな肖像画を買いとったほか、さらに八十九に上る、絵やらロケットやらスケッチやら、顔らしいものが殴り描きしてある壁のかけらまで買いこんでいました。魔法の絨毯――そもそも、魔法だったならばですが――を買ったあとに残っていた現金は、ほとんど使い果たしてしまいました。

一人の男は、自分の第四夫人の母親を描いた油絵がじゅうぶん男性で通用すると言いはりました。この男にそんな言いぶんは通用しないと言い聞かせて、店から追いだしたころには、あたりは暗くなっていました。アブダラはもうくたくたで、気が高ぶって、食事をする気にもなれませんでした。このまま寝てしまおうと思ったとき、ジャマールが串に刺したうまそうな肉を持ってきてくれました。ジャマールは、順番を待つ人々相手に軽食を売って大もうけしたのです。

ジャマールは言いました。「おまえさん、何にとっつかれたのかなあ。今まではまともだと思っていたのに。でも、いかれていようがいまいが、おまえさんも何か腹に収めなきゃ」

「いかれているなんて、とんでもない。単に商売替えしようと思っただけだよ」アブダラは言い返すと、肉を食べました。

ようやく百八十九枚の絵を絨毯に積みあげたアブダラは、そのすきまになんとか横になり、絨毯に話しかけました。

「さあ、聞いておくれ、もし運よく寝ているあいだに呪文を唱えたら、すぐに〈夜咲花〉の夜の庭園に運んでいってくれなきゃだめだよ」

今できるのはこれだけです。アブダラはなかなか寝つけませんでした。けれどもアブダラは、夜に咲く花の夢のような心なごむ香りを吸い、誰かにやさしくつつかれて目がさめました。〈夜咲花〉がアブダラの上にかがみこんでいました。覚えていたより、もっとかわいらしい人です。

「本当に絵を持ってきてくださったのね、なんてご親切なんでしょう！」と〈夜咲花〉が言いました。

うまくいったんだ！　アブダラは大喜びしました。「そうです。百と八十九種類の男性の絵です。これで男性というものについて、だいたいわかっていただけると思いますが」

アブダラは〈夜咲花〉に手を貸して金のランプを次々に下に降ろすと、芝生の土手のそばにぐるりと並べました。それから絵を一枚ずつ、ランプの光で照らして〈夜咲花〉に見せては、土手に立てかけていきました。なんだか大道画家になった気分です。

〈夜咲花〉はアブダラの見せる絵すべてをまったく同じように、とても熱心に見ていました。それからランプを手にとると、もう一度あの画家の絵だけを眺めました。アブダラはうれしくなりました。

あの画家は腕のいい絵描きでした。注文したとおり、彫像をモデルにしたらしい英雄的人物や王様風の人物から、バザールで靴磨きをしている背中の曲がった男まで、さまざまな男の絵をとりそろえ、描きかけの自画像まで入れておいてくれたのです。

とうとう〈夜咲花〉が口をひらきました。

「なるほどわかりました。おっしゃるとおり、男性にもいろいろあるのですね。わたくしの父上は、男性の代表というわけではないのですね、もちろん、あなたもですけれど」

「では、わたしが女でないということは、認めてくださいますね」

「そうするしかありませんね。間違えたことをおわびします」〈夜咲花〉はランプを土手にかざし、何枚かの絵を選んでじっくり見つめはじめました。これで三度目です。

〈夜咲花〉が目をつけているのはずばぬけた美男子の絵ばかりだと気づいて、アブダラはそわそわしはじめました。〈夜咲花〉は眉間《みけん》にかすかにしわを寄せ、前かがみになって、黒い巻毛がほつれてぱらぱらと額に落ちかかるのにもかまわず、すっかり絵に心を奪われているようすです。わたしはもしかしてとんでもないへまをしたのかもしれないぞ……

でもやがて〈夜咲花〉は絵を一カ所に集め、土手の脇にきちんと重ねると言いました。「やっぱり思ったとおりでした。ここにある絵のどの人よりも、あなたの方が好ましいのです。この方たちの表情は、ひどくうぬぼれていたり、自分中心だったり、残酷そうです。でもあなたはきどりがなくて親切ですわ。わたくしは父上に、オキンスタンの王子ではなくあなたと結婚させてほしい、と頼むつもりです。かまいませんか？」

まわりで急に庭園がまわりだし、くすんだ緑色や金銀の色がにじんだような感じがしました。「で、でも、それはうまくいかないでしょう」と、やっとのことでアブダラはそれだけ言いました。

「どうしてですの？　もう結婚なさっているのですか？」

「いえいえ、そうじゃないんです。法律では、男はお金があれば何人でも妻を持てますが、わたしはまだ一人も……」

〈夜咲花〉はまた眉間にしわを寄せました。「女の人は何人の夫が持てるのです？」

「一人だけですよ！」アブダラは、ぎょっとして答えました。

「まあ、なんて不公平なのでしょう」〈夜咲花〉は考えこみながら言うと、土手の芝生に腰を下ろして言いました。「もしかしたらオキンスタンの王子も、すでに何人もの妻がいるのではないでしょうか？」

アブダラは〈夜咲花〉の眉間のしわが深くなり、右手の細い指がいらだたしそうに芝生をたたくのを見まもりました。本当に、とんでもないへまをしてしまったようです。父親が大事なことをいくつもふせてきたことに、〈夜咲花〉は今はじめて気づいたのです。

アブダラはおっかなびっくりで答えました。「もしお相手が王子なら、妻を何人もお持ちになっていることはじゅうぶんありえましょう、ええ」

「それでは王子はよくばりですわ」〈夜咲花〉は言いはなちました。「これでわたくしも気が楽になりました。どうしてあなたとの結婚がうまくいかないだろうとおっしゃるの？　きのうご自分も王子だと、おっしゃっていましたのに」

アブダラは顔が赤らむのを感じ、空想を自慢げに話してしまったことを呪いました。あのときは夢を見ていると思いこむ理由があった、と思ってみても、気分がよくなるものではありません。

「確かに。でもわたしはさらわれた身で、わが王国は遠方だということも申しあげたはずです。たぶんお察しでしょうが、現在はつましい手段で生計を立てている身の上です。ザンジブ市のバザールで絨毯を商《あきな》っております。あなたのお父上はたいそうお金持ちです。この縁組がつりあうとは、お考えにならないでしょう」

〈夜咲花〉は腹立たしげに指で地面をたたいています。「まるで、わたくしの父上があなたと結婚するとでもいうようなおっしゃり方！　何か問題がありますの？　わたくしはあなたを愛しています。あなたは愛してないとおっしゃるの？」

〈夜咲花〉はアブダラの顔を見つめました。アブダラも引きこまれるような大きな黒い瞳をのぞきこみました。そのとたん思わず口から出たのは、「愛しています」という言葉でした。〈夜咲花〉はにっこりしました。アブダラも。月明りに照らされ、永遠の時が流れたようでした。

「今夜あなたがお帰りになるときに、わたくしもごいっしょします」と、〈夜咲花〉が言いだしました。「父上があなたに対してどういう態度をとられるかということでは、あなたの申されたことにも一理あるようです。ですからまず結婚し、あとで父上にご報告いたしましょう。それなら父上も何もおっしゃれないでしょう」

アブダラは、金持ちの男性というものをいくぶん知っていましたので、〈夜咲花〉ほど楽観はできませんでした。「それほどすらすらとは運ばないでしょう。考えれば考えるほど、ザンジブを離れた方が賢明のようです。難しいことではありません。たまたまわたしは魔法の絨毯を持っています。その土手の上にあるのがそうで、その絨毯がここまで運んできてくれたのです。ただ、困ったことに動かすには呪文がいるのに、わたしは眠っているときにしかそれを言えないらしいのです」

〈夜咲花〉はランプをとりあげると、絨毯をよく見ようと高くかざしました。アブダラは、しとやかに身をかがめた〈夜咲花〉を、ほれぼれと見つめました。

「とても古そうな物ですね。こういう絨毯について、書物で読んだことがあります。呪文は、おそらくごく普通の言葉を古めかしく発音するのかもしれません。わたくしが読んだ物によりますと、こういう物はえてして、急を要するときに使うようです。ですから、あまり風変わりな言葉のはずはありません。ご存じのことを何もかも話してくださいませんか？　二人で考えれば、またよい知恵が浮かぶかもしれません」

アブダラはこれを聞いて、〈夜咲花〉が、ある種の知識不足はあるものの、とても賢くて教養のある女性だと気づき、いっそう感心する気持ちが強くなりました。そこで絨毯についてわかっているかぎり〈夜咲花〉に話して聞かせ、ジャマールの店での騒ぎと、そのせいで呪文を聞きもらしたことも、すべてうちあけました。

〈夜咲花〉はひとつひとつうなずきながら聞いていました。「つまりこういうことですね。まず、わけはともかく、誰かがあなたに本物の魔法の絨毯を売りつけました。それなのに、あなたには使えないように念を入れたと。これはずいぶん奇妙な話ですから、わけはあとでごいっしょに検討してみたいと思います。でも、まず最初に、絨毯の動きを考えてみましょう。あなたは、命じたら絨毯が下へ降りたとおっしゃいました。そのときその見知らぬ人は何か言いましたか？」

〈夜咲花〉は賢く、筋道立てて物事を考えられる人でした。どうやら女性の中でも真珠《パール》級の女性を見つけたな、とアブダラは思いました。「何も言っていませんでした。確かです」

「では、呪文が必要なのは、絨毯を飛ばすときだけですね。その次には、ふたつの可能性が考えられます。ひとつ目は、絨毯はどこか地面に降りるまでは、言うことを聞くのです。ふたつ目は、絨毯は飛びはじめた場所に戻るまで、言うことを聞くのです……」

アブダラは〈夜咲花〉の頭のよさに、くらくらしてきました。「それならすぐに証明できます。ふたつ目ですよ」アブダラは絨毯の上にとびのると、ためしに叫びました。「上へ、そしてわたしの店へ」

「いけません、お待ちなさい！」同時に〈夜咲花〉が叫びました。

けれどもまにあいませんでした。絨毯はさっと舞いあがり、次には猛スピードでいきなり横に移動をはじめたので、アブダラは最初あおむけにどさりと倒れ、息ができなくなりました。はっと気づくと、すりきれた絨毯から体半分がずり落ちかけていて、恐ろしいほど高い空の上にいました。なんとか息をしようとしても、びゅうびゅう吹きつける風に、息がつまります。絨毯のはじをもっとしっかりつかもうと、房飾りに必死で爪を立てるのがせいいっぱいです。

絨毯の上に体を安定させることもできず、まだひと言も言えないうちに、絨毯は急に、下へ降りはじめ――ようやく吸いこんだアブダラの息を、またもや止めそうになり――店の入口の幕を無理やり押しわけ――アブダラの息を、本当に止めかけ――ついには申しぶんなく、なめらかに、店内の床に舞いおりたのです。

アブダラはうつぶせであえぎながら、星空の下、町の尖塔が飛ぶようにすぎさっていった目もくらむような光景を思い出していました。すべてがあっというまに起こったため、はじめのうち、〈夜咲花〉の夜の庭は、驚くほど近くにあるにちがいないということしか考えられませんでした。

でも、ようやくまともに息ができるようになってみると、自分をけとばしたくなりました。なんとまあ、まぬけなことをしたのだろう！　せめて〈夜咲花〉も絨毯の上に乗るまで待てばよかった。〈夜咲花〉の言うとおりだとすると、もう一度眠っているあいだに偶然呪文を唱えないかぎり、ひき返す方法はないんだ。でも、もう二度成功しているのだから、今度もきっとうまくいくだろう。それに、〈夜咲花〉の方でもそう考えて、庭で待っていてくれるだろう。あの人は賢い女性だから。女性の中でも真珠級《パール》なんだ。一時間かそこいらで戻ると思って、待っていてくれているだろう。

それから一時間ほど、自分を責めては〈夜咲花〉をほめたたえているうちに、ようやく寝入ることができました。

けれども、なんということでしょう。目ざめたとき、アブダラは自分の店のまん中で絨毯にうつぶせに寝ているだけでした。目がさめたのは、外でジャマールの犬が吠えていたせいでした。

「アブダラ！」父親の第一夫人の兄の息子が叫んでいます。「起きているのかい？」

アブダラはうめき声をもらしました。よりによってハキームとは。

四章　父の遺言

ハキームが何をしにきたのやら、アブダラには見当もつきませんでした。普通なら父親の第一夫人の身内が来るのは月に一度で、今月は二日前に訪問を受けたばかりだったからです。

「何かご用ですか、ハキーム殿?」アブダラはうんざりして叫びました。

「用があるから来たんだ、あたり前だろ!　急ぐのだ!」ハキームは叫び返します。

「では、幕をかきわけてお入りください」と、アブダラ。

ハキームは太った体で幕をかきわけ、中に入ってくると言いました。「もしおまえの自慢していた安全とやらがこの程度なら、なあ、わが叔母の夫の息子殿、あまり役立たんということだよ。誰だっておまえが寝ているあいだにここへ入りこみ、襲えるではないか」

「外にいる犬が、あなたのおいでを警告してくれましたよ」

「それがなんになる?　仮にわたしが泥棒だったら、おまえはどうするというのだ?

絨毯でわたしの首をしめるかい？　いやいや、わたしにはおまえのやり方は安全だとは思われない」

「何がおっしゃりたいのです？　いつもどおり、粗捜《あらさが》しにいらしただけですか？」

ハキームは積んである絨毯《じゅうたん》の上にもったいぶって腰を下ろしました。「今日のおまえには、いつもの礼儀正しさが見られないぞ、義理の従兄弟殿。もしわが父上の伯父《おじ》御《ご》の息子のアシーフ殿がおまえの話し方を耳にされたなら、きっとお喜びにはなるまい」

「わたしがどんな話し方をしようと、アシーフ殿にとやかく言われるすじあいはありますまい」アブダラはぴしゃりと言い返しました。まったくみじめな気分です。魂は〈夜咲花《よるさくはな》〉を求めているのに、行きそびれたのです。そのうえほかのことまで我慢するなんて、とんでもない話です。

「では、わたしの話でおまえをわずらわせるのは、やめるといたそう」ハキームは立ちあがりながら横柄《おうへい》な調子で言いました。

「けっこう！」アブダラは言うと、店の奥で顔を洗いはじめました。

けれどもハキームは、用向きを果たさないと、帰れないようでした。アブダラが顔を洗い終えてふりむくと、まだその場に立っていたのです。「おまえも衣服を改め、床屋へ行けば、なあ、義理の従兄弟殿、もっとましな男になるだろう。今のありさまでは、われらの絨毯店を訪れるにふさわしいとは言えん」

「でも、なぜあそこへ行かねばならないのです？」少しばかり驚いてアブダラはたずねました。「あなた方はずいぶん前に、わたしに来るなと言ったではありませんか」

「そのわけはだな、おまえが生まれたときの予言が出てきたからだ。長いこと香《こう》が入っているとばかり思っていた箱からな。もしおまえが身支度をきちんと整えて絨毯店に来るなら、その箱はおまえに手渡されよう」

でもアブダラは、そんな予言にはまったく興味が持てませんでした。それに、ハキームが簡単に持ってこられたはずの箱とやらを、なぜわざわざこちらからとりにいかねばならないのでしょう？

けれどもことわろうとしたとき、ふいに浮かんだのは、もし今晩眠っているあいだに正しい呪文を唱えることができたなら（そうなるという確信はありました。なにせ二度の実績がありますから）、自分が〈夜咲花〉とまず間違いなく駆け落ちするだろう、ということでした。男たるもの、結婚するには、体を洗い、ひげをそり、ふさわしい身なりで行かねばなりません。つまり、どのみち浴場と床屋には行くのですから、帰りにハキームのところに立ち寄り、ばからしい予言とやらを受けとってきてもかまわないわけです。

「わかりました。日没の二時間ほど前にうかがいます」

ハキームは顔をしかめました。「ずいぶん遅いじゃないか」

「用事があるからです、義理の従兄弟殿」アブダラはこれから駆け落ちすると考えただけでうれしくてたまらなくなり、ハキームにほほえみかけると、きわめて丁重にお辞儀をしました。「わたしは忙しく暮し、あなた様のご命令に従う暇はほとんどございませんが、でもまいります、ご安心を」

ハキームはずっと顔をしかめたまま、立ちさるときもしかめつらでアブダラをふり返りました。とても不満そうで、何かあやしんでいるようです。アブダラはまったく気にしませんでした。ハキームの姿が見えなくなると、いそいそとジャマールに手持ちの金の半額を渡し、今日一日店を見はってくれと頼みました。前にも増して感謝の念でいっぱいになったジャマールから、お返しとして店のいちばんうまい物を食べてくれ、と朝ごはんに誘われると、アブダラもことわりきれませんでした。

でも興奮しているため、食欲はありません。そもそも量が多すぎました。ただジャマールの気持ちを傷つけたくなかったので、アブダラは大部分をこっそりジャマールの犬にやりました。犬はかみつき屋のかじり屋なので、食べ物をやるのは用心しながらですが。けれども、主人の感謝の念が伝染したらしく、犬は尻尾をていねいにぱたぱた振り、アブダラがやった物は残らず食べたばかりか、顔をなめようとさえしたのです。

アブダラは犬のお礼は身をかわして遠慮しました。犬の吐く息に古くなったイカの臭いがぷんぷんしていたからです。でこぼこした犬の頭をおっかなびっくりなで、ジャマールにお礼を言うと、急いでバザールへむかい、まず残った金で手押し車を借りてきました。そして手持ちの絨毯の中でもっとも上質な物とめずらしい品――花柄のオキンスタン国製、まっ赤なインヒコ国製、金色のファルクタン国製、砂漠の奥地で織られた華やかな模様の物、遠国タイヤックで織られた二枚組の物など――を慎重に積みこみ、立派な店が並ぶバザールの中央に引いていきました。

興奮していたにもかかわらず、アブダラは現実をきちんと考えていたのです。どう考えても〈夜咲花〉の父親は金持ちです。娘を王子と結婚させる持参金が用意できるのは、金持ちの商人だけでしょう。つまり、自分も〈夜咲花〉もよほど遠くへ逃げださなければならないのは明らかです。さもなければ、父親にたいへん不快な目にあわされるかもしれません。もうひとつわかっているのは、〈夜咲花〉が何もかも最高級の物に囲まれて暮してきたということです。不自由な暮しは喜ばないでしょう。ですから金がいります。

商人の中でもとびきり金持ちの店の前でお辞儀をしたアブダラは、相手の商人に、仲買人中の財宝にして偉大なる商人殿と呼びかけ、かなりの高値でオキンスタン国製の花柄の絨毯を売りたいと申し出ました。

相手の商人はアブダラの父親の友人でした。「でも、いかなるわけで、バザールでもっとも著名なる人の息子よ、値段から見ても、おそらくおまえ様の手持ちの宝石であろう高価な品を手放したいと望まれるのか？」

「わたしは商売替えをいたします。おそらくお聞きおよびでございましょうが、肖像画などの芸術作品を買い求めました。それらの置き場所を作るために、手持ちのこうしたつまらない品を処分するしかないのでございます。そして天上の織物の売り手であるあなた様のような方なら、旧友の息子であるわたしの手から、この粗末な花柄の品をそこそこの値でひきとり、お助けくださるのではないか、そのように愚考いたしたのでございます」

「今後おまえ様の店は、さぞえりすぐりの品物ばかりとなるであろうな。言い値の半額ならお出ししよう」

「ああ、抜け目なさにかけてはこのうえなしのお方様。粗末な品とは申せ、元手がかかっております。しかしあなた様のことゆえ、銅貨二枚ぶん、勉強いたしましょう」

長くて暑い一日でした。けれども夕方までにはアブダラは最上の品々を売り払い、仕入値のおよそ倍の金を手に入れることができました。これだけあれば、三カ月かそこいらは〈夜咲花〉に不自由をさせずにすむでしょう。その先は、何かで金が入るのを待つか、さもなければ気だてのよい〈夜咲花〉が、貧しい暮しに慣れてくれることを願いましょう。

アブダラは浴場に出かけました。床屋にも行きました。香料屋にも立ち寄り、香油をふりかけてもらいました。そのあとで店に戻り、晴着に着替えました。商人の服はたいていそうですが、この晴着もさまざまな刺繡《ししゅう》や飾りがついていて、金の隠し場所になっていました。アブダラは今日手に入れた金貨を服のあちこちの隠し場所にしまい、ようやく身支度を終えると、あまり気は進みませんでしたが、父親の店だった絨毯店へ出かけていきました。これで駆け落ちまでの時間がつぶせると、自分に言い聞かせながら。

杉材のなだらかな階段を上り、子ども時代をすごした場所に入っていくのは、奇妙な感じでした。杉材と香辛料、羊毛と油のまじった匂いは、なつかしいものでした。もし目をとじれば、十歳のころに返り、父親が客と取引しているあいだに巻いた絨毯のうしろで遊んでいると空想することもできたでしょう。

けれどもアブダラは両目をあけて、そんな空想はしませんでした。父親の第一夫人の姉は明るい紫色がお気に入りで、壁も間仕切りの格子も、顧客用の椅子も、出納《すいとう》係《がかり》の机も、そして金庫でさえ、この悪趣味な色で塗られていました。同じ色の服を着たファティーマが出迎えました。

「まあ、アブダラ！　なんてお早いお越しでしょう。それにとてもぱりっとしているわ！」ファティーマの口調からすると、もっと遅い時間にぼろのまま来ると思っていたようです。

「まるで自分の結婚式のために着飾ったみたいだな！」アシーフもやせて不機嫌な顔に笑みを浮かべ、前に出てきました。

アシーフが笑みを浮かべるなんて、あまりにもめずらしいことなので、アブダラはほんのつかのま、アシーフが首のすじでもちがえて、痛みで顔をしかめているのかと思ったほどです。そのときハキームがふふんと笑ったので、アブダラはアシーフが結婚式と言ったことに気がつきました。困ったことに、顔がまっ赤になったので、アブダラは顔を隠すためにしかたなく深いお辞儀をしました。

「そんなことを言うから、この子ったら顔が赤くなってるじゃないか！」ファティーマが叫びました。そう言われると、むろん、ますますアブダラの顔は赤くなりました。

「アブダラや、おまえが突然絵の売り買いをはじめた、とかいう噂はいったいなんだい？」

「おまけに絵をしまう場所を作るんで、手持ちの品の中でもいちばんよい絨毯を売っちまったそうじゃないか」と、ハキームがつけ加えました。

アブダラはもとの顔色に戻りました。文句をつけるために呼びだされたとわかったからです。アシーフがとがめるように言いだしたとき、やはりそうだったかと思いました。

「わしらは少なからず傷ついたぞ、わが父の姪《めい》の夫の息子よ、わしらがおまえから数枚の絨毯をひきとってやる情けもない、と思われたとはな」

「わが縁者のみなさま、わたくしはむろんあなた様方に絨毯を売ることはできなかったのでございます。ねらいは利益を上げることでした。そして、わが父の愛したみなさまから金をだましとるなど、とうていできることではございませんでした」アブダラはひどく腹が立ったので、そのまま向きを変えて出ていこうとしました。ところがちょうどハキームがこっそり扉をしめ、かんぬきをかけたところでした。

「あけはなしておく必要もなかろう。家族水入らずになろう」と、ハキーム。

「かわいそうな子！　この子を正気に戻せるのは家族だけでしょうね！」と、ファティーマ。

「そう、そのとおり！　アブダラ、バザールで聞いた噂では、おまえは正気をなくしたというではないか。ゆゆしきことだ」と、アシーフ。

「確かに、おかしなふるまいをしてました。わたしたちのような立派な一族に、そんな噂がふりかかってくるなんて、このうえない迷惑ですよ」ハキームが口をそえます。

いつもよりひどいじゃないか、とアブダラは思いました。「わたしの頭にはおかしなところはありません。自分のしていることはわかっています。わたしのねらいは、あなたたちにあれこれ言われる機会をなくすことでした。たぶん明日にはそうなるでしょう。それはそうと、ハキーム殿がこちらへ来るようにおっしゃったのは、わたしが生まれたときの予言が見つかったからだとか。そうでしたね、それとも、それはただの口実にすぎなかったのですか？」

父親の第一夫人の身内に、これほど無礼な口をきいたことはありませんでした。けれども無礼にしてもいい連中だと感じるほど、怒っていたのです。

すると奇妙なことに、父親の第一夫人の三人の身内は、アブダラに怒りをぶつけ返すかわりに、店内をあわてふためいて探しはじめたのです。

「ほら、あの箱はどこへやったのよ？」と、ファティーマ。

「探せ、探せ！　あれこそ、アブダラの誕生から一時間後に、今は亡きアブダラの父ぎみが、母ぎみの寝床に連れていった占い師が述べた、予言の言葉なのだ。こいつに見せなくてはいかん！」と、アシーフ。

「おまえの父上がみずから書きとめられたのだ」ハキームがアブダラに教えます。

「おまえには大いなる宝物となろう」

「ここよ、あった！」とファティーマが勝ち誇ったように、高い棚の上から木彫りの箱を降ろしました。ファティーマは箱をアシーフに渡し、アシーフがアブダラの手に押しつけます。

「あけてごらん、あけて！」三人は興奮したようすで声をそろえました。

アブダラは紫色の出納係の机に箱をのせ、とめがねをはずしました。ふたがひらくとぷんとかびくさい臭いがし、折りたたまれた黄ばんだ紙が一枚入っているだけで、あとはからっぽでした。

「出してごらん、読みあげて！」と、さっきよりもさらに興奮した調子でファティーマが言いました。

アブダラにはこんなに騒ぐわけがわかりませんでしたが、ともかく紙を広げました。褐色で薄れかかった文字が数行。間違いなく父親の筆跡でした。アブダラは紙を持って、つるしてあるランプの方にむきました。中央の大扉をハキームがしめてしまったうえ、紫色ずくめの部屋では、字が読みづらかったのです。

「ろくに見えないじゃないの！」とファティーマ。

「しかたないさ。ここは暗すぎる。奥の部屋に連れていこう。あそこなら、天窓があいている」とアシーフ。

アシーフとハキームはアブダラの肩をつかみ、店の奥へ追いたてていきました。アブダラはインクのあせた殴り書きの父親の文字を読みとることにばかり気をとられていたので、されるがままになっていました。店の奥の、よろい戸つきの大きな天窓がある居間に入ると、ここの方が明りが入りました。そしてアブダラは、父親が自分を見かぎった理由を知ることができました。紙にはこう書かれていたのです。

以下は、賢き占い師殿の言葉である。「ご子息は、そなたの商売のあとを継がぬであろう。そなたの死後二年目に、いまだ若年《じゃくねん》にして、ご子息は国じゅうの誰よりも高き場所に上られるであろう。これは天の摂理にして、われが語りしことなり」
わが息子の運勢は大いなる失望であった。どうか運命がわが商売を継ぐ息子をさらに与えたまわんことを。さもなくばわれはこの予言に投じた金貨四十枚を、むだにしたものなり。

「ほら、わかっただろう、おまえにはすばらしい未来が待っているんだ、わが弟よ」と、アシーフが言いました。

このとき誰かがしのび笑いをもらすのが聞こえました。

アブダラは少しとまどって、紙から顔を上げました。香水の匂いがぷんぷん漂っている気がします。

またもやしのび笑い。前方から聞こえてきたのは、二人ぶんの声でした。

前をちらりと見たとたん、アブダラは目がとびでそうになりました。二人のとても太った若い女性が、目の前に立っていたのです。二人はぎょっとしているアブダラを見て、恥ずかしそうにくすくす笑いました。

二人とも光沢《こうたく》のあるサテン地の大きくふくらんだ衣《ころも》をまとい、着飾っており――右の娘がピンク色、左の娘が黄色です――これ以上は無理だと思えるほどたくさんの首飾りや腕輪をつけています。そのうえ、より太っているピンクの娘は、髪を念入りにちぢらせ、額には真珠《パール》をぶらさげた細い帯を巻いています。黄色の娘も、ピンクの娘に近いくらい太っていて、琥珀《こはく》のティアラを頭にのせ、もっと髪の毛をちぢらせています。二人とも濃い化粧をしていますが、どちらの娘の場合もしない方がよかったのは明らかです。

アブダラの目が自分たちに注がれたと思ったとたん――実際アブダラは、恐怖のあまり目が釘づけになっていました――娘たちは丸々した肩のうしろから、ふわっとしたベールを引きあげ――左がピンクのベールで、右が黄色のベールでした――慎み深く頭と顔をおおいました。

「はじめまして、わたしたちはあなたの妻です」二人はベールの奥から声をそろえて言いました。

「なんだって！」アブダラは大声を出しました。

「わたしたちがベールをつけるのは」と、ピンクの娘。

「あなたにわたしたちの顔をお見せしないためです」と、黄色の娘。

「結婚するまでは、です」ピンクの娘がしめくくりました。

「何かの間違いだ！」と、アブダラ。

「いえ、けっしてそうではありませんよ」と、ファティーマ。「ここにいる二人は、わたしの姪の姪で、おまえと結婚するためにやってきたのです。よもやお忘れではあるまい、わたしが妻を二人世話すると言ったのを？」

二人の姪はまたもやくすくす笑いました。「とても涼しげなお顔立ちね」と黄色の娘。

かなり長い間があきました。アブダラは感情を抑えようと必死でこらえていたのです。ようやく口をひらいたアブダラは、丁重に聞きました。「どうかお教えください、父上の第一夫人のお身内のみなさま、あなた様方はわたしの生誕の折になされた予言のことを、ずっとご存じでいらしたのではありませぬか？」

「大昔からな。おれたちをまぬけだと思うのか？」とハキーム。

「おまえのいとしい父ぎみがわたしたちに見せてくださったのよ。遺言書をお作りになったときに」とファティーマ。

「そこで理《り》の当然として、おれたちは、おまえが大いなる幸運に恵まれ、一族から去っていくことのないように、かねてから準備しておったのさ」アシーフが説明しました。「おれたちは、おまえが父親の商売を継ぐのをやめる瞬間を、待ちかまえていた――それはスルタン様がおまえを大臣におとりたてになるか、さもなければ軍隊の指揮をお命じになるか、あるいは別の方法でおまえをおひきたてになる徴《しるし》にちがいないからな。

そのうえでわれわれは、おまえと幸運を分かちあえるように方策を講じた。ここにいるおまえの二人の花嫁は、われわれ三人と近しい親戚だ。おまえは自分が出世するとき、当然われわれのことを無視せんだろう。だから、いいか、あとわたしのなすべきことは、おまえを法官殿にひきあわせることだけだ。しかもほら、法官殿はおまえに妻をめとらせるために、すでにそこに立っておられる」

アブダラはこのときまで、二人の姪の巨体にばかり目を奪われていました。でも今顔を上げてみると、バザールの正義の守り手の意地の悪そうな顔が目に入りました。法官はちょうど結婚誓約書を手に、衝立《ついたて》のうしろから姿をあらわしたところだったのです。アブダラは、アシーフたちはどのくらいお礼をはずんだのだろうと思いました。

アブダラは法官に丁重にお辞儀をしました。「あいにくでございますが、承知しかねます」

「ああ、恩知らずで気難しい子だって、わかってたわ！」とファティーマが言います。

「アブダラ、もしおまえにこばまれたら、このかわいそうな娘たちがこうむる恥と失望を考えてごらん！　はるばる遠くから結婚するつもりでやってきて、こうして着飾って！　どうしてくれるのさ、わが甥《おい》よ！」

「それに扉全部にかんぬきをかけてあるんだぞ。逃げられると思うなよ」と、ハキーム。

「これほど華やかな若きご婦人お二人のお気持ちを傷つけるのは、まことに心苦しいのですが……」アブダラが言いかけました。

二人の花嫁の気持ちはもう傷ついていました。それぞれうめき声をあげ、ベールをかけた顔に両手を押しあてて、はげしくすすり泣いています。

「ひどいわ！」とピンクの娘が泣きました。

「先にこの人に聞いてくれればよかったのよ！」と黄色の娘が叫びました。

アブダラは泣いている女性を見ていると憂鬱になりました。これだけ大柄な二人に、体じゅうを震わせて泣かれると、自分がひどいけだものみたいな気がして、アブダラは恥ずかしくなりました。こうなったのは娘たちの責任ではありません。二人はアシーフ、ファティーマ、ハキームに利用されたのです。自分が三人に利用されたのと同じです。

けれども、アブダラが自分をけだものみたいだと思い、心から恥じ入ったのはそれが主な理由ではありません。アブダラはひたすら二人に体を震わせて泣くのをやめてほしかったのです。二人の気持ちはどうでもかまいませんでした。もしこの二人を〈夜咲花〉とくらべれば、二人のあまりのひどさに吐き気をもよおすことは確かです。二人と結婚するという考えは、承服できません。考えただけで気分が悪くなりました。けれども、娘たちが目の前でめそめそ泣き、しゃくりあげているだけで、アブダラは三人の妻というのも、それほど多いとはいえないという気がしてきました。四人そろってザンジブから遠く離れているとき、この二人が〈夜咲花〉の話し相手になれるかもしれません。二人にわけを話し、魔法の絨毯になんとか乗せて……

でもそこでアブダラは、はっと理性をとりもどしました。どすんと音をたてて、二人の太った女性を乗せたまま、魔法の絨毯が墜落したような感じでした。そもそも地面から飛び立てたとしての話ですが。

この太った二人が〈夜咲花〉の話し相手になるなんて、そんなばかな！〈夜咲花〉は美しくほっそりしているだけでなく、知的で教養のある優しい女性です。ところがこの二人ときたら、脳みそがあるという印さえまだ見せてくれていないのです。二人の望みは結婚することだけで、泣いているのも、そうやって自分をおどして結婚させようとしているのです。それに、二人はいやらしいくすくす笑いをしました。〈夜咲花〉があんな笑い方をするのは見たことがありません。

本当に心から〈夜咲花〉を愛していることに気づいて、アブダラは少しばかりめんくらいました。今までは熱烈に愛しているとロで言っていただけだが、心からそう思っていたんだ。いや、それ以上だ。愛するだけでなく、〈夜咲花〉を尊敬している。〈夜咲花〉抜きの人生なんて、死んだ方がましだ。もし目の前の太った姪たちと結婚するなんて言ったら、〈夜咲花〉をあきらめることになるぞ。だって、〈夜咲花〉はわたしがオキンスタンの王子のようによくばりだ、と言うだろうからな。

泣き声に負けないようにアブダラは声をはりあげました。「申しわけないが、先にわたしに相談してくだされればよかったのです、父上の第一夫人の身内の方々よ、そしてほまれ高く正直このうえなき法官殿も。そうすれば、このような誤解も避けられたでありましょうほどに。わたしはまだ結婚できませぬ。誓いを立てておりますから」

「どんな誓い？」みんなが口々にたずねました。太った花嫁たちまで。法官はこうつけ加えました。

「その誓いは登記なさったのか？　法律的には、あらゆる誓約は法官によって登記されねばならぬ」

やっかいなことになりました。アブダラは急いで頭を働かせました。「確かに登記されております、まぎれもなき名裁判官殿。父がわたしにその誓約をさせたとき、法官殿のもとへ連れていって登記させました。わたしはほんの小さな子どもでした。ですからそのときはわけがわからなかったのですが、今はこの予言のせいだったとわかります。父は賢明な人でしたから、四十枚の金貨をむだにしたくなかったのです。父はわたしに誓いを立てさせました。運命がわたしを国じゅうの誰よりも高き場所に上らせるまでは、けっして結婚しないと。ですから――」

アブダラは晴着の袖に両手をさし入れ、残念そうに二人の太った花嫁にお辞儀をしました。「わたしはお二人と結婚できませぬ。ふたごのすもも入り砂糖菓子殿、時節が到来いたしますまでは」

誰もが「ああ、そういうことなら！」と、それぞれの不満をこめて言いました。そしてたいていの人が顔をそむけてくれたのです。アブダラはほっとしました。

「おまえの父上はどうもがめつい人だと思っていたわ」とファティーマが言いました。

「墓場のかなたに行ってからもな。では、このいとしき若者が出世するまで待つしかないな」とアシーフも言いました。

けれども法官だけはあとにひこうとしません。「して、そのほうが誓約をしたときの法官はどなたであったかな？」

「お名前は存じません」アブダラは、いかにも残念そうに、ひや汗をかきながらでっちあげました。「わたしはまだ小さかったし、法官殿は長い白ひげのご老人に見えましたが」これなら、今目の前に立っている法官もふくめて、おそらくどの法官の外見にもあてはまることでしょう。

「すべての記録にあたってみねばならぬ」法官はいらだたしげに言いました。それから、アシーフ、ハキーム、ファティーマの方にむきなおると、かなりひややかに形式どおり別れの挨拶をしました。

アブダラも、この場と二人の太った花嫁から早く離れたいばかりに、法官の法服の帯にしがみつかんばかりにして、いっしょに立ちさりました。

五章　舞いおりた魔神《ジン》

「なんという一日だったろう！」ようやく自分の店に戻ったアブダラはひとり言を言いました。「わたしの運がこの調子なら、二度と絨毯《じゅうたん》を動かせなくても驚かないね」

晴着を着たまま絨毯の上に横たわりながら、アブダラは考えました。夜の庭園に戻ったとしても、きのうのわたしのおろかさにあきれて、〈夜咲花《よるさくはな》〉は愛想をつかしているかもしれない。まだ愛してくれてはいても、駆け落ちするのはいやだと言うかもしれない。そうでないとしても……

アブダラが寝入ったのは、しばらくたってからでした。

けれども目がさめたとたん、ほっとしました。絨毯は月光に照らされた土手に静かに舞いおりようとしています。今回もちゃんと呪文を言ったにちがいありません。それもほんの少し前のはずですから、どんな言葉だったか、思い出せるような気がしました。ところが、よい香りのする白い花と丸い黄色いランプのあいだを〈夜咲花〉がいそいそと駆け寄ってくるのが見えたので、呪文のことなど頭からきれいさっぱり抜け落ちてしまいました。

「いらしたのね！　心配していました！」駆け寄りながら〈夜咲花〉が声をかけました。

怒っていないんだ、アブダラの心ははずみました。「出発の用意はいいですか？　わたしの隣にとびのって」

〈夜咲花〉はうれしそうに声をあげて笑いながら、芝生を横ぎってきました。けっしてあの二人のようなくすくす笑いではありません。そのとき、たまたま雲が月を隠したのでしょうか、ほんの一瞬、駆け寄ってくるひたむきな姿が、ランプの明りだけで金色に見えました。アブダラは立ちあがり、〈夜咲花〉に手をさしだしました。

すると、雲がまっしぐらに降りてきて、ランプの光をさえぎりました。でも、雲と見えたのは、音もなくはばたいている巨大な黒っぽい革《かわ》のような翼でした。その翼の陰から伸びたやはり革のような腕の先には、かぎ爪のある手。その手が〈夜咲花〉を包みこみました。走ってこちらへむかっていた〈夜咲花〉が手にはばまれ、急に止まったのが見えました。あたりを見まわし、上を見あげた〈夜咲花〉は、驚いたようにただ一度だけ、死にもの狂いで悲鳴をあげました。でも、たくましい腕が動き、かぎ爪のついた巨大な手が〈夜咲花〉の顔をおおったために、その声もとぎれてしまいました。

〈夜咲花〉はこぶしで相手の腕をたたき、けとばし、もがきましたが、相手はびくともしません。巨大な黒い影につかまれて、白い小さな人影が宙に浮いたかと思うと、大きな翼がふたたび音もなくはばたきをはじめました。手と同様かぎ爪のついた巨大な足が、芝生をふみしめました。アブダラが立っている土手から、わずか一ヤードかそこいらのところです。そして正体不明のばけものは、ばかでかいふくらはぎの筋肉をぎゅっと縮めたかと思うと、まっすぐ飛びあがりました。

ほんのつかのまアブダラは、なめし革のような色の恐ろしい顔を見ました。かぎ鼻に輪をはめ、左右に離れた細い目は、つりあがって残酷そうに見えます。そいつはアブダラには目もくれず、獲物をさらってまっしぐらに飛びさろうとしていました。

次の瞬間、ばけものは空高く舞いあがり、アブダラの心臓がひと打ちするあいだだけその姿が見えました。魔神《ジン》です。強い魔力を持つジンが、腕にかよわい青ざめた人間の娘をかかえて飛んでいきます。もう夜の闇にのみこまれて見えなくなってしまいました。信じられないほど、あっというまの出来事でした。

「追いかけろ、あのジンのあとをつけろ！」アブダラは絨毯に命じました。

絨毯ははじめは命令どおりにしようとしました。土手から舞いあがろうと、ふくらみましたが、すぐに誰かからちがう命令でも受けたように、またもとどおりに力が抜け、動かなくなってしまいました。

「この虫食いの、根性なしの、靴ふきマットめ！」アブダラはののしりました。

と、庭園のむこうはじで誰かが叫びました。「あっちです、みなさん！　姫ぎみの悲鳴はあちらから聞こえました！」

回廊に沿って、月の光に金属のかぶとがちらりと輝きます。もっとまずいことには、金色のランプの光で、剣や弩《いしゆみ》がきらめくのも見えます。ぐずぐずして、あの連中になぜ悲鳴があがったか説明したいとは思いません。絨毯の上に体をぴたっとふせ、「店へ戻れ！」と、ささやきました。「早く、頼むよ！」

絨毯は今度はゆうべと同じように、すばやく指示に従いました。まばたきするあいだに土手から上昇し、人を寄せつけない高い壁を横っとびに越えて、猛烈な速度で飛びはじめたのです。わずかに、ランプに照らされた庭園を北国出身らしい傭兵の集団が走りまわっているようすが見えましたが、すぐにザンジブの町の眠りについている家々や月光を浴びている塔が飛ぶように下をすぎていきました。

〈夜咲花〉の父親は、思っていたよりもさらに金持ちのようです。あれほど多くの傭兵に給料を払える人はめったにいません。そして北の国の傭兵は、ずばぬけて高給とりなのです。でも、そのことを考える時間はほとんどありませんでした。絨毯が下へ降りはじめ、幕を抜けて店内になめらかに着地したからです。

店に着いたアブダラは絶望に身をゆだねました。

ジンが〈夜咲花〉をさらっていったのに、絨毯は追跡しようとしなかった。でもそれは驚くほどのことじゃないさ。ジンが空中でも地上でも思いのままに力をふるえることは、ザンジブの誰もが知っているじゃないか。

ジンは、〈夜咲花〉をさらうまでは庭園内のすべての物が身動きできないように、あらかじめ術をかけておいたのだろう。絨毯にもわたしにも、気づいていなかったのかもしれないが、たぶんこの絨毯程度の魔力では、ジンの命令に従うしかなかったのだ。ああ、わたしの魂よりも愛している〈夜咲花〉が、まさにこの腕にとびこもうとした瞬間に、ジンに盗みさられてしまうとは。しかも、どうすることもできないなんて。

アブダラは泣きだしました。

それから、服に隠してある金を全部捨ててやる、と誓いました。今となっては役に立たない金です。けれども、金を捨てないうちにまたもや悲しみが押し寄せてきました。はじめは声高《こわだか》に嘆き、胸をたたき、ザンジブ流にそうぞうしく悲しみました。やがて雄鶏がときを告げ、人々が起きだす時間になると、黙って悲しみに沈みました。起きあがるなんて、無意味だ。バザールの連中は忙しく動きだし、口笛を吹き、バケツをガチャガチャいわせているが、あれはもう、わたしとは縁のない暮しなのだ。アブダラは魔法の絨毯の上にうずくまり、死にたいと願っていました。

あまりみじめな気分でいたため、よもや自分の身に危険がおよぶとは考えてもいませんでした。狩人が森に入ってきたときに危険を感じた小鳥が鳴きやむように、バザールじゅうが静まり返ったときも、気にもとめませんでした。傭兵が重々しく行進する足音も、鎧《よろい》が規則正しくガチャリガチャリ鳴る音も、耳に入りませんでした。誰かが「止まれ！」と店の外で大声で命令しても、アブダラはふりむこうともしません。

けれども店の入口の幕が乱暴に引きちぎられると、さすがに顔をむけました。とはいえぼんやりしていたため、さして驚きもせず、強い陽射しにはれぼったい目でまばたきし、北国の兵士たちが何しにここへ来たのだろうと思っただけでした。

「あの男です」町の住人らしい男が言いました。ハキームだったかもしれません。その人物はアブダラに正体を知られる前に、用心深く姿を消しました。

「おまえ！　出ろ。いっしょに来い」と、分隊長が命令しました。

「なんです？」とアブダラ。

「こいつを連れだせ」と分隊長。

アブダラはうろたえました。兵士たちに引きずりだされ、腕をねじられて歩かされたときは、弱々しく抗議し、ガチャガチャと音をたてる兵士たちに、駆け足でバザールから西部地区へ連れていかれるあいだも、しきりに抗議しました。まもなくアブダラの言葉ははげしい調子になってきました。

「いったいなんです？　ザンジブ市民としてたずねる……いったい、どこへ……連れていくのです？」

「黙れ。今にわかる」兵士が答えました。鍛えぬかれた兵士たちは息も切らしていません。

まもなく兵士たちはアブダラに、太陽の光でぎらぎら光る石造りの大きな門を急ぎ足でくぐらせ、ぎらつく中庭の、天火のように暑い鍛冶場《かじば》で五分ほどかけて、アブダラに鎖をつけたのです。アブダラはもっと強く抗議しました。「これはなんのためです？　ここはどこです？　断固、答えを要求します！」

「黙れ！」と分隊長は言うと、野蛮な北国なまりで副官にこう言いました。「文句が多いからな、ザンジブの連中は。恥知らずなんだ」

分隊長がそう言っているあいだに、鍛冶屋は——ザンジブの男だったので——アブダラに小声で話しかけました。「スルタン様のお召しだ。おまえさん、助かる見込はあまりないな。この前おれがこうやって鎖をつけたやつは、磔《はりつけ》になった」

「でも、わたしはなんにも——」アブダラが言い返そうとすると、

「黙れ！」分隊長が大声を出しました。「鍛冶屋、すんだか？　よし。駆け足前進！」

兵士たちはふたたびアブダラに、ぎらつく中庭を横ぎって奥の大きな建物まで走らせました。

アブダラは、こんな鎖をかけられては歩くのさえままならない、と言いかけました。鎖の重たいことといったら。けれどもいかめしい顔の兵士の一団に走れと追いたてられているときは、驚くほどの力が出るものです。アブダラは走りました。ガシャガシャ、ガチャンガチャン、ガツン、とうとう力つき、ガッチャーンという音とともに、涼しげな青と金のタイルをはった玉座のある壇の下で倒れました。

玉座にはクッションが山と積まれています。兵士たちは玉座の前でいっせいに片ひざをつきました。北国の兵士が雇い主に示す、異国風の作法です。

「囚人アブダラを召し連れました、スルタン様」分隊長が言いました。

アブダラはひざをつかず、ザンジブの作法どおり、ひれふしていました。くたびれきっていたので、ガチャガチャと音をたてて倒れこむ方が簡単でした。タイルばりの床は、ありがたいことにとてもひんやりしています。

「ラクダの糞の息子にひざまずかせろ。余の顔を見るようにさせよ」と、スルタンが命じました。小声でしたが、怒りで震えています。

兵士の一人が鎖をわしづかみにし、別の二人がアブダラの腕をひっぱって、無理やりひざまずかせます。兵士がそのまま手を放さないでいるのはありがたいことでした。さもなければ恐怖でへなへなとくずおれていたでしょう。

タイルばりの玉座にくつろいで座っている男は太っていて、頭ははげ、ふさふさした白いひげをたくわえています。はじに房がついた白い木綿の布で、クッションをぴしゃぴしゃたたいています。一見ものうげな動作ですが、はげしい怒りがこめられています。この房つきの布を見て、アブダラは自分がやっかいなはめになったことに気づきました。あれは自分のナイトキャップではありませんか。

「さあ、ごみの山から来た犬ころめ、わが娘はどこじゃ？」とスルタン。

「見当もつきませぬ」アブダラは悲しげに返事しました。

「そちは否定するのか」スルタンは、ナイトキャップをぶらぶらさせながらたずねました。まるで切り落とした首の髪の毛をひっつかんでいるようです。「そちはこれが自分の物ではないと申すか？　そのほうの名前が書いてあるのだぞ、けちな商人め！これは、余が――余がじきじきに――わが娘の化粧箱の中より見出したもので、それとともに八十二枚の平民の肖像画が、八十二の隠し場所から見つかったのだぞ。そちはわが夜の庭園にしのびこみ、娘にこうした肖像画を贈ったことを否定するのか？そちがわが娘を盗みだしたことも、否定するのか？」

「はい、それは否定いたします！　弱者の守り手として名高きお方様、ナイトキャップと肖像画がわたくしの物であることは否定いたしません。けれども、知恵に秀《ひい》でた支配者様、隠し事に関しましては姫様の方が、見つけ上手の殿様よりも上手《うわて》でいらっしゃいます。と申しますのは、実はあなた様が見つけられたより、百と七枚多く、絵をさしあげているからです。

ですが、ぜったいにわたくしめは〈夜咲花〉様をさらってはおりません。わたくしめの目の前から、巨大で醜いジンに盗まれたのでございます。いと気高きお方様にも増して、わたくしめにも姫様の居場所は見当がつきません」

「なんたるでたらめを！　よりによってジンとは！　嘘つき！　うじ虫め！」とスルタン。

「誓って、本当のことでございます！」もとより絶望しきっていたアブダラは、何を言おうがかまわないと、すてばちになっていました。「お好きな聖なる品をお出しくださいませ。それにかけて、ジンであったことを誓います。真実を語る魔法をわたくしにおかけくださいい、やはり同じことを申します、偉大なる犯罪者の取締人様。なぜなら、それが真実だからです。

姫様を失ったことでは、偉大なるスルタン様、わが国土のほまれよ、おそらくわたくしの方がみじめさの度合は大きいかと存じます。それゆえお頼み申します、どうかわたくしを殺し、このみじめな人生から解き放ってくださいませ！」

「喜んでそちを処刑してつかわそう。だがその前に娘の居所《いどころ》を教えるのだ」

「でも、申しあげたではありませんか、世界の驚異たるおん方！　わたくしは居場所を存じませんと」

「こやつを連れていけ」スルタンはひざまずいている兵士たちに、冷たく命じました。兵士たちは即座にとびおき、アブダラを立たせました。「拷問にかけ、真実をひきだせ」スルタンはつけ加えました。「娘を見つけたら、こやつを殺してよいぞ。だがそれまでは生かしておけ。もし持参金を倍にすれば、オキンスタンの王子も、やもめとなった娘をめとってくれるやもしれぬ」

「誤解でございます、君主の中の君主殿！」アブダラははっと息をのみ、タイルの上を鎖ごと兵士に引きずられていきながら、叫びました。「ジンの行き先はかいもくわかりません。それにわが最大の悲しみは、わたくしたちが結婚する前に、姫様をジンにさらわれたことなのです」

「なんだと？　そやつを連れもどせ！」スルタンは大声を出しました。兵士たちはすぐにまた鎖ごとアブダラを、タイルばりの玉座の前まで引きずって戻りました。スルタンは今や玉座から身をのりだし、アブダラをにらみつけていました。

「汚《けが》れなき余の耳を、汚物め、そのほうはこう言って汚したのだな、わが娘と結婚してはおらぬと？」

「そのとおりでございます、偉大な君主様。駆け落ちする前に、ジンが来たのでございます」

スルタンは、おびえたような顔でアブダラを見おろしました。「それはまことか？」

「誓って申しあげます。わたくしめは姫様にまだ接吻さえしておりませぬ。ザンジブを離れしだい、まずは法官殿を探すつもりでございました。正しく手続きをふみたいと思ったのです。もうひとつ、〈夜咲花〉様が本気でわたくしとの結婚をお望みかどうか、先に確かめるのがすじだと思っておりました。百と八十九枚の絵をごらんになったとはいえ、姫様は何もご存じないままお心を決められたのではないかと心配で。こんなことを申しあげるのは失礼かと存じますが、愛国者の守り手様、あなた様が姫様を育てたなさりようは、健全ではありません。姫様は、はじめてわたくしめをごらんになったとき、女とお間違えでした」

スルタンは考えながらひとり言を言いました。「つまり昨夜、余が兵士に、庭園に侵入した者をつかまえて殺せ、と命じたとき、たいへんなあやまちを犯すところだったのか……。このまぬけ」スルタンはアブダラにむかって大声を出しました。「奴隷同然の雑種犬め、余を批判しおるとは！　余はあのように娘を育てねばならなかったのじゃ。生まれたときの予言によると、娘は最初に会った男と――わしは別だが――結婚するであろう、というのだぞ！」

鎖をつけられていたにもかかわらず、アブダラはすっくと身を起こしました。今日はじめて、ほのかな希望を感じたのです。

スルタンは、きれいにタイルをはり、飾りつけられた室内を見おろし、考えこみました。「予言は余にはたいへん好都合だった。ずっと前から北の国々と縁組したいと願っておったからじゃ。北ではここより優れた武器を作っている。聞くところでは、中には、魔法の武器もあるそうだ。だが、オキンスタンの王族たちは、なかなか思いどおりにならなくてな。そこで余がすべきだと考えたことはたったひとつ、わが娘を男に会えないように隔離し、あとはむろん最高の教育を授け、歌や踊りも身につけさせて、どんな王子にも気に入られるように育ててあげることだった。

ようやく娘が年ごろになってきたので、公式にオキンスタンの王子をご招待申しあげたところだ。王子は来年、魔法の武器で征服したばかりの国が落ち着いたら、ザンジブに来られる予定だ。そして娘が王子に会ったとたんに、予言が成就し、余は王子をわが手中に収められるはずだったのだ！」

スルタンは不吉なまなざしでアブダラをにらみつけました。「ところが、そちのような虫けらがわが計画をくつがえすとは！」

アブダラはうなずきました。「不幸にしてまこと、そのとおりでございます、統治者の中でもとびぬけて思慮深きお方様。お教えください、オキンスタンの王子殿は、ひょっとして年配で醜い方なのですか？」

「余が思うに、王子はここにいる傭兵どもと同じように、北国人《きたぐにびと》らしくおぞましいであろうぞ」スルタンの答えを聞いて、兵士がみな、体をこわばらせたのがわかりました。たいていの兵士はそばかすがあり、頭髪も赤みがかっていたのです。「なぜそのようなことをたずねるのじゃ、犬め？」

「なぜなら、殿の偉大な英知をさらに批評する無礼をお許しいただけますなら、われらが国土の養育者様、それでは姫様に対して、公正を欠くからです」アブダラは兵士たちが大胆な言葉にびっくりしてこちらを見たのを感じました。でも平気です。もう失うものはないのですから。

「女など、とるに足らぬもの。それゆえ、公正を欠くことにはならん」とスルタン。

「わたくしはちがう意見でございます」アブダラが答えると、兵士たちはいっそうまじまじとアブダラを見つめました。

スルタンは怒りに燃えてアブダラを見おろし、強そうな手で、アブダラのナイトキャップを当人の首ででもあるかのようにひねりました。「黙れ、病持《やまいも》ちのカエルめが！　さもないと、余も分別を捨て、そのほうを即刻死刑にいたすぞ！」

アブダラは少し緊張をゆるめました。「国の民《たみ》に絶対の支配権をお持ちのお方様！　なにとぞただちにわたくしを殺してくださいませ。わたくしは法律にそむき、罪を犯しました。あなた様の夜の庭園に無断で侵入し……」

「口をつぐめ。そちもよくわかっておろう。わが娘を見つけだしてそちと結婚させるまでは、そちを殺すわけにはいかんのだ」

アブダラはさっきより、さらに緊張をゆるめました。「あなた様のしもべには、おっしゃっていることがよくわかりません、たぐいなき判定者様。わたくしは今、殺してくれと申しておりますのに」

スルタンは、うなり声をあげました。「もし、余がこの悲しむべき事件から何かひとつ学んだというなら、それは、ザンジブのスルタンである余とても、運命を欺《あざむ》くことはできぬということじゃ。あの予言はおのずと、どのようにしてか成就するであろう、それは確かじゃ。だから、もし余が娘をオキンスタンの王子に嫁がせたいと願うなら、まず予言に沿ってことを進めるほかないのだ」

アブダラはすっかりといってよいほどくつろいだ気持ちになりました。もちろん、アブダラにはスルタンが自分を殺せないことはとうにわかっていました。ただ、スルタンがそのことに気づいてくれるか不安だったのです。でもだいじょうぶ。どうやら〈夜咲花〉の賢さは父親から受けついだものでした。

「さてと、わが娘はどこにいる？」スルタンがまたたずねました。

「申しあげましたでしょう、ザンジブに輝く太陽よ。ジンが――」

「ジンなど、わしはこれっぽっちも信じておらん。あまりに都合のよい話ではないか。そちがどこかに娘を隠しているにちがいない。こやつを連れていけ」とスルタンは兵士に命じました。「そしてわが宮殿でもっとも堅固な地下牢にとじこめよ。鎖ははずすな。庭園にしのびこむときも、なんらかの魔法を用いたにちがいあるまい。だから注意せねば、その手段を脱出に用いるかもしれぬ」それを聞いてアブダラが思わず身をすくめたのに気づいたスルタンは、意地悪く笑うと、続けて言いました。

「それから、一軒ずつ徹底的な家捜《やさが》しをおこない、わが娘を見つけるように。見つけたらすぐに、結婚させるために牢へ連れてくるのだぞ」スルタンは何か考えながら、アブダラをもう一度しげしげと見ました。「それまではこやつの処刑方法をあれこれ考えて、暇をつぶすといたそう。目下は、四十フィートの高さの杭にこやつを串刺しにし、ハゲタカどもの餌食《えじき》にするのが好ましいと思う。だが、もっと残忍なやり方を思いつけば、そちらに変更するやもしれぬ」

兵士に引きずられながら、アブダラはまたもや絶望の淵に沈みました。自分が生まれたときの予言を思い出したのです。四十フィートの高さの杭は、「国じゅうの誰よりも高き場所」にアブダラを上らせることに間違いありません。

六章　砂漠を飛ぶ絨毯

兵士たちはアブダラを地下深くにあるくさい地下牢へとじこめました。明りは高い天井にある小さな格子窓から入ってくるだけで、それも日光ではありません。あの格子の上は通路になっていて、そのはじにある窓から入った光が、格子からもれてくるのでしょう。

どうせこういうところにとじこめられると覚悟していたアブダラは、兵士たちに引きずられてくる途中、両目をよくあけ、光のイメージを心に焼きつけておこうと努めました。兵士が地下牢の扉のかんぬきをはずしているあいだにも、あたりをよく見まわしました。そこは暗い小さな中庭で、崖のように高くそびえている特徴のない石壁に四方を囲まれています。けれども、ぐいと首をうしろへそらすと、昇りはじめたばかりの朝の金色の光を背に、遠くの細い尖塔が見えました。夜明けからまだ一時間ほどだとわかり、不思議な気がしました。

尖塔の上に広がる濃紺色の空には、雲がひとつ、おだやかに浮かんでいるだけです。

朝陽は雲を赤や金色に照らし、雲はまるで、高くそびえる城が窓を金色に輝かせながら空に浮かんでいるように見えました。尖塔の上で旋回している白い鳥の翼も、金色に染まっています。おそらくこれが美しいものの見納めになるだろう、とアブダラは覚悟しました。兵士に無理やり中へ入れられたときも、まだうしろをふり返っていました。

冷たい灰色の地下牢にとじこめられたあとも、今さっきの情景を大切に覚えておこうとしたのですが、そういうわけにはいきませんでした。牢内はまるで別世界だったのです。しばらくのあいだはただもうみじめで、きゅうくつな鎖をつけられていることも気づかなかったほどです。ようやく鎖に気づくと、冷たい床の上で体を動かしたり、ガチャガチャ音をたててみましたが、あいかわらずきゅうくつなままでした。

「生涯、ここにいなくちゃいけないんだ。誰かが〈夜咲花《よるさくはな》〉を助けだしてくれれば別だけど」アブダラはひとり言を言いました。でも、そんなことは起こりそうもありません。スルタンはジンの存在すら信じてはいないのです。

そのあと、空想にふけって気分をひきたてようとしましたが、自分はさらわれた王子だと空想してみても、うまくいきません。本当ではないということが忘れられないのです。また、〈夜咲花〉に話したとき相手が信じこんでしまったのも、うしろめたかったのです。きっとアブダラを王子だと思ったからこそ、結婚すると言ってくれたにちがいありません。〈夜咲花〉自身が王女だったことがわかった今、真実をうちあけることなど、想像もできません。しばらくのあいだ、アブダラは自分がスルタンの考えだす「もっと残忍なやり方の処刑」にふさわしいやつのような気がしました。

それから今度は〈夜咲花〉本人のことを考えはじめました。今どこにいるにしろ、あの人もわたしと同じようにおびえ、みじめな気分でいることだろう。ああ、慰めてあげられたらなあ。アブダラは〈夜咲花〉を救いだしたい気持ちでいっぱいになり、むだと知りつつ、しばらく鎖をねじきろうとしていました。

「だって、ほかのやつは助けにいかないだろうから、わたしがここから出なくては！」

そのあと、白昼夢と同じくらいばかげていると思いながらも、アブダラは魔法の絨毯《じゅうたん》を呼び寄せようとしはじめました。自分の店の床に絨毯が横たわっているところを頭の中に描き、声高《こわだか》に何度も何度も呼びかけたのです。思いつくかぎり魔法らしい言葉を唱え、そのどれかが正しい呪文であることを願いました。

何も起きません。まったくばかげたことを考えたものだ！　仮にこの地下牢にいるわたしの声が聞こえたとしても、そして呪文が正しかったとしても、どうやってこんな小さな格子窓を絨毯がくぐってこられるというのだ？　それに、仮にもぐりこむことに成功したとしても、どうやっていっしょに脱出できるというのだろう？

アブダラは絶望してあきらめ、ぼんやり壁にもたれていました。もう日ざかりになっているようでした。ザンジブではたいていの人が休憩をとる時間です。アブダラもふだん公園へ行かないときは、店の前の日陰であまり上等でない絨毯の山に腰を下ろし、果物のジュースを飲むか、金があれば葡萄酒《ぶどうしゅ》を飲み、ジャマールとのんびりおしゃべりをしたものです。ああ、二度とあんなことはできない。しかも今日はまだ一日目なんだ！　なんてことだ。今はまだ時間のたつのがわかるけれど、遠からず日数の経過さえわからなくなるかもしれないなあ。

アブダラは目をとじました。ひとつだけいいことがあるぞ。スルタンの王女を探して一軒ずつ家捜《やさが》しがされれば、ファティーマとハキームとアシーフはきっとひどい目にあうだろう。だって、あの三人はわたしの唯一の身内だと知られているからな。どうか兵士たちが、あの紫御殿をめちゃくちゃにしてくれますように。壁をひき裂き、巻いてある絨毯を片っぱしから広げてしまいますように。そして三人を逮捕し――

何かが、目をとじているアブダラの足もとにばさっと落ちました。

牢番が食べ物を投げこんでくれたんだな。でも飢え死にした方がいい……。ゆっくりひらいたアブダラの目が、思わず大きくなりました。

地下牢の床に魔法の絨毯が横たわっていたのです。その上でぐうぐう眠っているのは、気性の荒いジャマールの犬でした。

アブダラは絨毯と犬を見つめました。ありありと目に浮かぶようです。日ざかりの暑さの中で、犬は日陰になっているアブダラの店に入りこみ、横になったのでしょう。気持ちがよいので絨毯の上に寝たにちがいありません。でも、いったいぜんたいどうして犬に、たかが、犬に、呪文を言うことができたのかは、さっぱりわかりません。

アブダラが見つめているのも知らず、犬は夢を見はじめたようです。前足が動き、鼻づらにしわが寄ります。そして何かうまそうな匂いでもかぎつけたのか、鼻をひくひくさせます。そのあと、かぎあてたものに逃げられたとでもいうように、かぼそく、クンクンと鳴きました。

「なあ、友よ」と、アブダラは犬に話しかけました。「おまえさん、わたしが朝飯をたっぷりやったときのことを夢に見ていたのか、そうなんだね？」

夢の中でも犬はアブダラの声を聞きわけました。ゴーッと大きないびきをかいたかと思うと、目をさましたのです。まことに犬らしく、この見慣れぬ地下牢にいるのはどうしてかなどと、むだなことは考えないようでした。鼻をくんくんさせてアブダラをかぎあてると、うれしそうにキャンと鳴いてとびあがり、鎖の巻きついたアブダラの胸に前足をかけ、熱心に顔をなめはじめました。

アブダラは笑いだし、イカくさい犬の息を吸いこまないように顔をそむけました。アブダラも犬と同じくらいうれしくなっていました。「そうか、わたしの夢を見ていたのか！　だからここに来たんだな！　わが友よ、これからずっと毎日イカをひと皿やるからな。おまえさんはわたしの命と、おそらく〈夜咲花〉の命も救ってくれたんだから！」

犬の熱狂ぶりが少し落ち着くと、アブダラは鎖をつけたままごろごろころがったり、体をあちこち動かしたりして、どうにか片ひじをついたまま絨毯に横たわることに成功しました。ほっと大きく息を吐きます。これで牢から出られます。アブダラは犬に呼びかけました。「おいで。おいで。おまえさんも絨毯に乗って」

けれども犬は地下牢のすみでネズミの臭いでもかぎつけたのでしょう、鼻息を荒げ、かぎまわっています。犬がフンと鼻を鳴らすたびに、体の下で絨毯がゆれるのが感じられます。そのとき、絨毯の謎の答えが、ぱっとひらめきました。

「さあ、おいで。おまえさんを残していったら、兵士たちが尋問しにきたときに、見つかってしまう。みんなはわたしが犬に変わったと思いこむだろうから、おまえさんにわたしの運命がふりかかる。おまえさんは絨毯を持ってきてくれ、動かし方の謎を明かしてくれたんだから、四十フィートの高さの杭に磔《はりつけ》にさせるわけにはいかないよ」

犬は部屋のすみに鼻をつっこんでいて、アブダラの言うことを聞いてくれません。そのとき地下牢の分厚い壁ごしに聞こえてきたのは、足音と鍵のガチャガチャいう音でした。誰かがやってくるのです。アブダラは犬を説得するのはあきらめ、絨毯の上にあおむけになりました。

「さあ、いい子だ！　こっちへ来て、顔をなめておくれ！」

これは犬にもわかりました。アブダラの胸にとびのり、顔をなめはじめたのです。せわしくなめる犬の下で、アブダラは小声で言いました。「絨毯よ、バザールへ。でも着陸するな。ジャマールの店の横で、空中に停止」

絨毯は上昇し、急いで横に進みました。危ないところでした。そのとき地下牢の扉のかんぬきがはずされたのです。

結局アブダラにはどうやって絨毯が牢を出たのか、はっきりとはわかりませんでした。犬がずっと顔をなめていたので、目をとじているしかなかったからです。わかったのは、じめじめした影がとおりすぎたことだけで――たぶん、そのときに壁をとおりぬけたのでしょう――次に感じたのが、まぶしい陽光でした。

犬は日光にとまどったように頭を上げました。目を細くあけたアブダラには、前方に高い壁がそびえ立っているのが鎖ごしに見えましたが、絨毯はなめらかに上昇してそれを越え、壁は見るまに下になっていました。次に見えてきたのはたくさんの塔や屋根でした。これなら、夜に見ただけとはいえ、見覚えがありました。そのあと絨毯はバザールのはずれ目ざしてなめらかに飛んでゆきました。なんとスルタンの宮殿からアブダラの店までは、歩いて五分とかからない近さだったのです。

ジャマールの店が見えてきました。隣のアブダラの店はめちゃくちゃに壊され、歩道にまで絨毯が投げだされていました。兵士たちが店に〈夜咲花〉を探しにきたことは一目瞭然です。ジャマールは売台につっぷして居眠りをしています。片側ではイカの入った大きな鍋がぐつぐつ煮え、もう片側では炭火焼きの網の上で串刺しの肉が煙を上げています。ジャマールが頭を上げ、絨毯が目の前で空中に停まったのを、片方しかない目でまじまじと見つめました。

「降りろ、いい子だ！」アブダラは犬に言いました。「ジャマール、あんたの犬を呼んで」

ジャマールはびくびくしているようでした。スルタンが串刺しにしたがっている人物の隣で店をやっているなんて、笑い事ではありません。アブダラを見て、ジャマールは言葉も出ないようすでした。犬がアブダラにもジャマールにも目もくれないので、アブダラは鎖をガチャガチャいわせ、ひと汗かいた末、どうにかあぐらをかくことに成功しました。はずみで犬の体が押しだされます。店の売台にすばやくとびおりた犬を、ジャマールはうわの空で腕に抱きました。

「おれに何かできることはあるかい？」ジャマールは鎖を見つめながらアブダラにたずねました。「鍛冶屋を連れてこようか？」

アブダラはこの友情に満ちた言葉に、ほろりとさせられました。けれども空中で絨毯の上に座っていると、店のあいだの路地が見え、駆けていく靴底とひるがえる衣《ころも》が目にとまりました。どうやら近所の店主の一人が、警吏《けいり》を呼びにいくところのようです。もっとも、その人物の走り方は、アシーフそっくりに見えましたが。

「いや、時間がない」鎖をがちゃつかせながら、アブダラは左足を絨毯のはじからつきだしました。「かわりに、してもらいたいことがあるんだ。左の長靴の刺繍《ししゅう》に手をのせてくれ」

ジャマールはすなおにたくましい腕を伸ばし、そっと刺繍に触り、びくびくしながらたずねました。「何かのまじないかい？」

「ちがうよ。秘密の財布さ。手を入れて、金を出してくれ」

ジャマールはよくのみこめないようすでしたが、それでも手さぐりし、財布の口を見つけると、ひとつかみの金貨をとりだしました。「ひと財産あるよ。これであんたの自由を買いとれるのかい？」

「ちがうさ、買いとるのはあんたの自由だ。あんたとあんたの犬は、わたしを助けたといって警吏に追われることだろう。その金貨を持って、犬を連れて逃げてくれ。ザンジブを出るんだ。北の野蛮国に行けば、隠れられるだろう」

「北だって！　でも、北の国でおれに何ができるんだ？」

「必要な物を買って、ラシュプート料理のレストランをひらいたらいい。それだけあれば足りるはずだ。あんたは腕のいい料理人だ。あっちでひと財産築けるさ」

ジャマールは、視線をアブダラから片手いっぱいの金貨に移しながらたずねました。

「あんた、本当にそう思うかい？」

アブダラは油断なく路地を見はっていました。今や、警吏ではなく、北の国の傭兵が路地につめかけてくるのが見えました。「今すぐ、逃げさえすればね」

ジャマールも兵士たちが駆けてくる音を聞きつけたらしく、身をのりだして確かめたかと思うと、犬に口笛を吹いて合図し、あっというまに音もなく姿を消しました。そのあまりのすばやさに、アブダラはひたすら感心しました。しかもジャマールは肉が焦げないように焼き網から下ろし、犬があと始末をしたのです。兵士たちが来ても、残っているのは、鍋に入った半煮えのイカだけでしょう。

アブダラは絨毯にささやきました。「砂漠へ、大急ぎ！」

ただちに絨毯は、いつものようにすばやく動きだしました。鎖が重しとならなければ、アブダラは、絨毯からほうりだされていたことでしょう。幸い鎖のおかげで絨毯は中央がぽこっとへこみ、ハンモックのようになっていました。

どんなに速く飛んでも足りないくらいでした。兵士たちがうしろで叫び、大きな音がしたと思うと、まばたきするぐらいのあいだに銃弾がふたつと弩《いしゆみ》から発射された太い矢が一本、絨毯の脇をかすめて青空に弧を描き、うしろへ落ちていきました。

絨毯は猛烈な勢いで進み、屋根や壁を越え、塔をとおりすぎ、ヤシの木や公園の上を滑空しました。そして広々とした青空のもとで白や黄色にきらきらしている、熱い砂漠の上へつっこんでいきました。すぐに鎖だけがやけに熱くなってきました。空気の流れが止まりました。顔を上げると、ザンジブの町が地平線上の小さな塔のかたまりになっているのが見えました。絨毯は、ベールですっぽり顔をおおい、ラクダに乗った人物とゆっくりすれちがいました。

その男はふり返り、絨毯が砂の上に降りようとするのを見ると、ラクダの向きを変え、駆け足であとを追ってきました。その男が大喜びで考えていることぐらい、手にとるようにわかります。本物の空飛ぶ魔法の絨毯を自分の物にする絶好の機会が目の前にぶらさがっている、持ち主は鎖をかけられているから抵抗できるはずもないだろう——そう考えているのです。

「上がれ、もっと高く！」アブダラは絨毯にむかって金切り声をあげました。「北へ飛べ！」

絨毯はたいぎそうに、また空に上がりました。絨毯の糸という糸から、いらいらしていやがっている気配がにじみでているようです。のっそりと重たげに方向転換をすると、人が歩くくらいの、のろのろした速度で北を目ざして飛びはじめます。男は絨毯が向きを変えたあたりでラクダの向きをぐいと変え、大急ぎで追ってきます。絨毯は地面から九フィートほどの高さに浮かんでいるだけなので、ちょうどラクダの上から手が届く高さでした。

アブダラは今こそ機転を利《き》かせるときだと判断し、ラクダの乗り手に呼びかけました。「気をつけろ！　わたしは疫病にかかっている！　人にうつす恐れがあるので、鎖をかけられ、ザンジブから追放されたのだ！」

乗り手はだまされません。ラクダの手綱を引き、さっきよりは用心深い歩調で追いながら、荷の中から天幕用の支柱を出そうとしています。それを使ってアブダラを絨毯からつき落とそうというのでしょう。アブダラはあわてて絨毯に呼びかけました。

「おお、ご立派な絨毯殿。色あざやかにして、きわめて精緻、美しい生地に魔法をいと巧みに織りこんだ絨毯殿、今までわたくしめは、あなた様にふさわしき尊敬の念をもって遇しませんでした。がみがみ命令をし、どなりつけさえいたしました。ですがお優しきあなた様には、ごくおだやかにお願いすればよいとわかったしだいでございます。どうか、どうか、どうか、お許しあれ！」

絨毯はアブダラの言葉に気をよくしたようです。空中でぴんと伸び、速度を心もち上げました。

アブダラは続けました。「わたくしめは犬畜生でございます。砂漠の炎暑の中であなた様を酷使し、鎖で恐ろしいほどの重みをおかけ申しております。ああ、優美で魅惑的なつづれ織り殿、今考えられますことは、あなた様の上からどうすればこのとほうもない重しをとりのぞけるか、ということだけでございます。もしあなた様に、ゆるやかなる速度で、たとえばラクダの速足より多少速いぐらいで北方へ飛び、この鎖をとりはずせる人を見出せそうな、もっとも近い場所まで行ってくださいとお頼み申しましたなら、愛すべき高貴なるあなた様に、ご賛成いただけましょうや？」

作戦は成功です。絨毯はさらに気をよくしたようで、うぬぼれめいた雰囲気を漂わせ、高さを一フィートほど上げ、かすかに方角を変えると、しっかり時速七十マイルほどで進みはじめました。アブダラは絨毯のはじにしがみつき、うしろをふり返り、ラクダの乗り手ががっかりしているようすを眺めました。すぐに、乗り手の姿は後方の砂漠の中の点になってしまいました。

「工芸品の貴族殿、あなた様は絨毯の帝王ともいうべきお方、それにひきかえわたくしめは卑しき奴隷でございます！」アブダラは恥ずかしげもなく言いはなちました。

絨毯はこのおせじがいっそう気に入ったらしく、速度がさらに上がりました。けれども十分後、絨毯は、砂丘をさっと飛びこえたかと思うと、頂上を越えたところで傾いたまま急停止してしまいました。アブダラはなすすべもなく、砂埃《すなぼこり》を上げて絨毯からころがり落ちました。ガチャガチャ、ジャランジャラン音をたて、弾んではさらに砂埃をたて、斜面をころがっていきます。それから――止まろうとやけっぱちになって足先から砂地のくぼみにすべりこみ、オアシスのにごった小さな池のふちでようやく止まりました。

水際ではむさくるしい連中がしゃがんで何かを見ていたのですが、アブダラがそのまん中につっこんできたのでとびあがり、クモの子を散らすように逃げました。アブダラの足が、その連中の見ていた品物にぶつかり、水の中にはねとばしました。一人の男が怒りの声をあげ、水をはねあげながらそれを拾いにいきました。逃げた男たちも軍刀《サーベル》やナイフを抜き、一人などは銃身の長い拳銃をとりだし、おどすようにアブダラをとり囲みました。

「こいつののどを切り裂け」一人が言いました。

アブダラは目に入った砂を出そうとさかんにまばたきしながら、これほど悪者らしい面々にお目にかかったことはないと思いました。どの顔にも傷があり、目はきょろきょろと落ち着かず、歯並びが悪いし、残酷そうないやな顔立ちです。中でも拳銃を持った男が最悪でした。大きな鷲鼻《わしばな》の片側に、耳飾りのような物をつけ、もじゃもじゃの頬ひげをはやしています。ターバンを片側でとめている金色のブローチには、派手な赤い石が光っています。

「おまえ、どこから湧いてきた?」その男は言うが早いか、アブダラをけとばしました。「おい、答えろ」

男たちは、瓶《びん》のような物をかかえて池から出てきた男もふくめ、いっせいにアブダラを見つめました。どの男の顔も、まともな説明をした方が身のためだぞ、さもないと……といわんばかりでした。

七章　オアシスの盗賊と瓶の中の精霊《ジンニー》

　アブダラは目に入った砂をまばたきしてさらにはじきだすと、拳銃を持った男をじろじろ見つめました。白昼夢に描いていた悪漢の盗賊と、本当にそっくりなのです。なんという偶然の一致でしょう。

「幾重《いくえ》にもおわび申しあげます、砂漠の紳士方、このように、みなさまのお邪魔をいたしまして」アブダラはていねいな口調で言いました。「ひょっとして今ご挨拶申しあげておりますお方は、もっとも高貴にして世に名高き盗賊であらせられる、無敵のカブール・アクバ様ではございませんか？」

　アブダラをとり囲んでいた悪漢たちは驚いたようです。誰かがこうささやいたのが、はっきり聞こえました。「こいつ、どうして知ってるんだ？」

　けれども拳銃を持った男はせせら笑っただけです。それがまた似合う顔なのでした。

「そうよ、おれ様よ。おれ様はそんなに有名か？」

　これはもちろん偶然の一致というやつだろうと、アブダラは思いました。でも、これで自分が空想したとおりのことが起こっていることは、はっきりしました。「ああ、荒野《こうや》の旅人方、わたくしも、高貴なるみなさまご同様、追放され、しいたげられた身でございます。わたくしめはラシュプート国に復讐を誓いました。みなさまのお仲間に加えていただき、わが知力とわが武器をお役立ていただこうと、わざわざまいったのでございます」

「それは本当か？　だが、どうやってここへ来た？　鎖もろとも、空から降ってきたのか？」カブール・アクバがたずねました。

「魔法で空から降ってまいりました、名にしおう流浪の民《たみ》様」アブダラは慎ましく答えました。魔法がからんでいると言った方が、相手が感心するだろうと計算したのです。

残念ながら盗賊たちは感心したようすはなく、笑いだす者がたくさんいました。カブール・アクバは、二人の男に頭を振って合図し、アブダラが着地した砂丘のてっぺんを調べにいかせました。「ではおまえは魔法が使えるというのか？　身につけている鎖がそれと関係があるとでも？」

「そのとおりでございます。わたくしめがあまりに偉大な魔術師であるため、ザンジブのスルタンみずから、わが力に恐れをなし、鎖をつけさせたのです。この鎖を解きはなち、手錠をおはずしくだされば、不思議の数々をお目にかけますほどに」アブダラは目のすみで、二人の男が絨毯《じゅうたん》をかかえて戻ってきたのをとらえ、それが吉《きち》と出るように心の中で願いながら、熱心に説明しました。

「ご存じのように、鉄は魔術師に技を使えなくさせる物質でございます。どうか遠慮なくこの鉄を打ち壊してくださいい、さすれば不思議の数々をお目にかけまする」

盗賊の一団はアブダラを疑わしそうに眺めました。「ここには金属用のたがねも木《き》槌《づち》もないね」と、一人が言います。

カブール・アクバは、絨毯を運んできた男たちの方をむきました。二人が報告しました。

「見つかったのはこれだけです。乗り物は影も形もありません。足あともです」

それを聞くと、盗賊の首領は考えながら口ひげをなでました。アブダラはふと、あのひげが鼻輪にひっかかることはないのだろうか、と考えました。

カブール・アクバが口をひらきました。「ふーむ、では、魔法の絨毯だということを信じてもよかろう。おれがいただいておく」あざけるようにアブダラを見ます。「がっかりさせて悪いが、魔術師とやら。だが、そんなふうに鎖をかけられて来てくれたのはまことに都合がいい。絨毯はこちらにいただくが、念のためおまえはそのままにしておくぞ。もし本気で仲間になりたくば、役に立つと証明してみせるがいい」

自分でも少し意外だったことに、それを聞いたアブダラは、おびえるどころか腹が立ってきました。けさスルタンの前に引きだされたときに、ありとあらゆる恐れを使い果たしたせいでしょう。それとも、体じゅうが痛いせいでしょうか。砂丘をすべりおりたときにすりむいたところがずきずきし、片方の足首は鎖のせいでひりひりします。

「でも、申しあげたではありませんか、この鎖をはずさないと、なんにもお役に立てないと」アブダラはひらきなおって言いました。

「ほしいのは、おまえの魔術ではない。知識だ」カブール・アクバは答え、さっき池に入っていた男を手招きしました。「これがどういうたぐいの物か、答えろ。そうすればほうびとして足だけは自由にしてやってもよい」

池に入った男はしゃがむと、胴がふくらんだくすんだ紺色の瓶《びん》をさしだしました。アブダラはひじをついて上半身を起こし、いやいや瓶を眺めました。新しい瓶に見えます。曇りガラスの口には新品のコルクが深々とはまっているのが見えますし、その上の鉛の封印も新しそうです。一見、ラベルのとれた香水瓶といった感じです。

しゃがんでいた男が瓶を振りながら言いました。「とても軽いです、お頭《かしら》。それに、振っても中はことりともいわないし、水が入っている音もしません」

アブダラは、自分の鎖をはずさせるためにこの瓶を利用する方法はないかと頭をひねり、口からでまかせを言いました。「それは『精霊《ジンニー》』の瓶です。砂漠の民よ、こういう物には危険がつきものだとご存じでしょうな。わたくしの鎖をおはずしください。そうすればわたくしが中のジンニーを支配し、必ずあなた様方の願い事をかなえさせましょう。さもなくば、誰も触れるべきではないと存じます」

瓶を持っていた男はあわてて手を放し、瓶を下に落としました。けれどもカブール・アクバは笑っただけです。瓶を拾いあげ、「うまそうな飲み物に見えるが」と言うと、別の男に瓶を投げ、「あけてみろ」と命じました。瓶を渡された男は軍刀《サーベル》を下に置き、大きな短刀をとりだして、鉛の封印を切りはじめました。

それを見てアブダラは鎖をはずしてもらう機会を逃したことがわかりました。それどころか、嘘がばれるのは時間の問題でしょう。アブダラは声をはりあげました。

「それは非常に危険ですぞ、盗賊中の紅玉《ルビー》殿。封印は解いてしまったとしても、ゆめゆめコルクを抜こうなどと思わぬことです」アブダラが話しているあいだにも男は封印をはがし終えて、砂の上に捨てていました。次に、別の男に瓶を支えてもらってコルクを抜きにかかります。「もし、どうしてもコルクを抜くというなら」アブダラはまくしたてました。「せめて、魔法の回数どおりに瓶をたたき、中にいるジンニーにこう誓約させなさい……」

ぽん！　コルクが抜けました。瓶の細い口から薄紫の煙が出てきました。アブダラは中に毒がつまっていてほしいと思いました。けれども、薄い蒸気はすぐに濃い雲に変わりました。瓶から青紫の蒸気が出てくるところは、煮えたぎっているヤカンのようです。蒸気はすぐに顔の形になりました——大きく、怒った青い顔です。腕があり、細い胴が瓶につながっています。蒸気はなおも出続けて、とうとうゆうに十フィートもの高さになりました。

その顔が、風がうなるような大声でどなりました。「ぼくは誓いを立てたんだ！瓶からぼくを出した者は呪われるがいい、と。そら！」ぼんやりした腕がある身ぶりをしました。

そのとたん、コルクと瓶を持っていた男たちの姿が消えたように見えました。コルクと瓶が地面に落ち、ジンニーは瓶の首から横向きに伸びています。青い煙のまん中から二匹の大きなヒキガエルがはいでてくると、まごついたようにあたりを見まわしました。煙のようなジンニーはゆっくりと身を起こすと、かすんだ腕を組み、薄く透ける顔を憎々しげにゆがめて、瓶の上に漂いました。

盗賊たちはとうに逃げだしていて、その場に残っていたのはアブダラとカブール・アクバだけでした。アブダラは鎖のせいで身動きがままならなかったのですが、カブール・アクバは、意外なことにとても勇敢だったのです。ジンニーは二人をにらみつけました。

「ぼくはこの瓶のとりこだ。こういった決まりはいやでたまらないが、教えなければならない。この瓶の持ち主となった者は、毎日ひとつずつ願い事が許され、ぼくはいやでもそれをかなえてやらなければならない」ジンニーは、おどすようにつけ加えました。「で、おまえの願いは?」

「わたしの願いは——」アブダラが言いかけました。

そのとき、カブール・アクバの手がすばやくアブダラの口をふさぎました。「願うのはおれだ。ジンニー、わかったな?」

「聞こえた。それで願いは?」

「ちょっと待ってくれ」カブール・アクバはアブダラの耳もとに顔を寄せました。手の臭いもひどいものでしたが、なんという口臭のひどさでしょう。でも、アクバの手にしろ口にしろ、ジャマールの犬のくささにはおよびもつきませんでした。

「なあ、魔術師よ」盗賊はささやきました。「ちっとは魔法のことを知っているらしいな。何を願えばいいか、知恵を貸してくれ。そうしたら自由にしてやるし、名誉あるわが団の一員にしてやってもいいぞ。だが、もし自分で願い事なんかしてみろ、殺してやる。わかったな?」カブール・アクバは拳銃の銃口をアブダラの頭に押しつけてから、口を押さえていた手を離しました。「さあ、何を願おうか?」

「そうですね。もっとも賢く親切な願いは、あなたのヒキガエルたちを人間に戻してやることでしょうね」

カブール・アクバは驚いたように二匹のヒキガエルをちらと見ました。ヒキガエルたちはぬかるんだ池のふちをおぼつかなげにはっています。自分たちが泳ごうとしたら泳げるのかを考えているようすです。「願い事のむだづかいだ」アクバは言い捨てました。「もっとよく考えろ」

アブダラは盗賊の頭《かしら》がいちばん喜ぶのはなんだろうかと、脳みそをしぼりました。

「もちろん無限の富を願うこともできますが、そうなれば、金を運ばなければならないでしょう。だから、その前にがんじょうなラクダの一隊を願った方が、たぶんいいでしょうね。それに、その財宝の護衛もいりますね。だとするとまず最初に、北の国で評判の武器をもらった方がいいかもしれません。そうでなければ――」

「どれが先だ?」カブール・アクバがさえぎりました。「急げ。ジンニーがしびれを切らしてる」

そのとおりでした。ジンニーは、足こそふみ鳴らしていませんが――ふみ鳴らそうにも、足がありません――青い顔をしかめ、ぼうっと浮かんでいるようすを見ると、あまり待たせると、遠からず池のそばのヒキガエルが増えそうな気配でした。

ちょっと考えただけでアブダラにも、ヒキガエルになることにくらべれば、鎖つきとはいえ今の境遇の方がはるかにましだと、わかりました。「とりあえず、ごちそうを願ったらどうです?」アブダラは弱々しく答えました。

「そいつはいい！」カブール・アクバはアブダラの肩をたたき、うれしそうにぱっと立ちあがると言いました。「とびきり豪勢な宴会を願いたい」

ジンニーはお辞儀をしましたが、まるでロウソクの炎がすきま風でなびいたように見えました。

「承知した。この願い事のせいで、うんといいことが起きるといいがな」と不機嫌に言い捨てると、瓶の中にゆっくり消えていきました。

ほぼ同時に、ブ――ンというにぶい音がして、ごちそうを満載した長い食卓が到着しました。食卓の上では縞柄の天幕が陽をさえぎり、給仕を勤めるお仕着《しきせ》を着た奴隷まで、姿をあらわしたのです。

本当に豪勢なごちそうでした。盗賊連中はたちまち怖がっていたのも忘れて駆けもどってくると、クッションの上にくつろぎました。そして金色の皿からうまい料理を食べ、奴隷たちにおかわりだ！　おかわりをよこせ！　と叫びはじめたのです。

アブダラは何人かの奴隷に話しかけてみました。奴隷たちはみな、ザンジブのスルタンづきの給仕だと言いました。ということは、このごちそうもスルタンの食事だったにちがいありません。

アブダラはスルタンの食事をとりあげたと知って、ほんの少し気分がよくなりました。でも宴会のあいだもあいかわらず鎖をかけられ、手近のヤシの木にくくりつけられたままです。カブール・アクバから手厚くもてなされるとは期待していませんでしたが、それでもつらいことに変わりはありません。カブール・アクバはときどきアブダラのことを思い出しては、えらそうに指図し、金の皿や葡萄酒《ぶどうしゅ》入りの水差を奴隷に届けさせました。

とにかくごちそうはたっぷりありました。ときどきブーンというかすかな音がしては、新しい料理を、びっくりした顔の奴隷が運んできました。宝石のついたワゴンに、スルタンの葡萄酒蔵《ぐら》からえりすぐったとおぼしき葡萄酒がのっていたこともありました。仰天したようすの楽士たちまでやってきました。そのたびにカブール・アクバが新たな奴隷をアブダラのところへもよこし、奴隷はすぐにアブダラの質問に答えてくれるというわけでした。

「実を申しますと、砂漠の王の気高き囚《とら》われ人様」一人の奴隷が答えて言いました。「スルタン様は料理のひと皿目とふた皿目が、摩訶《まか》不思議にも消えうせましたとき、ものすごくお怒《いか》りでした。三皿目は、わたくしめが運んでおりましたクジャクのローストでございましたが、スルタン様はなくならないようにと、台所から番兵をおつけになったくらいです。でも、わたくしどもは宴会場の入口まで来たところで番兵の目の前で連れさられ、次の瞬間、このオアシスにいるのに気づいたのでございます」

スルタンは、刻一刻、空腹をつのらせているにちがいありません。

少しあとで、同じようにして踊り子の一団があらわれました。これには、スルタンはいっそう激怒したことでしょう。けれどもアブダラは踊り子たちを見て、憂鬱《ゆううつ》になりました。踊り子の誰よりも〈夜咲花《よるさくはな》〉の方が倍も美しいと思うと、涙が浮かんできました。食卓のまわりではどんちゃん騒ぎがはじまり、池の浅瀬でうずくまっていた二匹のヒキガエルが、痛ましい鳴き声をあげました。ヒキガエルたちがアブダラに負けず劣らずみじめな気分だということは、間違いないでしょう。

しかし陽が沈んだ瞬間、奴隷も楽士も、そして踊り子も、いっせいに消えてしまいました。もっとも、ごちそうの残りと飲み残しの葡萄酒はそのままです。盗賊たちはもうとっくに満腹しているはずですが、なおもつめこんでいました。

やがて盗賊たちはその場で眠りこみました。ただ、アブダラがっくりしたことには、カブール・アクバだけは立ちあがり、多少ふらふらしながらも、食卓の下からジンニーの瓶を拾いあげ、コルクの栓がはまっていることを確かめました。それから、よろめきながら魔法の絨毯に近づき、瓶を持ったまま絨毯の上に横になったのです。と思うと、カブール・アクバももう眠っていました。

アブダラはつのりゆく不安を抱きながら、ヤシの木にもたれて座っていました。もしジンニーが盗んだ奴隷の一行を宮殿に送り返したのなら――たぶんそうしたのでしょうが――怒った誰かさんが問いつめるに決まっています。返ってくる答えは一様《いちよう》に、盗賊の一団に給仕するよう強いられました、鎖をかけられた身なりのよい若者がヤシの木陰に座って見まもっていました、というものになるでしょう。

スルタンはばかではありませんから、二と二を足して答えを出すでしょう。今ごろはもう、足の速いラクダに乗った兵士たちが、問題の小さなオアシスを探すために、砂漠へむかっているかもしれません。

とはいえ、アブダラがもっとも恐れていたのは別のことでした。アブダラは不安なおももちで、眠っているカブール・アクバを見つめていました。今や魔法の絨毯を失おうとしているうえ、きわめて便利なジンニーまで、なくしてしまいそうなのです。恐れていたとおりでした。半時間もすると、カブール・アクバは口をあけたまま、あおむけになってぐっすり眠っていました。そしてジャマールの犬がしたように、あるいはおそらくアブダラがしたように――とはいっても、これほど大きな音だったとは思えないのですが――カブール・アクバはとどろくような音でいびきをかきはじめたのです。

絨毯がゆれました。昇ってきた月の明りで、絨毯が一フィートかそこいら宙に浮いたのがはっきりと見えました。絨毯はそこに漂い、待っているようです。絨毯はカブール・アクバが見ている夢の舞台はどこなのか、せっせと考えているのだろうと、アブダラは思いました。盗賊の首領がいったいぜんたいどんな夢を見るものか、見当もつきませんが、でも絨毯にはわかったようでした。ふわりと飛びはじめたのです。

アブダラは絨毯がヤシの葉をかすめて飛んでいくのを見あげ、だめでもともと、声をかけてみました。「おお、不幸このうえなき絨毯殿！　わたしなら、あなたをもっと大事に扱いますものを！」

ひょっとすると絨毯にはアブダラの言葉が聞こえたのでしょうか、それとも偶然でしょうか。何か丸くてかすかに光る物が絨毯のへりからころがると、アブダラから数フィート離れた砂の上に軽い音をたてて落ちたのです。それはジンニーの瓶でした。

アブダラは鎖をあまりガチャガチャいわせないよう気を配りながら、できるだけすばやく手を伸ばし、瓶を自分の背中とヤシの木のあいだに隠しました。それから座ったまま、ずっと明るい気持ちになって、朝になるのを待ちました。

八章　すべての夢がかなう？

太陽が砂丘をほのかなバラ色に照らした瞬間、アブダラはジンニーの瓶《びん》のコルクを抜きました。煙が流れでて、勢いよく吹きあがり、青紫色をしたジンニーの形になりました。ジンニーは、なんときのうよりさらに機嫌が悪そうです。「願い事は一日にひとつだと言ったはずだ！」と、ヒューヒュー声でジンニーが言いました。

「ええ、もう次の日になりました。ああ、藤色の偉大なお方、わたしが新しい持ち主です。そしてわが願い事は簡単です。この鎖をはずしていただきたい」アブダラは言いました。

「そいつは願い事のむだづかいだな」ジンニーは軽蔑したように言うと、あっというまに縮み、また瓶の中へ入ってしまいました。ジンニーにとってはちっぽけな願いに見えても、自分にとっては鎖をはずしてもらうのは重要なのだ、とアブダラが言いかけたときには、もうガチャガチャ音をたてずに自由に動けるようになっていました。見おろすと、鎖はなくなっていました。

アブダラは注意深く瓶にコルクをはめ、立ちあがりました。体ががちがちにこわばってています。でも体をほぐす前に、どうしても考えなければならないのは、ラクダに乗った兵士の一隊がこのオアシス目ざして駆けつけてくるということです。それに、もし盗賊たちが目ざめて、自分が鎖もなく立っているのを見つけたら、どんなことになるでしょう。

そう思ったとたんアブダラは、まるで老人のようによろよろと、宴会の食卓へ近寄りました。テーブルクロスの上につっぷして寝ている盗賊たちを起こさないように用心しながら、食料をまとめ、ナプキンにくるみます。葡萄酒《ぶどうしゅ》の入った細口瓶を一本とり、それとジンニーの瓶とを、ナプキンを二枚使ってベルトにしばりつけます。最後にもう一枚のナプキンで、熱射病にかからないよう頭をおおいます。以前に旅人から、砂漠でもっとも恐ろしいのは熱射病だと聞かされていたからです。それから足を引きずりつつ、できるだけ早足でオアシスを出ると、北へむかいました。

歩くにつれて体がほぐれ、気持ちよく歩けるようになりました。朝のうちは、〈夜咲花《よるさくはな》〉のことを思いながら、元気いっぱい歩きつづけました。歩きながらおいしい肉入りパイを食べ、葡萄酒をぐいと飲みました。

けれども昼に近くなると、あまり快適とはいえなくなってきました。太陽が真上に昇り、空はぎらつく白さに変わり、陽炎《かげろう》が立って、あたりがゆらめきはじめました。

アブダラは、こんな葡萄酒は捨てて池の泥水でも瓶につめてくればよかった、と思いはじめていました。葡萄酒はのどの渇きをひどくするだけで、ちっともいやしてくれないのです。ナプキンを葡萄酒で湿らせては首のうしろにのせますが、のせたとたん、あっというまに乾いてしまいます。昼すぎには、死にそうだという気がしてきました。目の前で砂漠がゆれて、まぶしくて目が痛くなります。生きたまま焼かれている気分です。

「これじゃ、空想したことをすべて体験するのが、わたしの運命みたいだ！」アブダラはかすれ声で嘆きました。

今の今まで、悪者のカブール・アクバから逃げる場面を、細部まで入念に空想したつもりでいました。けれども、汗が目に入るほどの熱暑の中で、よろめきながら砂漠を歩くのがどれほどつらいか、全然考えていなかったことがわかります。

砂がこんなふうに体じゅうどこにでも、口の中にまで入りこむとは思ってもいませんでしたし、太陽が真上にあるときに方角を見さだめることの難しさも、白昼夢の中には入っていませんでした。足もとに落ちるわずかな影では、方角の見当がつけられないので、たえずうしろをふり返っては、自分の足あとがまっすぐかどうか確かめなくてはなりません。それで時間をむだにしていることも、心配の種でした。

とうとう、時間をむだにしようがおかまいなしに、ひと休みせずにはいられなくなりました。ちょっとした砂のくぼみに、猫の額ほどの小さな陰を見つけて、しゃがみこんだのです。まるでジャマールの店の炭火焼きの網にのせられた肉のような気分です。ナプキンに葡萄酒をしみこませて頭の上に広げると、しずくが晴着に赤いしみをつけます。ここで死ぬはずがない、と思えるのは、ただスルタンに聞かされた予言があるからです。

もし〈夜咲花〉がわたしと結婚する運命なら、わたしは生きのびるはずだ。だって、わたしたちはまだ結婚していないのだから。でも、わたしに関する予言もある。あの意味はいくとおりにも考えられる……もしかしたら、とっくに実現したのかもしれない。魔法の絨毯に乗って、国じゅうの誰よりも空高く上がったからな。それとも、高き場所とは、四十フィートの高さの杭をさしているのだろうか？

そう思ったとたんアブダラはあわてて立ちあがり、また歩きはじめました。

午後になるとますます苦しくなりました。アブダラは若くて健康ですが、絨毯商人の暮しでは長く歩きつづけたことなどありません。かかとから頭のてっぺんまで痛みます。爪先も、皮がむけているらしく、ひりひりするのです。おまけに、長靴の隠しポケットのあるところもすりむけています。脚はくたびれ果て、動かすのもやっとです。でも、盗賊たちに追いつかれる前に、さもなければラクダに乗った兵士たちが姿をあらわす前に、オアシスからできるだけ離れておかなければなりません。どれくらい進めば安全かわからなかったので、アブダラは重い足どりで歩きつづけました。

夕方には、明日は〈夜咲花〉に会えるという思いだけで、アブダラは歩いていました。明日になればジンニーに、そう願うつもりですから。金輪際、葡萄酒なんか飲まないぞと誓い、砂なんかもうひと粒だって見たくないとののしっていました。

夜になると、砂丘のひとつに倒れこみ、眠りました。

夜明け、アブダラは歯の根が合わないほど震えながら、凍傷になる心配をしていました。砂漠は昼間暑かったぶんだけ、夜には寒くなるのです。でも、もうすぐ苦しみも終るとわかっていました。砂丘の暖かい側に座り、夜明けが東の空を金色に染めるのを見ながら、食べ物の残りを食べ、最後にいまわしい葡萄酒を飲んで元気をとりもどしました。体が温まり、歯がちがち鳴るのもやみました。もっとも口の中はジャマールの犬並《なみ》に、ひどい臭いになっていました。

さあ。期待に頬をゆるめながら、ジンニーの瓶からコルクをはずします。

藤色の煙が勢いよく流れだすと、上昇してぶっちょうづらのジンニーになりました。

「何をにやついてるのさ?」ヒュウヒュウと、ジンニーが聞きました。

「願い事ですよ。ジンニーの中の紫水晶様、菫《すみれ》よりも美しき色のお方……」アブダラは答えました。「どうかあなた様の息が菫色に香りますように。わたしの願いは、わが未来の妻、〈夜咲花〉のいるところへ連れていってもらうことです」

「そうかい？」ジンニーはむこうが透けて見える腕を組むと、四方八方を見まわしました。それにつれて瓶から出ているジンニーの足もとがきれいにねじれるので、アブダラは目を奪われました。

「その若い女性はどこにいるんだ？」ジンニーは、もう一度アブダラの方へむきなおり、怒ったようにたずねました。「居所《いどころ》をつきとめられない」

「ザンジブにあるスルタンの宮殿の夜の庭から、ジンに連れさられたのです」アブダラは説明しました。

「それでわかった。あんたの願いはかなえられない。相手はこの地上にはいないんだ」

「では、ジンの世界のどこかにいるにちがいありません」アブダラは心配になって言いました。「ジンニーの中の紫の王子殿、あなた様なら自分の掌《たなごころ》のように、その領分についてもご存じでありましょう」

「あんたは本当にものを知らないね。瓶にとじこめられているジンニーは、精霊の領分からしめだされているんだ。もし恋人がそういうところにいるなら、あんたを連れていくことはできない。瓶にコルクを戻して、先へ進むように忠告するね。南からかなり大きなラクダの一隊がやってくるぜ」

アブダラは砂丘のてっぺんに駆け登りました。なるほど、恐れていたとおり、ラクダの隊が一列になって、踊るようななめらかな足どりでこちら目がけて駆けてきます。距離が離れているので、まだ濃い藍色《あいいろ》の影にしか見えませんが、それでもその輪郭から、一行が完全武装していることは見てとれました。

「ほらね」ジンニーが、アブダラと同じ高さまで体を伸ばしてきて言いました。「あいつらに見つからないってこともありうるけど、まあ無理だろうね」ジンニーは明らかにうれしがっています。

「では、別の願い事をかなえてくださらなくては、今すぐ」と、アブダラ。

「そんな、まさか。願い事は一日ひとつだ。あんたはもう、今日のぶんはすませたじゃないか」

「なるほど願いました、輝けるライラック色のかすみ殿。ですが、あなた様にはかなえられない願いでした。前におっしゃるのをはっきりうかがいましたが、決まりでは、あなた様は、持ち主の願いを一日ひとつかなえるよう定められているとか。ところがあなた様はまだ、今日のぶんをかなえてはおりません」アブダラは死にもの狂いでまくしたてました。

「まいったなあ！　お若い方、あんた、いっぱしの理屈屋だね」ジンニーはうんざりしたように言いました。

「そうですとも！」アブダラはややかっかして言いました。「ザンジブの市民ですから。あそこでは誰だって子どものころから、自分の権利は自分で守るように教わるんです。だって、ほかの誰も守ってなんかくれませんからね。ですから、わたしはまだ今日の願い事をかなえてもらっていないと、主張いたします」

「屁理屈《へりくつ》だね。願い事をひとつ、したじゃないか」ジンニーは腕組をして、アブダラの正面でのんびりゆれながら言います。

「でも、かなえられてはいない」

「不可能なことをあんたが望んだとしても、そいつはぼくのせいじゃない。でもかわりに、何百万という美女のところへ連れてってやることはできるよ。もし緑の髪の毛がお好みなら、人魚のとこへだって。それともあんた、泳げないかい？」

駆け足のラクダの列が、もうはっきり見えるところまで迫っています。アブダラは急いで言いました。「魔法にかけては、黒真珠《ブラックパール》のようにまれなるお方、どうかよくお考えください、そしてお心をやわらげられよ。あそこに近づいてくる兵士たちは、到着したなら必ずやわたしからあなたの瓶を奪うでしょう。

もし、兵士があなたをスルタンのところへ連れ帰れば、スルタンは日々、とほうもないことばかり要求いたしましょう。やれ軍隊をそっくり移動させろ、武器を運べ、自分のかわりに敵を征服せよなど、あなたが疲れ果てるようなことばかりさせることでしょう。

もし、兵士があなたをネコババすれば、みんなであなたを共有するでしょう。その可能性もあります。兵士がみな、正直者とはかぎりませんからね。そうなったら、連隊の兵士のあいだをたらいまわしにされ、一人にひとつずつ、毎日山ほどの願い事をかなえさせられることになります。どちらの手に落ちても、わたしのために働くよりはるかにきつくなるでしょうね。それにひきかえ、わたしが持ち主なら、たいした事は願いません」

「なんとみごとな理屈だろう！　あんたの言うことにも一理ある。だけどあんた、こういうことを考えてみたかい？　スルタンや兵士たちの手に渡った方が、ぼくが災いをひきおこす機会が増えそうだってことをさ」

「災い？」アブダラはぐっと近づいてきたラクダを心配そうに見まもりながら、聞き返しました。

「ぼくは、願い事が誰かのためになるなんて言わなかっただろう。本当のところ、いつだって、できるかぎり災いがもたらされるようにと思ってやってるのさ。たとえばあの盗賊たちは、スルタンのごちそうを盗んだせいで、全員牢獄に入れられるところだ。いや、もっとひどい目にあうかな。連中はきのうの夜遅くに兵士たちにつかまったからね」

「確かに、あなたがわたしの願いをかなえなかったら、もっとひどい災いとやらが起きるでしょう！　しかも、盗賊とちがって、わたしはそんな目にあうようなことはしていないんですよ」

「運が悪かったと思うんだね。お互い様さ。ぼくだって、瓶にとじこめられるような悪いことはしてないんだから」

今やラクダに乗った連中は、アブダラを見わけられる距離まで近づいていました。アブダラには遠くで叫ぶ声が聞こえ、武器を肩からはずすのが見えました。

「では、明日のぶんの願い事をさせてください」せっぱつまったアブダラは頼んでみました。

「それがいいかもな」驚いたことに、ジンニーは承知しました。「で、どんな願い？」

「わたしが〈夜咲花〉を探しだすのを手助けしてくれそうな、いちばん近くにいる人物のところへ連れていってください」アブダラは砂丘を大股で駆け下ると瓶を拾いあげ、「急いで」と、伸びあがっているジンニーにむかって、つけ加えました。

ジンニーは、少し困っているようです。「こいつはへんだ。ぼくは先を読むのは得意中の得意なのに、この願いの結果がちっとも見えない」

あまり離れていない砂の中に、銃弾が撃ちこまれました。アブダラが瓶を持って走りだすと、ジンニーは藤色のロウソクの炎のように、風に流されました。「とにかく、その人のところへ連れていってください！」

「それがいい。会えばなんとかなるだろう」

走っている足もとで、地面がくるくる回転しているような感じがしました。まもなく、自分にむかって飛んでくる大地をはねるように大股で進んでいる感じになりました。自分が進む速度と世界が動く速さの両方があわさって、何もかもかすんで見えました。ジンニーだけは、手の中の瓶からおだやかにたなびいています。

どうやらジンニーのおかげで、迫りくるラクダの一行をあっというまに置きざりにしたようです。アブダラはにっこりし、ぴょんぴょん走りつづけ、ジンニー並《なみ》に落ち着いて、顔にあたる風を楽しんでいました。ずいぶん長く走っていたようですが、突然、何もかもが止まりました。

アブダラは見たこともない田舎道のまん中に立って、荒い息を静めようとしていました。あたりに慣れるまで、少し時間がかかりました。ひんやりしていて、ザンジブの春みたいな気候ですが、光線の感じがちがいます。青空から太陽が明るく照っているとはいえ、アブダラが見慣れている太陽の位置より低いし、光も青みがかっています。おそらく道の両側に樹木が生い茂り、あたりを緑に変えているからでしょう。それとも、道のへりにはえている青々とした芝生のせいかもしれません。

アブダラは目をしばたたくと、〈夜咲花〉の捜索を助けてくれそうな人物はどこかと、あたりを見まわしました。

見たところ、道の曲がり角の木立の中に、宿屋らしき物が一軒あるだけです。みすぼらしい建物だな、とアブダラは思いました。白いしっくい壁の木造の家です。ザンジブではとびきり貧しい人しか、こういう家には住んでいません。宿屋の持ち主は、草をぎっしりしばって屋根を作るお金しかないようでした。道沿いには赤や黄色の花が植えられ、目を楽しませていました。花のあいだに立てられた杭の上でゆれている看板には、へたくそな画家が描いたライオンらしき動物が見えていました。

アブダラはジンニーの瓶を見おろしました。目的地に着いたので、コルクの栓を戻そうとしたのです。けれども、コルクをなくしたらしいとわかって、ちぇっと舌打ちしました。砂漠で落としたか、途中でなくしたのでしょう。しかたありません。アブダラは瓶に顔を近づけ、「〈夜咲花〉を見つける手助けができる人物は、どこです？」と、聞きました。

瓶からひとすじの煙が流れでてきました。この奇妙な国の光線を浴びると、前より青みがかって見えます。「『赤獅子亭《あかじしてい》』の前の長椅子で寝ている」と、煙はいらだたしげに答えると、瓶の中にひゅっとひっこみました。中からジンニーのぼんやりした声が聞こえました。「なかなか魅力的な男だね。とびきりずる賢そうだ」

九章　北国の宿屋の昼ごはん

アブダラは宿屋にむかって歩いていきました。近くまで来ると、宿屋の外に置いてある木製の長椅子の背にもたれて、本当に男が居眠りしているのが見えてきました。テーブルがいくつも置いてあるところを見ると、ここで食事もできるのでしょう。アブダラはテーブルのひとつにつくと、眠っている男を疑わしげに眺めました。

男は筋金《すじがね》入りの悪党に見えます。ザンジブにも、あるいはあの盗賊たちの中にも、この日焼けした男ほどずるそうな顔つきの者はいませんでした。男の脇に置かれた大きな荷物を見て、はじめは鍋や釜を修理する鋳掛屋《いかけや》なのかと思いました。でも、きれいにひげをそっています。アブダラの知るかぎり、男性であごひげや口ひげをはやしていないのは、北方出身のスルタンの傭兵たちだけです。

目の前の男が傭兵だということもありえます。服も、くたびれた軍服のように見えなくもありません。それに、スルタンの傭兵たちがしていたように、長い髪の毛をうしろでひとつにたばねています。これは、ザンジブでは評判の悪い髪型です。なぜなら、この長髪をくしけずらず、洗いもしないという噂だったからです。長椅子の背にかかった男の長髪を見ると、噂は本当のような気がします。

髪だけでなく、どこもかしこも清潔とはほど遠いようです。男は若くはありませんが、がんじょうで健康そうに見えました。埃《ほこり》を落とせば、髪の毛はおそらく鉄灰色でしょう。

アブダラは男を起こそうかどうしようか、ためらいました。どうも信用できそうに見えないなあ。それにジンニーは、災いをひきおこすような形でしか願いをかなえない、とはっきり言ってたじゃないか。この男は〈夜咲花《よるさくはな》〉のもとに導いてくれるかもしれない。でも、その途中でわたしから何か盗んだりするかもしれない。

アブダラがためらっているあいだに、エプロン姿の女性が宿屋の戸口に出てきました。たぶん、外に客がいないか見にきたのでしょう。女性の服は大きな砂時計のような体型を浮かびあがらせ、異国風でたしなみがなく見えます。

「あれ！　お客さんは、注文を聞きにくるのを待っていたのかね？」アブダラを見た女性は声をあげました。「テーブルをドンとたたいてくれりゃあ、よかったのに。ここいらじゃあ、みんなそうするんでね。何をさしあげましょう？」

その女性には、北の国の傭兵たちと同じ、耳ざわりななまりがありました。それを聞いてアブダラは、ここはあの男たちの故郷らしいと推測しながら、女性にほほえみかけました。「何をいただけるのでしょうか、道端の宝石のようなお方?」

女性はこれまで誰にも「宝石」などと呼びかけられたことはなかったようで、顔を赤らめ、作り笑いし、エプロンをひねりました。「そうねえ、すぐ出せるのはパンとチーズだけ。でも今、昼食の支度をしてるから、あと半時間かそこいら待っててもらえりゃ、肉入りのうまいパイと、うちの菜園でとれた野菜が食べられますよ」

アブダラはうれしくなりました。草で屋根を作っている宿屋にしては、期待をはるかにうわまわる食事といえるでしょう。「それでは喜んで半時間待つことにいたしましょう、女主人の中の花と申すべきお方」

女性はまたにやにやしました。「お客さん、待っているあいだに、なんか飲みます?」

「ぜひ」砂漠の旅のせいで、のどの渇いていたアブダラは答えました。「もし、おさしつかえなければ、シャーベットをひと皿。さもなければ、果物のジュースをいただけますか?」

女性は困ったような顔をしました。「あ、お客さん。あたし……うちの宿屋では、果物のジュースは置いてないんです。もうひとつの方は、聞いたこともありません。ビールではいけませんか?」

「ビールとはなんですか?」アブダラは用心深くたずねました。

今度は、相手の女性がめんくらいました。「あたし……え、あたし……その、ええっと……」

そのとき長椅子の男が起きあがって、あくびをしました。「ビールとは、男にふさわしい唯一の飲み物。うまいもんだよ」

アブダラはふりむいて、もう一度男を見つめました。正直そうな、青く澄んだつぶらな瞳がこちらを見つめ返しています。目ざめたところを見ると、日焼けした顔にはずるそうなところはみじんも見られません。

「大麦とホップから醸造するのさ。おかみ、ちょうどいいや、おれも一パイントもらおうか」と、男はつけ加えました。

おかみさんの顔から愛想のよさがさっと消えました。「さっき言ったでしょう。これ以上何か出してほしけりゃ、ちゃんとおあしを見せてちょうだいって」

男は怒ったようすも見せず、青い瞳でアブダラを悲しそうに見つめ、ため息をつくと、長椅子の脇から細長く白い陶製のパイプをとりあげ、煙草をつめて火をつけました。

「お客さん、ビールでいいですか？」女主人はまたアブダラににやにや笑いかけると、聞きました。

「そうおっしゃるなら、愛想のよいおかみ殿、少しいただきましょう。そして、こちらの殿方にも、ビールをたっぷりお持ちください」

「いいですよ、お客さんがおごりたいなら」おかみは賛成しかねるといった表情で長髪の男を見ると、中に入っていきました。

「あんた、とても親切な方だ。遠くから来なさったのかね？」男はアブダラに話しかけました。

「はるか南の地からです、尊敬すべき旅人殿」アブダラは用心深く返事をしました。寝ていたときに男がずるそうに見えたことが、頭から離れなかったのです。

「外国からだろう？　そうにちがいないと思ったよ、そこまで日焼けしてるとね」と、男はアブダラをじろじろ見ています。きっと盗めそうな物を持っているかどうか、さぐりを入れているんだ、とアブダラは思いました。それだけに、男がそれきり質問しなかったときは驚きました。

「おれもこのあたりの出身じゃないんだよ、わかるだろう」と、男は不格好なパイプから大きな煙を吐きだす合間に言いました。「おれはストランジアから来たんだ。古参の兵士さ。戦争でインガリーに負けたもんで、退職金もらって、どこでも好きなところへ行けと追い払われたのさ。見てのとおり、インガリーじゃ、おれたちの軍服にいまだに反感抱くやつがいてね」

男はこの言葉を、泡立つ茶色っぽい液体の入ったコップをふたつ持って引き返してきた、宿屋の女主人にむかって言ったのでした。女主人は男を無視して、コップの片方を男の前にドンと置くと、アブダラの前にはもう片方のコップをそっとていねいに置きました。

「お客さん、昼飯は半時間もすればできますから」女主人は立ちさり際に言いました。

「乾杯！」兵士はコップを持ちあげ、ぐいっとビールを飲みました。

この古参兵のおかげで、今いるのがインガリー国、自分たちがオキンスタンと呼んでいる国だとわかりました。アブダラはお返しに「乾杯」と言うと、おっかなびっくり自分のコップを手にとりました。中の液体はラクダの小便のように見えたからです。臭いをかいでみても、その印象は変わりません。ただ、ひどくのどが渇いているせいで、飲んでみようという気になったのです。用心深くひと口ふくみました。とにかく、のどをうるおすことはできます。

「うまいだろ、どうだい？」古参兵が聞きます。

「とても興味深い飲み物ですね、戦士たちの指揮官殿」アブダラは身震いを抑えて、答えました。

「ここで指揮官と呼ばれるなんて、おかしなもんだな。むろん、そんな身分じゃなかったけどね。伍長より上にはならなかった。だけど、戦闘はずいぶん経験したぜ。それに、昇進の見込だってあった。でも、その機会が来る前に、敵にやられちまってね。

あれは、本当にひどい戦《いくさ》だった。行軍中に不意打ちされてね。あんなに速く敵が来るとは思っていなかった。だがもうすんだことなんだから、ぐだぐだ言ってもはじまらないよな。

だけど、あんたには包み隠さず言うけど、インガリー人の戦い方は公正じゃなかったぜ。魔法使いが何人かいて、ぜったい勝つように加勢してやがった。おれみたいな一介《いっかい》の兵士が、魔法相手に何ができるってんだ？　あの戦のこと、詳しく教えてやろうか？」

アブダラはしだいに、ジンニーの悪意がわかってきました。自分を助けてくれるというこの兵士は、並みはずれて退屈な人物なのです。「わたしは軍事的なことに関しては、まったくなんにも存じません、勇敢な戦略家殿」アブダラはきっぱりと返事しました。

「そんなことかまわんさ」兵士は陽気に答えます。「完敗だったのは本当なんだぜ。おれたちは逃げた。インガリーが攻めこんできておれたちを打ち負かし、国を占領したんだ。わが王族方も――どうか神のお恵みがありますように――亡命さ。かわりにインガリー国王の弟というのが王位についたんだ。この王子とおれたちのビアトリス王女様を結婚させ、王子を正統な君主にしようっていう話もあった。でも、王女様もご家族といっしょに亡命されたんだ。見つかるはずないさ。王女様が長生きされますように！

そりゃな、新しい君主も悪くなかった。おれたちストランジアの兵隊を追い払うときに、退職金をくれたんだから。もらった金でおれが何をしようと思ってるか、あんた、知りたいかい？」

「もし、あなたが話したいと望まれるのでしたら、勇猛なる退役軍人殿」アブダラはあくびをかみ殺しながら答えました。

「おれはインガリーを見てまわってるんだ。おれたちを負かした国を歩いてみようと思ったんでね。どこかに落ち着く前に、この国のようすを見ておくつもりさ。退職金はかなりの額だった。だから、大事に使えば、かなり保《も》つはずなんだ」

「慶賀《けいが》のいたり」と、アブダラ。

「あいつらは、退職金の半分は金貨で払ってくれたんだぜ」と、兵士。

「さようで」と、アブダラ。

そのとき、地元の客が数人やってきたのは、もっけの幸いでした。新しい客は、たいていが農民で、汚いズボンに、アブダラの寝間着に似た妙な形の上着をつけ、大きくて重そうな長靴をはいていました。とても陽気で、干草にする牧草の出来がよいなどと大声で話しながら、ビールをくれと、テーブルをドシンドシンたたきます。そのあと、もっとたくさんの客が次々やってきはじめたので、宿屋のおかみと、小柄できびきびした主人とが、コップをのせたお盆を持って、せわしく行き来しました。

兵士は即座にアブダラに対する関心を失い、新しく来た客たちと熱心におしゃべりをはじめました。アブダラはほっとすべきなのか、腹を立てるべきなのか、あるいはおもしろがるべきなのか、さっぱりわかりませんでした。

客は誰も兵士のことを退屈だとは全然思わないらしく、兵士が敵だったことを気にかける人もいないようです。客の一人がすぐに兵士に、もっとビールをおごりました。客の数が増えるにつれ、人気は上がる一方です。兵士のそばにはコップがずらりと並びました。まもなく、兵士のために誰かが昼飯も注文してやりました。兵士をとりまく聴衆ごしに、切れ切れにこんな言葉が聞こえてきました。

「たいへんな戦《いくさ》……おたくの魔法使いが、ほら、有利に……おれたちの騎兵隊は……左翼部隊はこう包囲されて……丘でおれたちを負かして……おれたち歩兵は逃げるしかなくて……ウサギみたいに追われて……悪くはない……おれたちをひとまとめにして。退職金を払って……」

まもなくおかみさんがアブダラのところへ、湯気の立つお盆と、注文していないのにビールのおかわりとを運んできてくれました。アブダラはまだのどが渇いていましたので、ビールはうれしいぐらいでした。食事もスルタンのごちそうと同じくらい、うまいと感じられました。しばらくのあいだ、食べることにすっかり気をとられ、兵士の話など聞いていませんでした。

次に顔を上げると、兵士はからになった皿の上に身をのりだし、青い目を熱心に輝かせて、地元の聴衆相手に、ストランジアの戦いでの全軍の正確な配置を、テーブルの上のコップや皿を動かして実演しているところでした。しばらくすると兵士は、コップ、フォーク、皿を全部使いきってしまいました。塩入れと胡椒入れがストランジア国王とその将軍になっていましたが、インガリー国王やその弟や魔法使いたちのぶんがないのです。

けれども、兵士はそんなことで悩んだりせず、ベルトの小袋をあけ、金貨を二枚と銀貨を数枚とりだし、チャリンと音をたててテーブルに並べ、インガリー国王、魔法使いたち、そして将軍たちの役をさせました。

なんてばかなことをする男でしょう。客は、金貨を見てひそひそ話をはじめました。近くのテーブルに座っていた四人のがらの悪い若者が、長椅子の上で向きを変え、露骨《ろこつ》に興味を示しています。けれども兵士は戦いの模様を説明するのに熱中し、まったく気づいているようすはありません。

とうとう兵士を囲んでいた人の大半が、午後の仕事に戻っていきました。兵士もいっしょに立ちあがりました。肩に背嚢《はいのう》をしょって、背嚢のうわぶたにつっこんであった汚らしい兵隊帽を頭にのせ、ここからいちばん近い町への行き方をたずねました。

残っていた連中が大声で兵士に道順を説明しているあいだ、アブダラは自分の勘定を払うために、おかみさんをつかまえようとしていました。

ようやく手があいたおかみさんがやってきたときには、兵士はもう道の角を曲がって見えなくなっていましたが、アブダラはちっとも残念だとは思いませんでした。あの兵士にどんな手助けができるとジンニーが思ったかはわかりませんが、あの男なしでもやっていけるでしょう。今度ばかりは、運命と意見が一致したのをうれしく思いました。

アブダラは兵士のようなまぬけではなかったので、いちばん少額の銀貨を使って支払いをしました。それですらこの地方では大金に見えるらしく、おかみさんはつり銭をとりに、宿の中へ入っていきました。おかみさんが戻ってくるのを待っているあいだに、アブダラは四人のがらの悪い若者の話に聞き耳を立てずにはいられませんでした。四人は早口で意味深長な話をしていました。

「もしおれたちが昔の乗馬道を急げば、丘のてっぺんの森ん中で追いつけるぜ」と一人が言います。

「道の両側のやぶん中に隠れよう。そうすりゃ、両側からかかれらあ」と、二人目の男が賛成します。

「金は四等分だぜ。あいつぁぜったい、見せびらかした以外にもっと金貨を持ってるぜ」と三人目。

「くたばったかどうか確かめるんだぜ」と言ったのは四人目の男でした。「あいつに、おれたちのことをばらされちゃ困るからなあ」

「そうだ！」「そうそう！」「そのとおりだぜ」とほかの三人も応じました。

男たちが立ちさってから、女主人が両手いっぱいの銅貨を持って、小走りに戻ってきました。「お客さん、つり銭はこれで合ってると思うんですがね。ここいらではあまり南の銀貨を見かけないもんで、あたしゃ、うちの亭主に、どのくらいの値打ちなのか聞いてみなきゃならなかったんです。亭主の話ですと、うちらの銅貨で百枚の値打ちだそうで、それでお勘定が五……」

「ありがとう、最上のまかない方にして、至福のビールの醸造者たるお方よ」アブダラは急いで言うと、おかみさんの長くなりそうなおしゃべりを封じるために、片手いっぱいの小銭を渡しました。

目を丸くしているおかみさんを残し、アブダラは大急ぎで兵士のあとを追いかけはじめました。あの兵士はあつかましいたかり屋で、とびきり退屈な人物かもしれませんが、だからといって、待ちぶせされ金貨目あてに殺されるなんてかわいそうでした。

十章　アブダラの助太刀

アブダラは、思ったほど速く歩けませんでした。インガリーの気候は肌寒く、じっと座っていたあいだに体がひどくこわばっていました。それにきのうずっと歩いたせいで足も痛みます。左の長靴の中にある秘密の財布のせいで、左足がひどく靴ずれを起こしていたので、アブダラは百ヤードも進まないうちに、足を引きずりはじめました。でも、兵士のことが気になっていたので、足を引きずりながらもせいいっぱい足早に、数軒の草の屋根の小屋の前をとおりすぎ、村を抜けました。

そこからは道の見とおしがよくなり、かなり前を歩いている兵士の姿が見えました。のんびりと、丘のふもとを目ざしています。葉の生い茂った見たことのない木々におおわれた丘です。さっきの乱暴な若者四人組が待ちぶせしているのも、あそこでしょう。アブダラは足を早めようとしました。

そのとき青い煙が、腰でとびはねている瓶《びん》からいらだたしげに細く出てきました。

「どすんどすんぶつけなきゃ、歩けないのかい？」

「そうです。あなたが……わたしの助人《すけっと》として……選んでくれた男の人ですが、逆にわたしの助力がいります」あえぎながらアブダラは答えました。

「へえ！　あんたのことがわかってきた。あんたはいまだに世の中に正義なんてもんがあると思ってるんだ。この次の願い事では、正義のために戦うからぴかぴかの鎧《よろい》かぶとがほしい、と言いだすんだろうな」

兵士はごくゆっくりと、のんびり歩いていました。アブダラは距離をつめ、それほど遅れずに森に入りました。けれども、急な登りを避けて道がじぐざぐに折れ曲がっていたので、そこからは兵士の姿はまた見えなくなりました。丘の上に出る最後の角を足を引きずって曲がったとき、ようやくわずか数ヤード先に兵士が見えました。するとそのとき、あの田舎者たちが襲撃をしかけました。

道の片側から二人が兵士の背中に、反対側からとびだした二人が正面から、とびかかりました。おぞましい殴りあいともみあいが起こりました。アブダラは助けに駆けつけましたが、足どりはにぶり勝ちです。今まで人を殴ったことなどないのです。

アブダラが駆けつける前に、驚くようなことが次々と起こりました。うしろから兵士にとびかかった二人が、それぞれ反対方向、つまり道の右と左にさっととんでいったのです。片方の男は頭を木にぶつけ、それきり死んだようにのびてしまいましたし、もう片方も、ぶざまにのびていました。正面から兵士を襲った二人のうち、片方はほぼ攻撃と同時に急所をやられ、体をふたつ折りにして何が起きたかじっくり考えているようでした。もう一人は、びっくりしたことに、空高く舞いあがり、一瞬木の枝にぶらさがったかと思うと、地面にどさっと落ち、道の上で気を失ってしまいました。

次に、体を折り曲げていた男が身を起こし、細くて長いナイフを持って兵士に襲いかかりました。兵士はナイフを持つ手をつかみ、二人は一瞬うなるだけで動かなくなりました。兵士の方がすぐにぜったい勝つだろう、この兵士のことを心配する必要なんて、まったくなかった……アブダラがそう思いはじめたとき、兵士のうしろで道にのびていた男がいきなりはねおき、長いナイフを持ち、兵士の背中目がけてつっかかっていったのです。

アブダラはすばやく、男の頭をうしろからジンニーの瓶で殴りました。「いてえ！」ジンニーが叫び、男は切り倒された樫の木のように倒れました。

その音を聞きつけ、もう一人の男をやっつけていたらしい兵士がふりむきました。アブダラはあわててうしろへ下がりました。兵士のふりむいたすばやさも、両手を固く組みあわせた兵士の油断のない構えも、気に入らなかったのです。

「勇敢な古参兵殿、あなたを殺す話を聞いてしまったので、お知らせし、お助けしようと、急いでまいりました」アブダラはあわてて説明しました。

アブダラは兵士が、疑《うたぐ》り深そうな青い瞳で自分を見すえているのに気づきました。

これならザンジブのバザールでも、抜け目のないまなざしとしてじゅうぶん通用することでしょう。

　幸い、兵士はさまざまな点からアブダラを値ぶみしているようでした。兵士はアブダラに高い点をつけたらしく、「それは、どうも」と言いました。それからむきなおると、さっきしめあげていた若い男の頭をけとばしました。若い男は身動きしなくなり、これで四人とも片づきました。

「この件は警吏《けいり》に届けるべきでしょうね？」アブダラは言ってみました。

「なんのために？」兵士は聞き返すと前にかがみ、驚いたことに、今頭をけとばした相手のポケットを、手慣れた感じですばやくさぐったのです。見つかった片手いっぱいの銅貨を自分の小袋にしまいこんだ兵士は、満足そうな顔をしました。

「ぼろいナイフだ」兵士はナイフの刃をぽきっと折りました。「あんたもせっかくここに居合わせたんだから、自分が殴ったやつを調べたらどうだい？　そのあいだに、おれはほかの二人を調べるからさ。そいつは銀貨ぐらいは持っていそうだぞ」

「つまり、この国の習慣では、泥棒からは盗むことが許されているというのですか？」アブダラは信じかねてたずねました。

「そんな習慣は聞いたことがないね」兵士は落ち着き払って答えます。「だが、おれはそうしてるんだ。宿屋でおれがわざわざ金貨を見せびらかしたのは、なぜだと思う？　いつだって悪いやつというのはいるものだ。まぬけな兵士からは、ひったくってもかまわないと考えるのさ。そういうやつはたいてい、自分も現金を持ってるもんだがね」

兵士は道を横ぎり、木から落ちた若者を調べはじめました。ほんの少しためらってからアブダラも、自分が瓶で殴り倒した男を調べようと、前かがみになりました。この兵士に対する見方がまた変わりました。ともあれ、一度に四人に襲われても自信を持って片づけられる男は、敵にするよりは味方にしたい人物です。それに、意識を失っている若者のポケットには、本当に銀貨が三枚入っていたのです。ナイフもありました。アブダラは、さっき兵士がしたのをまねて、このナイフの刃も道の上で折ろうとしました。

「ああ、よせ。そいつは上等のナイフだ。とっておきな」

「正直なところ、わたしはナイフで戦ったことなどありません。平和主義者なのです」アブダラはナイフを兵士にさしだしました。

「それじゃああんた、インガリーで旅なんかできないぜ。とっておきなって。なんなら肉を切るのに使えばいいんだ。おれの荷物の中には、これよりいいナイフがもう六本入っている。どれもちがう悪党のだった。銀貨もとっておけよ——もっとも、おれが金の話をしても興味を示さなかったところを見ると、あんたはかなり金持ちらしいが。ちがうかい？」

　本当に抜け目がなくて鋭い男だ、とアブダラは銀貨をポケットにしまいながら思い、「じゅうぶん足りていると言えるほどではありませんよ」と用心深く言いました。それから、相手の手際をまねて若者の靴ひもをはずし、ジンニーの瓶をもっとしっかりベルトに結びつけるのに使いました。若者は身動きし、うめき声をもらしました。

「目をさましそうだな。立ちさるのがいちばんだ」兵士が言いました。「目をさませば、こいつらは事実をねじ曲げ、おれたちがこいつらを襲ったと言うだろう。ここはこいつらの村だし、おれたちはよそ者だ。だから、やつらの言いぶんがとおるのさ。おれは山地を越えて逃げる。おまえさん、もしおれの忠告を聞く気があるんなら、同じようにした方がいいぜ」

「いともご親切な戦士殿、もしご同道できますなら、たいへん名誉に存じますが」

「おれはかまわんぜ。嘘をつかないですむ道連れがいるのも、気分が変わっていいかもしれない」兵士は背嚢《はいのう》と帽子をとりあげました。喧嘩《けんか》がはじまる前に、背嚢を木のうしろにきちんとしまうゆとりまであったらしいのです。そして先に立って森へ入っていきました。

　二人はしばらく、木のあいだをどんどん歩きました。アブダラは、兵士にくらべると自分は嘆かわしいほど軟弱だという気がしました。兵士はまるで下り坂を行くように、軽々と、楽しそうに歩いていきます。アブダラはうしろから脚を引きずっていきました。左足がずきずきします。

やがて兵士は、高台のくぼ地で立ちどまり、追いつくのを待ってくれました。「そのしゃれた長靴が痛いんだろう？　その岩に座って、脱いでみな」兵士はそう言いながら、背嚢を背中から下ろしました。「この中に、ちょっとめずらしい救急用品を持ってるんだ。戦場で拾ったのさ。確かストランジアだった」

アブダラは腰を下ろし、苦労して長靴を脱ぎました。脱いだときのほっとした気持ちは、足を見たとたん、すっとんでしまいました。ひどい傷です！　兵士は小声でうなると、何か白い包帯のような物をぴたっとはりつけました。押さえなくても、しっかりくっつきました。アブダラは痛みで叫び声をあげましたが、まもなく手当されたところから、ひんやり心地よい感覚が広がってきました。

「これは魔法の一種ですか？」

「たぶんな。あのインガリーの魔法使いどもが、軍隊の全員にこういう包みをやったんだろう。長靴をはきな。今度は歩けると思う。あの坊主どものとっつぁんたちが馬で追ってくる前に、遠くまで行かなきゃならないんだ」

アブダラは用心深く、長靴の中に足を入れました。これは魔法の包帯にちがいありません。足が新品同様に感じられ、兵士と同じ速さで歩けるぐらいになったのですから。

兵士はぐんぐん上へ上へと登りつづけ、きのうアブダラが砂漠で歩いた距離と同じぐらい、歩きつづけました。アブダラはときどき追手の馬が来はしないか、心配してはうしろをふり返りました。スルタンの追手のラクダでないだけでもましじゃないか、と自分に言い聞かせるのですが、誰にも追われなければ、もっといいわけです。考えてみれば、父親の死後はバザールでも、父親の第一夫人の身内にずっと追いかけられていたようなものでした。今までそれに気づかなかった自分に、腹が立ちます。

いつのまにかかなり高くまで登ったので、森はなくなり、岩のあいだにごわごわした低木がはえているだけになりました。夕方が近づくころには、岩山の頂上近くに来ていました。もう、香りの強い草が岩の割れ目にしがみつくようにわずかにはえているだけです。ここも一種の砂漠といえるでしょう。兵士は高くそびえる岩のあいだの割れ目に沿って、進んでいきます。こんなところでは夕食になど、とてもありつけそうにありません。

岩の割れ目に沿ってしばらく行くと、兵士は止まって背嚢を下ろし、言いました。

「ちょっとこれを見ていてくれ。あそこの崖に洞穴みたいなのが見えてるんだ。今晩泊まるのにいい場所かどうか、ちょっと見てくるぜ」

アブダラが疲れきった顔で見あげると、なるほど少し上の方の岩肌に、暗い洞穴が口をあけています。あまりあの中で眠りたいとは思いません。中は寒く、地面は硬そうです。でも、外の岩場にただ横になるよりはましかもしれません。兵士が身軽に崖をよじ登り、穴にたどりつくのをうちひしがれた気分で見まもりながら、アブダラはそんなことを考えていました。

すると金属の滑車がきしむような、キーッという音がしました。

洞穴からふらふらとあとずさりに出てきた兵士は、片手で顔をおおっていて、崖からあおむけに落ちそうになりましたが、どうにか体勢を立てなおすと、ののしりながら、小石を雨あられと降らしてすべりおりてきました。

「中にけだものがいやがった！ 先へ行こう」兵士はあえぎました。

八本の長いひっかき傷から、かなりひどく出血しています。そのうちの四本は、一部を手でさえぎられていますが、額からはじまり、頬からあごまでつながっていました。残りの四本は、反対側の腕です。服の袖が引き裂かれ、手首からひじにかけて傷を負っています。かろうじて顔を手でかばい、失明しないですんだ、という感じです。

兵士が気をとりなおせずにいるので、アブダラは兵士の帽子と背嚢を拾い、先に立って足早に岩の割れ目を下りはじめました。この兵士をおびえさすほどの動物には、なんであれ、お目にかかりたくありません。

百ヤードほど行くと、岩の割れ目が終りました。ここは野営にうってつけです。今や山地の反対側の斜面に出ていたので、かなたの土地がずっと見渡せます。太陽が西に傾き、緑色の景色全体に金色のもやがかかっています。目の前に、なだらかに登りになっている広い岩場があり、その片側の頭上に岩がはりだして、洞窟のようになっていました。それにありがたいことに、少し先には、小川が岩場をさらさらと流れています。

何もかも完璧に思える野営地でしたが、獣のいる洞穴にこれほど近い場所には泊まりたくないというのが正直な気持ちでした。けれども、兵士はここに泊まると言いはりました。ひっかかれた傷が痛むというのです。傾斜した岩の上にさっと横になると、兵士はあの魔法のような救急用品からぬり薬をとりだしました。

「火をおこそう。獣は火を怖がる」兵士は傷に薬を塗りながら言いました。

アブダラは言われるままあたりをはいずりまわって、強烈な匂いの草をむしって、たきつけにしました。切り立った岩の上に、鷲《わし》か何かがずっと前に作った巣がありました。その古巣からひとかかえの小枝と乾いた枝をとってきたので、すぐにまきがたっぷりできました。

兵士は手当を終えると、ほくち箱をとりだし、傾斜した岩場の中ほどに小さなたき火をおこしました。火はぱちぱちと音をたて、陽気に炎を上げました。煙は、アブダラが店で炷《た》いていた香のような匂いをあげ、谷のはじから漂いでると、美しい日没のもとに広がっていきました。

もしこの火が本当に洞穴の獣を怖がらせるというならば、ここもほぼ理想的な場所でしょう。ただし、あくまでほぼです。というのは、何マイルにもわたり、何も食べる物がなさそうだからです。アブダラはため息をつきました。

すると、兵士が背嚢から金属製の缶をとりだしました。「これに水をくんできてくれるかい？　もっとも」と、アブダラがベルトにぶらさげているジンニーの瓶に視線を投げかけながら言いました。「あんたが何か強い酒でもその瓶に入れてるんなら、別だけど」

「ああ、いいえ。これはただの家宝です。シンギスパット国製の曇りガラスのめずらしい品ですが、感傷的な理由で持ち歩いているにすぎないのです」この兵士のように手の早い男に、ジンニーについてうちあけるつもりはまったくありません。

「残念。それじゃ水をくんできてくれ、おれは夕飯を作る」

これで、とりあえずここも、ほとんど完璧な野営地になりそうです。アブダラは足どりも軽く、流れに下りていきました。戻ってくると、兵士は背嚢の中から出した鍋に、乾燥肉と乾燥豆をあけているところでした。水を加え、さらに謎めいた四角いかたまりを二個入れて火にかけると、驚くほどあっというまに、鍋の中身は濃いシチューに変わっていました。うまそうな匂いがします。

「それも魔法使いの品物ですか？」アブダラは、錫《すず》の皿にシチューを半分よそってくれた兵士にたずねました。

「そうだろうな。戦場で拾ったんだ」兵士の方は鍋から直接食べることにし、スプーンを二本とりだしました。二人は仲よく、ぱちぱち燃えるたき火をはさんで食事をしました。そのあいだに空はゆっくりとピンク色から茜色《あかねいろ》に、そして黄金色に変わり、眼下の土地は青く暮れはじめました。

「あんた、つらい暮しに慣れてないな？　上等の服におしゃれな長靴だ。でも見たところ、最近傷《いた》んだみたいだがね。それにしゃべり方と顔の色から見て、あんたはインガリーのずっと南から来たんだろう？」と、兵士が言いました。

「すべておっしゃるとおりです、なんという鋭き観察眼の古強者《ふるつわもの》でいらっしゃることか」アブダラは慎重に答えました。「あなた様に関してわたしが知りえたのは、ストランジア出身でいらっしゃること、この国をとても風変わりなやり方で、ご旅行中だということとです。つまり、盗みを誘うがごとく、ご自分の退職金の金貨を見せびらかされ……」

「退職金が聞いてあきれらあ！」兵士が怒って口をはさみました。「ストランジアからもインガリーからも、一ペニーだってもらっちゃあいねえ！　おれは戦争でうんと働いた。みんなそうだ。ところが、終ったとたんやつらときたら、『よし、これで終りだ、これからは平和なんだ！』それきり、飢え死にしろとばかり、おれたちを首にしたんだ。だからおれはこう思ったね、『なにが、よしだ！　誰かに借りを払ってもらわなきゃならん。むろん、インガリー人にだ！　あいつらは魔法使いを出してきて、いかさまで勝ったんだから！』

そこでおれはあいつらから退職金をいただきにいくことにしたんだ。おまえさんも、今日見ただろう。詐欺と呼びたければ、おまえさんの勝手だ。だけどわかっただろう？　おれが金をとるのは、おれを襲い、強盗しようとした連中からだけだ！」

「とんでもありません、詐欺という言葉は思い浮かびませんでした、徳高き古参兵殿。わたしなら、きわめて独創的、と申します。それに、ほかならぬあなた様だからこそ、成功する計画だと思います」アブダラは心から言いました。

兵士はそれを聞いて、怒りがやわらいだようです。青くかすんでいるはるか下の平野を、もの思いにふけって見つめながら言いました。「あれがキングズベリー平野だ。あそこには、大量の金がうなってるはずだ。知ってたかい、おれがストランジアを出たときの手持ちの金は、三ペニーの銀貨と、ソブリン金貨に見せかけるのに使った真《しん》鍮《ちゅう》のボタンがひとつだけだったんだぜ」

「では、たいへんな利益を上げられたのですね」

「ああ、もっとたくさんもうけるさ」兵士は胸をはりました。鍋をきちんと脇に置いた兵士は、背嚢の中からりんごをふたつとりだし、ひとつをアブダラにくれました。

もうひとつを自分で食べながら、兵士はごろっと寝ころがり、じょじょに暮れゆく景色を見つめていました。これからかせぐ金貨のことを考えているのだろうと思っていたアブダラは、兵士がこう言いだしたのに驚きました。

「おれはいつも夕暮の野営地が好きだった。ほら、あの夕陽を見ろよ！　きれいだなあ！」

本当に、すばらしい夕焼けでした。南から流れてきた雲が、紅玉《ルビー》色に染まり、空にもうひとつの景色を作りだしています。そこでは紫色の山脈がところどころ赤葡萄酒《あかぶどうしゅ》色に明るく輝き、山の頂上は、火山の火口のように、オレンジ色に染まって煙を噴きあげています。おだやかなバラ色の湖もあります。そのかなたに、無限に続く金色がかった青い空の海に、島々や珊瑚礁《さんごしょう》や湾や岬が見えます。まるで天国の海岸か、西にあるという楽園のようでした。

「ほら、あそこの雲。あれ、城みたいに見えないか？」兵士が指さします。

確かにそうでした。空の湖につきでた岬にそびえ立っていたのは、金色や紅玉色、そして藍色《あいいろ》の尖塔がたくさんつき立っている、すらりとした美しい城でした。高い塔の中に黄金色の空がちらと見えるところは、まるで窓のようです。アブダラは地下牢に引きずられていくときにスルタンの宮殿の上空で見た雲のことを思いだし、胸がつきさされる気がしました。形はまったくちがいますが、雲の城を見たせいであのときの悲しみが強くよみがえってきて、思わず叫んでいました。

「ああ、〈夜咲花《よるさくはな》〉よ、あなたはどこにいるのです?」

十一章　旅の仲間

兵士はひじをついて体の向きを変え、アブダラを眺めました。「今のはどういう意味なんだい？」

「別に。ただ、わたしの人生は失望だらけだったということです」

「話してみな。楽になるぜ。おれだって、自分のことを話しただろう？」

「お信じになりますまい。わが悲しみは、あなた様の悲しみさえしのぐものです、危険きわまりない銃士殿」

「まあ話してみろよ」

日没のせいでみじめな気分が強まっていたので、話すのはたいして難しいことではありませんでした。空中の城がゆっくりと広がって空の湖に溶けていき、夕焼け全体がゆっくりと赤紫から茶色に薄れ、とうとう兵士の頬の血の止まった爪あとのような、三すじの暗赤色の光になっていく中、アブダラは兵士に身の上を話して聞かせました。といってもかいつまんで……自分だけの空想や、それが最近正夢《まさゆめ》になるという妙な話などは、むろん抜かしました。それに、用心深く、ジンニーのことは何も話しませんでした。兵士はやはり信用しきれません。夜のあいだに瓶《びん》を持ち逃げしかねないと思ったのです。

兵士の方でも身の上をすべて話してはいないようだし、こちらも話を脚色しやすいというものです。ジンニーについて話さなかったので、最後の方のつじつま合わせに苦労しました。でもアブダラは、なんとかうまく切りぬけた気がしました。鎖を抜けだしたり、盗賊から逃げだしたりしたのは、気力だけでやりとげ、そのあともずっとインガリーまで歩きとおしてきた、という印象を与えたのです。

アブダラが話し終えると、兵士はもの思いにふけりながら、炎が弱くなってきたたき火に、香りの強い草をくべ、言いました。「ふーん、波乱万丈だな。でも、おれに言わせりゃ、見返りも大きいぜ。王女と結婚するように運命づけられているなんて。おれにだって、そういう夢はあったぜ。ちょっとした王国を持ってる、もの静かで性格のいいすてきな王女と結婚する夢がね。まあ、おれの白昼夢だよな」

アブダラはすばらしいことを思いつき、控えめに言いだしました。「あなたも結婚できるかもしれませんよ。あなたとお会いした日、わたしは夢を授かったんです。藤色の煙のような天使がわたしのもとへあらわれ、いと賢き十字軍戦士殿、あの宿屋の外の長椅子で眠っていらしたあなたをさし示したのです。その天使は、あなたが〈夜《よる》咲花《さくはな》〉の捜索に頼もしく助太刀《すけだち》してくださるだろうと言いました。そして、もしあなたが手を貸せば、報酬としてあなたも別の王女と結婚なさるだろうと、そう言ったのです」

これは、ほぼ事実どおりだ。でなくても、事実になるさ。アブダラは自分に言い聞かせました。つまり明日、ジンニーにそう願えばいいんだ。いや、明後日だったっけ。ジンニーのせいで、明日のぶんの願い事を今日使ってしまったんだ。

アブダラはたき火に照らされた兵士の顔を、心配そうに見まもりながらたずねました。「わたしに手を貸してくれますか？　この大いなる報酬のために」

兵士は申し出にとびつくようすも、怖《お》じ気《け》づいたようすも見せず、しばらく考えてから言いました。「おれにたいした手助けができるとは思えないんだが。第一おれは、ジンみたいなもんに関しては素人《しろうと》だ。こんな北の国にはあまりいないものだからな。ジンどもが盗みだした王女様をどうするつもりかなんてことは、いまいましいインガリーの魔法使い連中にでも、聞かなきゃならんだろう。魔法使いなら、知っているはずだ。もしそうしてほしけりゃ、魔法使いの口を割らせるについては、手を貸してもいい。楽しい仕事だろうからな。

そうか、王女と結婚かあ。だけど王女なんて、どこにでもころがっているわけじゃないだろう。いちばん近いのはインガリー国の王女だろうけど、でもそれだってずっと遠くのキングズベリーにいるんだ。もし、あんたの煙みたいな天使の友だちがおれと結婚するって言ったのがその王女だとすると、おれたちはこの道を下っていった方がよさそうだ。国王に飼い慣らされた魔法使いどもも、たいていがこの道の先に住んでいるそうだぜ。それだと、おあつらえ向きじゃないか。それでいいかい？」

「たいへんけっこうです、頼もしき軍人の友よ！」

「じゃあ、話は決まった。でも、おれは何も約束してないぜ、いいな」それから兵士は背嚢《はいのう》から毛布を二枚とりだし、たき火を大きくしてもう寝ようぜ、と言いました。

アブダラはベルトからジンニーの瓶をはずし、兵士と反対側のなめらかな岩の上に注意深くのせました。それから毛布にくるまって寝ようとしましたが、どうやら眠れそうもありません。岩は硬く、ゆうべ砂漠で味わった寒さほどではないにしろ、インガリーの湿っぽい空気のせいで、やっぱり震えが止まりません。それに、目をつぶるたびに、山の上にいる獣のことが気になってしかたなくなるのです。獣があたりをうろつく音が聞こえる気がしてなりません。

一度か二度、目をあけたときには、たき火の明りのすぐ外の暗がりに、何かが動いているのが見えた気さえしました。するとたびにアブダラは起きあがり、たき火にたき物を加えました。すると炎が大きく上がり、何もいないことがわかるのです。ようやく眠りこんだのは、かなり遅くなってからでした。そして寝てからも、実にいやな夢を見ました。

　夜明けごろにジンがやってきて、胸の上に座った夢です。目をあけて、あっちへ行けと言おうとすると、相手はジンではなく、洞窟の獣でした。獣はアブダラの胸の上に大きな前足をのせ、つややかな黒い毛の中の目を青いランプのように光らせ、アブダラをにらみつけているのです。巨大な黒い豹《ひょう》の形をした悪魔でした。

　アブダラは悲鳴をあげて、はねおきました。でもやはり何もいません。ちょうど、夜が明けかかっていました。あらゆるものが灰色に見え、たき火は消えかかり、さくらんぼ大の熾《おき》になっていました。兵士はたき火のむこう側でおだやかにいびきをかいています。兵士は黒っぽい灰色のかたまりのように見え、そのむこうに広がる平野は、もやで白っぽくなっています。アブダラはのろのろとたき火にまた草を足し、ふたたび眠りこみました。

　次に目ざめたのは、ジンニーがヒュウヒュウとわめいたせいでした。

「こいつを止めろ！　こいつをどけてよ！」

アブダラはとびおきました。兵士もとびおきます。明るい陽が照っています。見ると、小さな黒猫がジンニーの瓶のそばにうずくまっていました。寝ていたアブダラの頭があった場所の、すぐ脇です。兵士も起きているんだから、夢のはずがありません。

　猫は好奇心にかられたのか、それとも瓶の中に食べ物があると思っているのか、瓶の首に用心深く、でもしっかりと鼻を押しつけていたのです。猫の形のよい黒い頭のまわりで、ジンニーは一ダースほどのゆがんだ青い煙のすじになってたなびいています。その細い煙がすべて手や顔になったかと思うと、また煙に戻ります。

「助けて！　こいつ、ぼくを食う気なんだ！」いくつものジンニーが声をそろえて叫びます。

猫はジンニーの声を完全に無視して、ひたすら瓶の魅力的な匂いにひきつけられているようです。

ザンジブでは誰もが猫を嫌っています。その餌となるハツカネズミやクマネズミよりちょっぴりましな生き物ぐらいにしか見ていません。もし猫がそばに来れば誰でもけとばすし、子猫は見つけしだいすべて溺れさせてしまうのです。そこでアブダラも猫に走り寄り、けとばそうとねらいをつけました。「シーッ！　あっちへ行け！」

猫はとびあがり、アブダラのくりだした長靴をどうにかかわしたかと思うと、はりだした岩の上にとびのり、そこからアブダラをにらみつけ、シューッとうなりました。

聞こえてるんじゃないか。アブダラは青みがかった猫の目をにらみ返してやります。こいつだったのか、夜のあいだに胸に座ったやつは！　アブダラは石を拾い、ひじを引いて投げようとしました。

「やめろ！　かわいそうなちっぽけな猫じゃないか！」兵士が叫びました。猫は石を投げつけられるまで待ってはいず、あっというまに姿を消していました。

「あんなけだものの、どこがかわいそうですって？　お気づきでしょう、心優しき銃の名手殿、あの獣が昨夜あなたを失明させかけたのですよ」とアブダラ。

「ああ、わかってる。でも、あれは身を守るためだったのさ、かわいそうに。その瓶の中はジンニーかい？　あんたの煙っぽい青い友人って、そいつのことだろう？」

かつて絨毯《じゅうたん》を売りにきた旅人がアブダラに、北の国の人たちは動物に対して説明がつかないほど甘い顔をする、と話してくれたことがあります。アブダラは肩をすくめ、不機嫌な顔をジンニーの瓶にむけました。

ジンニーはお礼も言わず、中に姿を消していました。が、もう兵士に見られてしまいました。今や目を皿のようにして瓶を見はっていなければなりません。こういうことが起こると思っていました！「そうです」とだけ、アブダラは答えました。

「そうじゃないかと思っていたんだ。ジンニーというものの話は、聞いたことがある。それはそうと、ちょっとこっちへ来て見てくれよ、さあ」兵士は身をかがめると、細心の注意を払って帽子を拾いあげ、なんともいえない優しい笑みを浮かべました。

けさの兵士は、ぜったいにどこかへんです。寝ているあいだに、頭がぼけたような感じなのです。ひっかかれた傷はもうほとんど治りかけているように見えますが、やはり傷のせいなのでしょうか。アブダラは心配しながら兵士に近づきました。

そのとたん、猫がまたはりだした岩の上にあらわれ、滑車がきしむようなキーッという耳ざわりな音をたてました。小さな黒い体から、怒りと心配がにじみでているようです。アブダラは猫を無視し、兵士の帽子をのぞきこみました。

と、脂《あぶら》じみた帽子の中から、つぶらな青い瞳がのぞき返しました。小さなピンク色の口で威嚇《いかく》するようなシューッという声を出しながら、ちっぽけな黒い子猫が帽子の中であわててあとずさりします。毛を逆立てた尻尾を極細のブラシみたいに振りまわし、バランスをとっています。

「なあ、かわいいだろう?」兵士がうっとりとして言いました。

アブダラは岩の上でギャアギャア鳴いている親猫をちらと見、そのとたん凍りつき、まじまじと見つめなおしました。なんとばかでかい猫でしょう。いや、これでは黒豹です。黒豹が、ばかでかい白い牙をむきだしているのです。

「こういった獣は、魔女が所有しているものでありましょう、勇気ある友よ」と、震えながらアブダラは言いました。

「もしそうならたぶん、魔女が死んじまったんだろう。あんたも見ただろう、あの洞穴で野生の状態で暮していたんだ。夜のあいだに母猫が、ここまでずっと子猫を運んできたにちがいない。りこうじゃないか！　おれたちに助けてもらえると、母猫にはわかってたんだ、きっとそうだ！」

兵士は岩の上で牙をむいているばかでかい獣を見あげたものの、その大きさには気づいていないようすで、「降りておいで、いい子だから」と、なだめるように声をかけただけでした。「おれたちが、おまえさんも子猫ちゃんもいじめないって、わかってるだろう」

獣の母親が、岩からとびおりました。アブダラは叫び声を押し殺し、身をかわし、どすんと尻餅《しりもち》をつきました。黒い巨体がアブダラの上をさっととびこえると、兵士が笑いだしたではありませんか。見ると獣はまた小さな黒猫に戻り、兵士の幅広い肩の上を甘えるように歩いては、頰にすり寄っています。アブダラはむっとしました。

「ああ、おまえさんは奇跡だよ、ええ、小さな〈真夜中〉！」兵士はくすくす笑いました。「おれが、おまえさんの〈はねっかえり〉をちゃんと世話してやると、わかってるんだな？　そうともさ。おや、のどを鳴らしているね！」

アブダラはうんざりして立ちあがり、でれでれしている兵士に背をむけました。夜のあいだに鍋がきれいになめつくされていますし、錫《すず》の皿もぴかぴか光っています。アブダラは、あてつけがましく鍋と皿を小川で洗ってきました。兵士が早くこの危険な魔法の獣のことを忘れ、朝飯のことを考えはじめてくれないかと思っていたのです。

けれどもようやく帽子を下に下ろし、優しく肩から母猫を下ろした兵士がまっ先に考えたのは、猫の朝ごはんのことでした。「この子たちには牛乳がいる。それから新鮮な魚の料理がひと皿。あんた、ジンニーに少し出してもらえよ」

青紫の煙が瓶の首から勢いよく吹きでてきて広がると、いらだたしげなジンニーの顔があらわれました。「そりゃだめだ。一日にかなえる願い事はひとつだけだ。きのう、今日のぶんを使ったじゃないか。小川へ行って、釣りでもしろよ」

兵士が怒ったようにジンニーに近づきます。「こんな山の上には魚はいないぜ。それに、ここにいる小さな〈真夜中〉は腹ぺこなんだ。おまけに〈真夜中〉は、子猫にお乳をやらなきゃならん」

「あいにくだったね！　ぼくをおどそうなんて考えるんじゃないぞ、え、兵隊さん。もっとささいなことでヒキガエルになった連中もいるんだ」と、ジンニー。

兵士は、本当に勇敢でした。それとも、おろかなのでしょうか。「そんなことしてみろ。おれはその瓶を割ってやる、たとえなんに変えられていようともな！　おれは、自分のために願い事をしようってんじゃないんだ」

「ぼくは、自分勝手なやつの方が好みだ。じゃあ、ヒキガエルになりたいんだな？」と、ジンニーは言い返します。

青い煙がさらに瓶から吹きでると、腕になり、アブダラには見おぼえのある動作をしようとしました。

「いえ、いえ、おやめください。お願いでございます、妖精の中の碧玉《サファイア》様！」アブダラは急いで割って入りました。「兵士殿には手を出されるな。そして、大いなる好意の印として、動物たちに食事を与えられるように、どうかわたしに願い事を前借りさせてください」

「あんたもヒキガエルになりたいのか、ええ?」とジンニー。

「もし予言で〈夜咲花〉姫が、ヒキガエルと結婚するということなら、どうぞヒキガエルにしてください」アブダラは信心深そうに言いました。「でも、まず牛乳と魚を持ってきてください、大ジンニー殿」

ジンニーはむっつりと渦を巻きました。「やっかいな予言め! 逆らえないんだからな。いいよ、願いをかなえよう、ただしそのかわり、明日と明後日は願い事はなしだぞ。そっとしておいてもらうぞ」

アブダラはため息をつきました。またしても願い事をむだにしてしまうのです。

「わかりました」

牛乳の入った壺《つぼ》と鮭をのせた楕円形の皿が、足もとの岩の上にどすんと落ちてきました。ジンニーは憎たらしそうにアブダラを見ると、瓶の中に吸いこまれていきました。

「上出来だ!」兵士は言うと、鮭を牛乳でゆでたり、猫ののどに刺さりそうな骨がないかどうか調べたりと、大騒ぎをはじめました。

見ると母猫は、知らんぷりで落ち着き払って、帽子の中の子猫をなめていました。ジンニーが出てきたことにも気がつかなかったようです。けれども、鮭には間違いなく気づいていました。鮭に火がとおりはじめると、母猫は子猫を残し、兵士のまわりで体をしならせはじめ、早く早くというようにかぼそくミャオウと鳴きました。

「もうすぐだ、すぐだからね、おれのかわいい黒猫ちゃん！」兵士が言います。

猫の魔法とジンニーの魔法はあまりにちがうものなので、互いの存在に気づかないのだろう、というのがアブダラに考えられた、ただひとつの推理でした。よかったことといえば、鮭も牛乳もたっぷりあり、人間二人にもまわったことでした。母猫が優雅に鮭をかじり、雄の子猫がくしゃみをしながら、慣れないようすで鮭の匂いのする牛乳をぴちゃぴちゃ飲んでいるあいだに、兵士とアブダラは牛乳で作った粥《かゆ》とサーモン・ステーキでぜいたくな朝食をとりました。

こんな朝食のあとだと、何に対しても優しい気持ちになります。ジンニーも、この兵士以上にうまい相棒を選ぶことはできなかっただろう。ジンニーだってそんなに悪いやつではないし。それに、きっともうじき〈夜咲花〉に再会できるはずだ。スルタンもカブール・アクバも、それほど悪いやつではなかったのかも……

とそのとき、アブダラは兵士が、猫の親子をいっしょにキングズベリーまで連れていこうとしていることにはたと気づき、むっとしました。

「もっとも寛大な砲兵下士官にして思いやり深き騎兵殿。退職金をかせごうというあなたの計画はどうなるのですか？　まさか帽子の中に子猫を入れたまま、泥棒から泥棒はできますまい！」

兵士は静かに答えました。「もう、そういうことをする必要はないと思うんだ。あんたが王女を約束してくれたからには。それに、こんな山の中に〈真夜中〉と〈はねっかえり〉を置きざりにして飢え死にさせるなんて、おれにはできん。残酷じゃないか！」

アブダラは自分には勝ち目がないと悟りました。しぶい顔をしてベルトにジンニーの瓶をしばりつけ、これ以上兵士にうっかりした口はきくまいと誓いました。兵士は荷物をつめなおし、たき火の灰をふみつけて消し、子猫の入った帽子をそっと拾いあげると、流れに沿って山を下りはじめ、犬でも呼ぶように〈真夜中〉に口笛で合図しました。

しかし、〈真夜中〉には別の考えがあるようでした。アブダラが兵士のあとから歩きだすと、前に立ちはだかり、何か言いたそうに見あげるのです。アブダラは無視して、脇をとおりすぎようとしました。

すると〈真夜中〉は、即座に巨大になりました。前に見たときよりさらに大きい感じさえする黒豹が、行く手をふさぎ、牙をむいてうなっています。アブダラはぎょっとして立ち止まりました。と、獣がとびかかってきました。恐怖のあまり、声も出ません。アブダラは目をとじ、のどを引き裂かれるものと覚悟しました。運命も予言も、これまでです！

ところが、のどに触れたのは何か柔らかいものでした。小さくてしっかりした前足がアブダラの肩にかかり、うしろ足が胸をちくりと刺しました。目をあけると、猫の大きさに戻った〈真夜中〉が、上着の前にしがみついているではありませんか。青緑の瞳がアブダラの瞳をのぞきこみ、「わたしを運んで、さもないとひどい目にあわすわよ」とおどしています。

「わかりましたよ、強情な雌猫さん。でも、上着の刺繍《ししゅう》をこれ以上ひっかかないように気をつけてください。これでもわたしの晴着なんです。それから、いやいやあなたを運ぶのだということも、どうか覚えておいてくださいよ。わたしは猫というものが嫌いなのです」

〈真夜中〉は落ち着き払ってアブダラの肩によじ登りました。そして、その日一日じゅう、アブダラがとぼとぼと山を歩いたりすべりおりたりするあいだ、そのまま肩の上で居心地よさそうにバランスをとっていました。

十二章　近づく追手

夕方までにアブダラは〈真夜中〉にかなり慣れてきました。ジャマールの犬とちがって、〈真夜中〉は清潔な匂いがします。よい母親でもあるらしく、ときどき肩から下りるのは息子に乳をやりにいくときだけでした。アブダラに腹を立てると巨大に変身するくせさえなければ、そのうち我慢できるようになるかもしれません。

子猫の方は、いいでしょう、かわいいことを認めましょう。昼食のために一同がひと休みしたときは、兵士のたばねた髪をおもちゃにしたり、ふらふらと蝶々を追いかけたりしていました。それ以外の時間は、子猫は兵士の上着の前ポケットに収まり、平野にむかう途中の草や木、シダの茂る滝を熱心にのぞいていました。

けれども、アブダラはその晩泊まる段になって、兵士がまたぞろ新しいペットのことで大騒ぎしたのには、心底うんざりしました。その晩は最初の谷にあった宿屋に泊まることにしたのですが、兵士ときたら、猫には何もかも最上の物をあてがう、とのたまったのです。

宿屋の主人夫婦は、猫についてはアブダラと同じ意見でした。もともと無愛想な感じの二人でしたが、その朝、牛乳の壺《つぼ》と鮭一匹という奇妙な盗難事件があったせいで、いっそう不機嫌になっていました。

二人はしぶい顔でいかにもいやそうに、猫のためのかごや、中に敷く柔らかい枕をとりに走り、むっつり押し黙ったまま、猫用のクリームや鶏の肝臓《レバー》、魚を用意しました。耳のただれ予防に効くと兵士が言いはった薬草をしぶしぶ持ってきたかと思うと、次には猫の寄生虫に効くという別の薬草を持ってきてくれと言われ、足音も荒く出ていきました。けれども、どうやら〈はねっかえり〉にノミがたかっているらしいから、お風呂に入れる、熱い湯を用意してくれ、と兵士が言いだしたときには、さすがの二人も耳を疑ったようです。

アブダラは、ここは自分があいだに入らねばと思いました。「居酒屋の王子と王女様、わが優れた友の奇行、どうかご容赦を。先ほど友が風呂と申しましたのは、もちろん、われら二人のためでございます。二人ともいくぶん旅の垢《あか》に染まっておりまして、清潔なお湯を歓迎するしだいです。そのお湯に対しましては、もちろん、必要なだけ追加料金をお払いいたしましょう」

「なんだって？　風呂に入る？　おれが？」宿屋の主人夫婦が大きなヤカンを火にかけるため重い足どりで出ていくと、兵士が言いました。

「そうです、あなたがです。入らなければ、今晩、あなたおよびあなたの猫とたもとを分かちます。ザンジブにいたわたしの友人ジャマールのすえたようなくさい犬ですら、風呂知らずの戦士殿、あなたにくらべれば、ましな臭いでした。それに、ノミがいようがいまいが、〈はねっかえり〉はあなたよりきれいです」

「だがあんたがいなくなったら、おれの王女さんとあんたのスルタンの姫さんはどうなるんだ？」

「別の方法を考えることになるでしょうね。けれども、もしあなたが入浴されれば、ありがたいというものです。お望みなら、いっしょに〈はねっかえり〉も入浴させてはいかがですか。お願いしているのはそういうわけです」

「体に悪いんだぜ――風呂ってやつは」兵士はいやそうに言いました。「でもまあ、いっしょに〈はねっかえり〉の体を洗ってやってもいいな」

「よろしければ、二匹ともあなたのスポンジがわりにお使いください、のぼせ性《しょう》の歩兵殿」アブダラは答えると、自分も風呂を楽しもうとその場を離れました。

　ザンジブは暑いので、誰もがひんぱんに風呂に入りました。アブダラも、少なくとも一日おきには公衆浴場へ行っていましたから、最近は風呂に行かれなくて残念でした。あのジャマールでさえ、週に一度は風呂に入っていました。噂では、いっしょに犬も風呂に入れていたということです。

兵士は熱い風呂で気持ちがほぐれたらしく、猫のことで騒ぐのも、ジャマールが犬のことで騒ぐ程度に収まりました。どうかジャマールと犬が無事逃げおおせ、今この瞬間砂漠で難儀《なんぎ》していたりしませんように。

兵士は風呂が体に悪かったようには見えませんでした。もっとも、褐色だった肌の色が少し薄くなりました。〈真夜中〉は、どうやら湯を見ただけで逃げだしたらしいのですが、〈はねっかえり〉の方は、兵士によると、風呂がとても気に入ったということです。「石鹸《せっけん》の泡にじゃれてたぜ！」と、甘ったるい声で兵士は言いました。

「おまえさん、こんなに騒がれる値打ちがあると自分で思ってるならいいがね」アブダラはクリームと鶏の食事後、ベッドに座って行儀よく顔を洗っている〈真夜中〉に話しかけました。〈真夜中〉はふりむくと目を丸くし、アブダラをさげすむように見つめました。ばかね、値打ちがあるに決まってるでしょ！　といわんばかりです。それから、耳をきれいにするという大切な仕事に戻りました。

翌朝の勘定は莫大なものでした。追加料金でいちばん大きかったのは熱湯代ですが、ほかにも枕やかご、薬草もかなりの金額に上っていました。アブダラはぞっとしながら支払うと、キングズベリーまでの距離を心配そうにたずねました。

徒歩なら六日間、というのが返ってきた答えでした。

六日も！　アブダラは、うめき声をもらしそうになりました。この調子で六日も散財しつづければ、〈夜咲花《よるさくはな》〉を見つけたときは文《もん》なしになっていて、そもそも養うことすらできない。おまけにあと六日も、兵士がこの調子で猫のことをうるさく騒ぎたてるのを聞くはめになる。それからようやく魔法使いの首根っこをつかまえ、〈夜咲花〉の探索をはじめるわけだ。だめだ。ジンニーに頼む次の願い事は、わたしたちをキングズベリーへ運んでもらうことにしなくては。それなら、今日明日のしんぼうですむ。

こう考えて少し安心したアブダラは、落ち着き払っている〈真夜中〉を肩にのせ、ジンニーの瓶《びん》を腰にぶらさげて、下り坂を歩きはじめました。

太陽が照っています。砂漠を歩いたあとでは、緑あふれる田舎の風景が、目にしみるようです。草でできた屋根も風情《ふぜい》があるという気がしてきました。どの家にも自然のままのきれいな庭があり、戸口のまわりには薔薇《ばら》などの花がたれさがっています。

兵士が、草で屋根を葺くのがこの地方のならわしだと教えてくれました。これは「草葺き屋根」と呼ばれていて、雨をとおさないのだと、兵士は自信たっぷりに言いました。でも、草でできているのに雨をとおさないなんて、なんだか信じられない話です。

まもなくアブダラは、〈夜咲花〉と自分が、屋根は草葺きで戸口には薔薇をからませた家に住んでいるという空想にふけりはじめました。〈夜咲花〉のために、庭は近隣何マイルにもわたって羨望の的となるものにしてあげよう。アブダラはその庭の設計をはじめました。

あいにく、昼ごろに突然はげしい雨が降ってきたために、空想どころではなくなりました。〈真夜中〉は雨が嫌いらしく、アブダラの耳もとで大声で文句を言います。

「上着の中に入れて、ボタンをかけてやれよ」と兵士。

「だめです、動物の愛護者殿。わたしがこの猫を好いていないのと同じぐらい、猫もわたしのことを好いていません。きっと、この機会を利用してわが胸に溝を刻むことでしょう」

兵士は〈はねっかえり〉の入った帽子に薄汚れたハンカチをそっとかけてからアブダラに手渡すと、〈真夜中〉を自分の上着の中に入れてボタンをかけました。二人はさらに半マイルほど進みました。そのころには雨はどしゃ降りになっていました。

ジンニーが瓶の口から、薄汚い青い煙をだらりとたらしました。「水が中へ入ってくる。なんとかできないのかい？」

〈はねっかえり〉も、せいいっぱいかぼそい声をはりあげ、同じことを訴えました。

アブダラは濡れた髪の毛を目から払いながら、困ったことになったと思っていました。

「どこか、雨宿りできる場所を見つけよう」と兵士が言いました。

幸いふたつ目の道の角に宿屋があったので、濡れねずみの二人は、喜んで一階の酒場に入りました。アブダラは、草で葺いた屋根が少しも雨をとおさないことを知り、うれしくなりました。兵士はいつもの強引さで、猫も快適にすごせるように暖炉に火の入った別室と、昼食を四人分注文しました。アブダラもいつものように、今度の勘定はいくらになるだろうかと思いました。

もっとも、暖炉というのはいい考えでした。びしょ濡れのままビールの入ったグラスを片手に暖炉の前に立ち――この宿屋のビールはラクダの小便のようなひどい味でしたが――昼食ができるのを待ちました。〈真夜中〉は子猫をなめて乾かすと、今度は自分の体を乾かしはじめました。兵士が足を伸ばし、長靴を火にかざすと、靴から湯気が上がりました。炉床《ろどこ》に置いたジンニーの瓶からも、かすかに湯気が上がっています。ジンニーも、文句はないようでした。

そのとき、宿屋の外でざわめきが起きました。何人かが馬で乗りつけたようです。旅インガリーでは馬で旅をするのが普通なので、めずらしいことではありません。旅人が宿屋に立ち寄ることも、驚くにはあたりません。この乗り手たちも雨に濡れたのでしょう。アブダラが、やっぱりきのう牛乳と鮭のかわりに、何がなんでも馬を用意してもらうべきだった、と考えていたときです。乗り手が客室の窓の外で、宿屋の亭主に大声で話しかけるのが聞こえてきました。

「おたずね者を二人見なかったか？　ストランジア人の兵士と、しゃれた服を着た浅黒い男だ。強盗の罪で手配されている」

男たちが言い終えないうちに、兵士は客室の窓際の壁に背中をつけて立ち、外からは見られないようにしながら、外のようすをうかがっていました。いつのまにか片手に背嚢《はいのう》を、もう片手には帽子を持っています。

「四人いる。あの制服は警官だな」兵士は言いました。

アブダラは、仰天してぽかんと口をあけ、立ちすくみました。きのう猫を入れるかごや風呂のことで騒ぎたてて、宿屋の亭主に顔を覚えられたのです。おまけに、さっきも専用の部屋を要求してしまいました。遠くで宿屋の亭主が、「はい、二人とも別室にいます」とへつらうように返事するのが聞こえました。

兵士がアブダラに帽子を押しつけました。「ここに〈はねっかえり〉を入れな。それから〈真夜中〉を抱いて。あいつらが宿の中へ入ったら、すぐに窓から逃げだすぞ」

よりによってそのとき、〈はねっかえり〉が樫材の長椅子の下を探検しに、もぐりこみました。アブダラは、長椅子の下に手をつっこんでもがく子猫をつかみ、ひざをついてあとずさりました。

と、酒場に入ってきた長靴の音がかすかに聞こえました。兵士は窓のかけがねをはずしています。

アブダラは兵士がさしだした帽子の中に子猫を入れ、〈真夜中〉を目で探しました。炉床ではジンニーの瓶が温まっています。〈真夜中〉は部屋のむこうで高い棚に上っています。さあ困りました。

足音が、この客室目ざして近づいてきます。兵士が窓をバンとたたきます。どこかひっかかっているようです。

アブダラはジンニーの瓶をつかみ、「おいで、〈真夜中〉！」と呼びかけると、窓の方へ駆け寄りましたが、あとずさりしてきた兵士とぶつかってしまいました。

「下がってろ！　窓があかない。けとばす」と、兵士。

アブダラがよろよろと脇へどいたとき、部屋の扉が勢いよくあき、制服姿の三人の大柄な男がどっとなだれこんできました。同時に、兵士の長靴が窓枠をガンとけりつけます。窓枠が壊れ、兵士は窓敷居を越えて外へよろめきでました。三人の男がわめき声をあげました。二人が窓へ駆け寄り、一人がアブダラにとびかかってきました。アブダラはとっさに追手の前に長椅子をひっくり返し、窓に突進し、何も考えずにどしゃ降りの雨の中にとびだしました。

でも〈真夜中〉のことを思い出して引き返してみると、〈真夜中〉は、今まで見たことがないほど大きくなって、窓の内側で巨大な黒い影になり、三人の男にむかって白い巨大な牙をむきだしていました。三人は先を争って扉からあとずさって逃げようとしています。よかった、と思いながらアブダラはぐるりと向きを変え、兵士のあとを追いました。

兵士が宿屋の反対側目がけて石をいくつか投げると、外で仲間の馬を押さえていた四人目の警官が音のした方に走っていきましたが、すぐにまずかったと気づいて、馬のところへ駆け戻りました。でも警官が駆け戻るのを見て、馬たちは四方へ逃げだしました。アブダラが雨に濡れた菜園を抜けて兵士のあとを追うあいだにも、四人の警官が馬を呼び戻そうとしている声が聞こえます。

兵士は逃げることはお手のもののようです。一瞬もむだにせず、菜園から果樹園へ抜ける道を見つけ、さらに広い野原へ通じる門を探しあてていました。野原を横ぎるとむこうに雨にかすんだ森があり、あそこまで行けば安全だという気がします。

「〈真夜中〉を連れてきたか?」ぐっしょり濡れた野原を駆けながら、兵士が息を切らしてたずねました。

「いえ」と、アブダラ。息があがって、説明どころではありません。

「なんだと?」兵士は叫ぶなり、立ち止まると、引き返そうとしました。

そのとき、それぞれ警官を乗せた四頭の馬が、果樹園の生垣をとび越え、野原に入ってきました。兵士ははげしく毒づきました。二人はふたたび森目がけて全速力で走りだしました。やぶが生い茂った森のはじに着いたときには、警官たちはもう野原を半分ほど横ぎっていました。アブダラと兵士はやぶをかきわけ、広々とした森の中へとびこみました。

驚いたことに、森の地面には無数のあざやかな青い花がびっしりと咲き乱れ、遠くまで青い絨毯《じゅうたん》を敷きつめたようでした。

「この花……何？」アブダラはあえぎあえぎたずねました。

「ブルーベルだ」と、兵士。「もし〈真夜中〉を見失ってみろ、殺してやる」

「そんな。猫の方でわたしたちを見つけますよ。大きくなってました。言ったでしょ、魔法の猫です」アブダラはあえぎながら、これだけ言いました。

〈真夜中〉の変身を一度も目撃していない兵士は、アブダラの言葉を信じません。

「もっと速く走れ。ぐるっと大まわりして戻るんだ。探しにいく」

二人はブルーベルをふみしだき、むせるような花の香りの中を前進しました。これで冷たい雨が降っておらず、警官の叫び声が聞こえなければ、天国を走っているような気がしたかもしれません。アブダラはまたあっというまに空想をはじめました。〈夜咲花〉といっしょに住む田舎家の庭には、こんなふうに何千というブルーベルを咲かせよう……

けれども、そんな空想にふけっていても、茎が折れ、花がもげて、自分たちがとおったあとがありありと残っている、という事実に目をつぶることはできません。警官たちが森の中へ馬を進めてくる小枝の折れる音が、背後から聞こえなくなるものでもありません。

「だめだ！　あんたのジンニーに、警官をまくように頼めよ」兵士が言いました。

「でも……兵士の中の青い宝石殿……願い事……あさって」アブダラは息を切らして言いました。

「前借りぐらい、まさせてくれるだろう」

アブダラの握った瓶から、青い煙が怒ったようにひるがえりました。「この前の願い事は、しばらくぼくの邪魔をしないという条件でかなえたはずだ。こっちが頼んでいるのは、瓶の中で静かに悲しみに浸らせてくれということだけだよ。ところがどうだい？　あんたらときたら。もめ事のきざしが見えるやいなや、次の願い事をわめくんだ。誰も、ぼくの身にはなってくれないのかい？」

「火急《かきゅう》の……おお、ヒアシンス……瓶の中の、精霊の、ブルーベル……わたしたちを……遠くへ……運んで……」

「だめ、だめだってば！」兵士がさえぎります。「〈真夜中〉を置いて遠くへ行くなんてだめだ。おれたちが〈真夜中〉を見つけるまで、姿を見えなくしてもらえ」

「ジンニーの中の青い翡翠《ひすい》……」

「何がいやだといって」と、優美な薄紫色の雲にふくれあがりながら、ジンニーがさえぎります。「この雨と、年がら年じゅう願い事の前借りをせがまれることよりもっといやなのは、おべんちゃらでおだてられて願い事をかなえさせられることだ。願い事があるなら、ずばり言えよ」

「わたしたちをキングズベリーに運んでください」と、アブダラが言いました。

「おれたちがあいつらに見つからないようにしてくれ」同時に兵士が言いました。

二人は走りながら、にらみあいました。

「どっちにするのか、決めな」ジンニーは腕組をし、軽蔑するように二人の後方にたなびいて吹き流されています。「あんたが何に願いを浪費しようが、こっちには同じさ。ただ、忘れないように。前の借しとあわせると、あとまる三日間、願い事はなしだ」

「おれは〈真夜中〉を置いていかないぞ」と、兵士。

「もし……願い事を浪費しなければ」アブダラが息をつぎます。「キングズベリーへ探索しに……おろかな運命の狩人殿……役に立てられる……」

「それなら、おれ抜きで行けよ」と、兵士。

「追手はたった五十フィートうしろだぜ」と、ジンニー。

肩ごしにふり返ってみると、本当です。アブダラは息を切らしながら、あわてて譲歩しました。「それでは、わたしたちの姿が見えないようにしてください」

ます。「あの子は見つけるに決まってる。りこうな子だよ」

「〈真夜中〉がおれたちを見つけるまで、見えなくなるように」と、兵士がつけ加えをちらりと見ました。それから、かすんだ腕が、いつもの動作をします。

アブダラはジンニーの透きとおった顔に、意地の悪そうなにやにや笑いが広がるの

体が濡れてねばねばするような、へんな感じがしました。世界が突然アブダラのまわりでゆがんだかと思うと、広大になり、青緑色になって、焦点がぼやけました。気がつくと巨人サイズのブルーベルらしい物のあいだを、ゆっくりとへんな姿勢ではっていました。いぼのある大きな手を、用心深く前に出します。どういうわけか、下をむけず、上と横しか見えなかったからです。

あまり進みにくいので、止まってそのままうずくまっていたかったのですが、地面が恐ろしくゆれ、何かばけもののような大きな生き物がこちらに走ってくるのが感じられたので、死にもの狂いではいつづけました。ばけものの進路から間一髪はずれたとたん、下に金属をつけた、丸い塔のように巨大なひづめが、アブダラがはっているすぐ横の地面をたたきつけていきました。アブダラはおびえてその場に凍りつき、身動きできません。すぐそばで、ばかでかい怪物が止まったのがわかりました。よく聞きとれないのですが、いらついたような大きな声もします。しばらく騒ぎが続きました。

それからまた、たたきつけるようなひづめの音がはじまり、あたりをあちこちふみ荒しました。どれもごく近くでした。とうとう、まる一日たったかと思われるころ、怪物たちはアブダラたちを探すのをあきらめたらしく、ピシャピシャと大きな音をたてながら遠ざかっていきました。

十三章　ヒキガエルにされて

アブダラは、そのままもうしばらくうずくまっていました。でも怪物が引き返してこないようなので、自分の身に何が起きたのか知りたいと思いながら、またあてもなくぼんやりはいはじめました。何かが起きたことはわかっていますが、考えたくても脳みそがからっぽな感じなのです。

はっているあいだに、雨がやみました。皮膚にあたる雨が気持ちがよかっただけに、やんだのはなんだか残念でした。でも――そのときハエが一匹、雲間《くもま》から射す光を浴びて弧を描いて飛んできて、近くのブルーベルの葉の上にとまりました。アブダラはさっと長い舌をくりだし、そのハエをひっつかまえ、のみこみました。

ああ、おいしかった！　そう思ってから、「でも、ハエは不潔だ！」という考えが湧きました。さっきよりいっそう混乱したアブダラは、別のブルーベルの茂みのまわりをぐるっとはっていきました。

そこには、自分と同じようなやつがいました。

そいつは体が茶色で、ずんぐりして表面にいぼがあり、黄色い目が頭のてっぺんについています。アブダラを見たとたん、唇のない口を大きくあけて、おびえた鳴き声をあげながら、体をふくらませはじめました。アブダラはそそくさと向きを変え、ゆがんだ脚でできるだけ急いで、そこから遠ざかりました。

自分の正体がわかりました。ヒキガエルです。あの意地の悪いジンニーは仕返しに、〈真夜中〉が見つけてくれるまで、アブダラがヒキガエルでいるようにしくんだのです。でも〈真夜中〉はアブダラを見つけたとたん、きっと食べてしまうでしょう。

アブダラは頭上で弧を描いているブルーベルの葉陰まではっていくと、そこに隠れました……

それから一時間ほどのち、巨大な黒い前足がブルーベルの葉を押しわけました。前足の主《ぬし》はアブダラに興味をひかれたらしく、爪をひっこめたまま、アブダラをなでました。アブダラは恐怖のあまり、うしろへはねて逃げようとしました。

次の瞬間、自分があおむけにブルーベルの上に倒れていることに気づきました。アブダラは木を見あげて目をぱちくりさせ、またもやさまざまなことを考えるという状態に、慣れようとしました。頭の中の考えには、あまり愉快ではないものもいくつかまじっていました。ヒキガエルにされた二人の盗賊がオアシスの水たまりのそばをはっていて、ハエを食べようとしてあやうく馬にふみつぶされそうになっている、とか。

次にあたりを見まわし、近くで兵士がうずくまっているのを見つけました。アブダラと同じようにまごついているようすです。兵士の背嚢《はいのう》がそばにあり、そのむこうでは〈はねっかえり〉が兵士の帽子からはいでようと、がんばっていました。帽子の横にジンニーの瓶《びん》がきどった感じで立っていました。

ジンニーはまるでランプの火が燃えあがるようにぱっと顔を出すと、かすんだ腕で瓶の首にひじをつき、からかうように聞きました。「満足したかい、お二人さん？ まいっただろう？ これで、よぶんに願い事を押しつけるとどうなるか、身にしみたはずだ！」

〈真夜中〉は二人の突然の変身にひどくびっくりして、怒ったように背を少し弓なりにすると、二人にむかってシューッとうなりました。

兵士は猫に手をさしだし、なだめるような声を出してから、ジンニーに文句をつけました。「おまえ、二度とこんなことをして〈真夜中〉を怖がらせてみろ、おまえの瓶を割ってやるからな！」

「あんた、前にもそう言った」ジンニーが言い返します。「だけど、できないぜ。あいにくだね。この瓶には割れない魔法がかかってるんだ！」

「それならおまえをヒキガエルに変えるように、こいつに願わせてやる」親指をぐいっとアブダラにむけ、兵士が言います。

これを聞くと、ジンニーは警戒するようにアブダラの方を見ました。アブダラは何も言いませんでした。でも、このジンニーをおとなしくさせるには、よい考えかもしれません。それからアブダラはため息をつきました。結局、願い事を浪費してばかりいることになりそうです。

二人は気をとりなおすと、荷物を持って旅を再開しました。今度はずっと用心深く進みました。なるべく細い道や人がやっととおれるほどの小道を歩いたのです。その晩は宿屋にも泊まらず、からっぽの古い納屋で寝ました。

納屋に入ると〈真夜中〉は急に油断のない構えになり、何かにひきつけられたようにしのび足で暗いすみへ入っていきました。しばらくしてぐったりしたネズミをくわえ、小走りで戻ってきた〈真夜中〉は、〈はねっかえり〉のいる兵士の帽子の中へネズミをそっと入れました。〈はねっかえり〉はどうしていいかわからないようすでしたが、やがてこれは乱暴にとびかかって殺すおもちゃの一種だと思ったようです。〈真夜中〉はまた、どこかへもぐりこんでいきました。ひと晩じゅう、〈真夜中〉が狩をするかすかな物音がしていました。

それなのに、兵士はあいかわらず猫に食べさせる物の心配をしました。次の朝アブダラに、いちばん近い農場まで行って牛乳を買ってこいよ、と言ったのです。

「ほしければ、自分でどうぞ」アブダラはそっけなく返事しました。

ところが、兵士の背嚢に入っていた缶をベルトの片側に、もう片側にジンニーの瓶をぶらさげて、農場にむかったのは、アブダラの方でした。

それから二日続けて、朝ごとにまったく同じことがくり返されました。何かちがいがあるとすれば、このふた晩は野外に積まれた干草の山にもぐって寝たことと、買った物が二日目は焼きたてのパン、三日目は卵だったことぐらいです。この三日目の朝、干草の山まで引き返しながら、アブダラはなぜ人に利用されている気がして、いらいらがつのるのか考えてみました。

四六時中体がこわばり湿っぽく、くたびれているせいだけじゃない。猫のために、しょっちゅう使い走りしているみたいだ、という気がするせいだけでもない。でもやっぱり、猫のせいだろうな。〈真夜中〉も、少しは悪いんだ。警官から守ってくれたことでは〈真夜中〉に恩義があるし、感謝だってしている。でも、仲よくなれというのは無理だ。あいつは毎日さげすむような顔でわたしの肩にのり、あんたなんて馬がわりなのよ、という顔をするんだから。動物にそんな大きな顔をされるなんて、あんまりだ。

アブダラは、あれやこれやを一日じゅうくよくよ考えながら、〈真夜中〉を首のまわりに上等のえりまきのようにのせ、田舎道を歩きつづけました。兵士も機嫌よく前を歩いていました。アブダラは思いました。猫が嫌いだ、というわけじゃない。もう慣れたし、兵士と同じように、〈はねっかえり〉がかわいくてたまらなくなっている。

　きっとこの気分の悪さは、兵士とジンニーが寄ってたかって、〈夜咲花《よるさくはな》〉を探すのを遅らせようとしていることと関係があるんだ。よほど用心してかからないと、一生田舎をさまよいつづけ、けっしてキングズベリーへたどりつけないということになりかねない。それにたとえキングズベリーに着いたとしても、魔法使いの居場所を見つけるという仕事が残っている。このままじゃあだめだ。

　その晩は廃虚になった石造りの塔を見つけて、泊まりました。干草の山にくらべればずっとましです。ここではたき火をおこして、兵士の食料で温かい食事をとることができました。ようやく体を温め、服も乾かすことができて、アブダラは気分がよくなりました。

　兵士はあいかわらず陽気でした。帽子の中で眠っている〈はねっかえり〉をかたわらに置き、石の壁にもたれて夕陽を眺めています。

「考えてたんだが」と、兵士が言いだしました。「あんたは明日、薄青い友だちに願い事ができるんだろう？　いちばん役立つ願い事は何か、わかってるかい？　魔法の絨《じゅう》毯《たん》に戻ってきてもらうことさ。そしたら、みんなで乗っていける」

「わたしたちをまっすぐキングズベリーまで運んでもらう方が、ずっとやさしいと思いますが、賢い歩兵殿」アブダラはいささか不機嫌に言い返しました。

「そりゃそうさ。でも、おれにもジンニーのやり方がわかってきたんだ。運べと言ったって、あいつはきっとごたごたを起こすだけだろう。おれの言いたいのはさ、あんたは絨毯なら操縦法がわかってるんだろう、だからキングズベリーまではあんたがみんなをさっさと絨毯で運んでいって、願い事は非常用にとっておくんだ」

兵士の言いぶんにはすじがとおっています。にもかかわらず、アブダラはうめき声をあげただけでした。兵士にそう言われたとたん、突然、物事がちがう角度から見えたからです。兵士にはジンニーのやり方がわかっているのです。兵士はそういう男、つまり、他人を思いどおりに動かす専門家なのです。その兵士に、したくないこともさせられる唯一の生き物は〈真夜中〉で、その〈真夜中〉は〈はねっかえり〉のためなら、いやなことでもしてやるのです。

つまり、アブダラをこづきまわす連中の頂点にいるのは子猫なのです。子猫が！と、アブダラはうめきました。兵士はジンニーのやり口がわかっているし、ジンニーだってどう見てもわたしよりは上手《うわて》だ。つまり、みんなの下働きがわたしなのだ。人に利用されている気がしたのも無理はない！　これじゃ、父の第一夫人の身内から受けていたしうちと同じだ。でもそれがわかっても、気分がよくなるものでもないしな。というわけで、アブダラはうめき声をあげただけでした。ザンジブではうめくなんて、すごい不作法にあたるのですが、兵士は気にするようすもありません。機嫌よく空を指さしただけです。「今日も夕焼けがきれいだ。ほら、また城があるぜ」

　兵士の言うとおりです。空には燦然《さんぜん》と輝く黄金の湖や、島や岬があり、細長い藍色《あいいろ》の雲の岬の上には砦《とりで》のような四角い雲がそそり立っています。

「このあいだの城とはちがいますよ」と、アブダラは答えました。せめて何か言い返したいと思ったのです。

「そのとおり。同じ雲を見るなんてありえない」と、兵士。

　アブダラは次の朝、うまいぐあいに兵士より先に目ざめました。とびおきたときは、朝焼けがまだ空全体を赤く染めていました。アブダラはジンニーの瓶をつかむと、みんなで泊まっていた塔を出て、少し離れたところへ行ってから、「ジンニー」と呼びかけました。「姿を見せなさい」

　ぼんやりした煙がひとすじ、しぶしぶと瓶の口に出てきました。「どうしたんだい？　宝石とか花とかのおせじはどうしたの？」

「嫌いだとおっしゃいましたので、やめました。現実主義者になったのです。これからする願い事は、新しい主義にもとづいています」

「ああ、そうか、魔法の絨毯をとり戻したいというんだろう」ひとすじの煙が言いました。

「ちがいます」

ジンニーはびっくりしたように、瓶から高く伸びあがり、大きく目を見ひらいてアブダラを見つめました。夜明けの光を受けたジンニーの目はしっかりしていて、まるで人間の目のようです。

「説明しましょう。こういうことです。どう考えてもわたしは、〈夜咲花〉を探すのを邪魔される運命のようです。ですが、わたしたちの結婚が、予言で定められていることもまた事実なのです。わたしは運命に逆らおうと、あれこれやってみました。でもあなたに頼んだわたしの願いはなんの役にも立たず、たいていはわたしがラクダや馬に乗った人物に追われる結果となります。そうでないときは、兵士殿が願い事をむだづかいさせるのです。

わたしはあなたの意地悪にも、兵士殿がたえず自分の思いどおりにしようとすることにも、ほとほといや気がさしました。そこで、運命の裏をかこうと決めました。これからはわざと願い事のむだづかいをするつもりです。そうすれば、いやでも運命によって助けられることでしょう。さもないと、〈夜咲花〉と結婚する予言が成就しないことになるからです」

「それって子どもっぽいな」と、ジンニー。「あるいは勇敢。じゃなければ、やけくそ」

「いいえ、現実的なんです」と、アブダラ。「それに、いつもどこかの誰かのために なるように願い事をむだづかいすれば、あなたの裏をかくことにだってなります」

それを聞くとジンニーは、皮肉な顔つきをしました。「で、本日のお望みは？　孤児に家をやるのかい？　盲人に視力を？　それとも世界じゅうの金持ちから金をとりあげて、貧乏人にやっちまうかい？」

「わたしは、あなたがヒキガエルに変身させた二人の盗賊を、もとに戻してやろうかと思っていたのですが……」

意地の悪い笑みがジンニーの顔に広がりました。「これ以上ないほど、ひどい願いだね。喜んでかなえてやるけどさ」

「この願いのどこがいけないというのですか？」

「たいしたことじゃない。スルタンの兵士が今、あのオアシスでキャンプしてるってだけさ。スルタンは、あんたがまだ砂漠のどこかにいると思いこんでいる。だから兵士たちがくまなく捜索してるのさ。でも、あいつらも二人の盗賊をとっつかまえるくらいの暇はあるだろうね。そうすれば、がんばってることをスルタンに示すことができるから」

アブダラは今の話をよく考えてみました。「ほかにもスルタンの捜索のせいで危険な目にあいそうな人物が、砂漠にいますか？」

ジンニーは横目でアブダラを見ます。「あんた、願い事のむだづかいがしたいんだろ? 砂漠にはたいして人はいないよ。絨毯の織り工が数人と予言者が一人、そんなもんだ。ああ、もちろん、ジャマールと犬はいるけど」

「わかりました。では今日の願い事は、ジャマールと犬のためにむだづかいしましょう。ジャマールと犬とをたった今、安全でよい暮しができるところに移してください。どこがいいかな、そうだ、ザンジブ以外でいちばん近い王宮の料理人と、番犬にしてください」

「あんた、やっかいなこと、思いついてくれたよ。この願いは失敗させにくい」ジンニーはあわれっぽく言いました。

「それこそわたしのねらいです。もしあなたの悪だくみをひとつ残らず失敗させる方法が見つかれば、どれほどほっとすることか」

「たったひとつ、それができる願い事がある」

ジンニーの言い方が悲しそうだったので、アブダラにも相手の言わんとしたことがわかりました。ジンニーは自分を瓶にしばりつけている魔法から、自由になりたいのです。

かわりにそれを願ってやり、願い事をむだにするのは、簡単なことです。もし、ジンニーを自由にしてやっても、あとでお礼として〈夜咲花〉の捜索を手伝ってくれると信じられれば、それがいちばん楽なのですが。でも、相手がこのジンニーでは、それは望めそうもありません。それに、ジンニーを自由にしてやれば、アブダラがやろうと心に決めている運命の裏をかくことも、あきらめることになるでしょう。

「それについてはあとで考えてみることにします。今日の願い事は、ジャマールと犬に使います。もう安全なところにいますか？」

「ああ」ジンニーはふてくされたように答えました。煙のような顔が瓶の中へ消えていったときの表情を見ると、またしてもなぜか願い事に失敗したような不安を覚えたのですが、むろん確かめるすべはありません。

アブダラがふりむくと、兵士が自分を見つめていました。どのぐらい話を聞かれたのかわかりませんが、反論する用意はできていました。

けれども兵士は「あんたの理屈にゃついていけないね」とだけ言うと、あとは、朝飯を売ってもらえそうな農家が見つかるまで歩いていこう、と言いました。アブダラはふたたび〈真夜中〉を肩にのせ、兵士といっしょにとぼとぼと歩きだしました。

その日はずっと人里離れた小道を歩きつづけました。警官の姿も見かけないかわりに、もうすぐキングズベリーに着くという感じもしません。実際、溝を掘っていた男に兵士がキングズベリーまでの距離をたずねたところ、徒歩でまだ四日かかるという答えが返ってきたのです。

運命のやつ！　とアブダラは思いました。

次の朝、アブダラは寝ていた干草の山の裏側にまわると、オアシスにいる二匹のヒキガエルが人間に戻るよう願ってやりました。

ジンニーはとても腹を立ててました。「あんた、聞いてたよな。ぼくの瓶を最初にあけたやつがヒキガエルになるってのは、ぼくがかけておいた呪いなんだぜ！　せっかくの呪いをだいなしにしたいのか？」

「そうです」と、アブダラ。

「スルタンの兵士がまだあそこにいて、あいつらをしばり首にするかもしれないのに？」

アブダラは、ヒキガエルになったときのことを思い出しながら答えました。「わたしの考えでは、それでも人間でいる方がましです」

「そうかい、わかったよ！　ぼくの復讐がだいなしになるのはわかってるんだよな。でもあんたが気にするもんか。あんたにとっちゃ、ぼくなんか、毎日ひとつ願い事をする瓶、ってだけだもんな！」ジンニーは悲しげに言いました。

十四章　魔神《ジン》の告白

アブダラがふりむくと、兵士がまたこちらを見つめていました。今日は何も言いませんが、きっとすきをうかがっているだけでしょう。

その日はとぼとぼと歩いているうちに、道が登りになってきました。緑豊かな小道はやがて、とげだらけの低木がへりにはえている、石ころだらけの道になりました。兵士は、やっとどこかちがうところへ来たじゃないか、と明るく言いました。アブダラはうなっただけです。兵士につけ入るすきを与えるもんかと、決心していたのです。

その日の夜になるまでには、二人はひらけたヒースの高原に出て、さらに先に広がる平野を見おろしていました。地平線に小さなほくろのように見えるのがきっとキングズベリーだぜ、とあいかわらず明るく兵士が言いました。

その後、泊まる支度をしていると、兵士はいっそう楽しげにアブダラを呼び、自分の背嚢《はいのう》の金具で〈はねっかえり〉がじゃれているのを指さし、なんとまあかわいらしいじゃないか、と言ったのです。

「まったくです。しかし、キングズベリーだと思われるあの地平線上の点ほど魅力的とは言えません」とアブダラ。

この日もすばらしい夕焼けでした。夕食を食べているとき、兵士は大きな城の形をした赤い雲を指さして言いました。「きれいな雲だな」

「ただの雲です。芸術品というわけではありません」

「友よ。あんた、ジンニーのせいで気持ちが落ち着かないみたいだな」

「どうしてそう思うんです?」

兵士はスプーンで、夕陽を背に黒っぽく見える小さな点をさします。「ぜったいあれはキングズベリーだ。おれの勘だと、いや、あんたも同じだと思うけど、あそこへ着いてはじめて、物事が動きだすんだ。でも、なかなかたどりつけそうにない。あんたの考えてることがわかっていないと思うなよ。あんたは若いし、恋人と引き離されてじれているから、運命が自分に背をむけていると考えるのは当然だ。だがなあ、おれの忠告を聞け。たいていの場合、運命はおれたちのことなんか気にしちゃいない。ジンニーだって運命と同じで、誰のことも考えてないんだぞ」

「どうしてわかるんです?」

「だって、ジンニーはみんなを憎んでいるからさ。たぶん、もともとそういう性格なんだろう。瓶《びん》にとじこめられてちゃ、よくなるはずもないしな。忘れちゃいけないのは、ジンニーはどう思っていようが、あんたの願い事をかなえなきゃいけないってことだよ。どうしてジンニーなんかをいじめようとして、わざわざ面倒な思いをするんだい？　どうしていちばん役に立ちそうな願い事をして、ほしい物を手に入れ、ジンニーのせいで起きる災難は我慢しようとしないんだい？

おれはずっとこのことを考えてきた。そして、ジンニーがどんなふうに悪いおまけをつけようが、あんたが願うべき最上のことは、魔法の絨毯《じゅうたん》をとり戻すことだと思ったんだ」

兵士がこんなふうに話しているあいだに、驚いたことに〈真夜中〉がアブダラのひざによじのぼってきました。そしてアブダラの顔に自分の顔をこすりつけ、ごろごろのどを鳴らしたのです。アブダラはうれしくなりました。運命は言うにおよばず、ジンニーや兵士、そして〈真夜中〉にまで気持ちを動かされてしまうらしいのです。

「もし絨毯をとり戻したいと願うと、ジンニーがいっしょに送ってよこす災難が、絨毯の便利さをうわまわるでしょう。賭けてもいいですね」

「賭ける気かい？　乗ろうじゃないか。絨毯が持ちこむ災難より便利さが勝るという方に、金貨一枚賭けるね」

「受けて立ちましょう。これでまたあなたの思いどおりになりましたね。友よ、わからないのは、あなたがどうして指揮官に出世できなかったかです」

「おれにもわからんよ。おれならよい将軍になったと思うね」

次の朝は、起きると霧が立ちこめていました。どこもかしこも白く湿っぽく、そばのやぶから先さえ見えません。〈真夜中〉はアブダラにくっつき、震えています。アブダラが瓶を目の前に置くと、瓶はどう見てもふくれっつらをしているようです。

「出てきなさい。願い事をするから」とアブダラ。

「この中からでも願い事はじゅうぶんかなえられる。こんな霧は嫌いだ」こもった声が言い返しました。

「よろしい。わたしの魔法の絨毯をとり戻してください」

「すんだ。ばかげた賭《かけ》をしたと、思い知るがいい」

しばらくのあいだ、アブダラは期待しながら上やまわりを見まわしていました。けれども何も起こりそうもありません。でもやがて、〈真夜中〉がさっと立ちあがりました。〈はねっかえり〉は兵士の背嚢から顔をつきだし、南の方角に耳をむけています。アブダラもそちらに目をこらしました。かすかなささやき声のようなものが聞こえてきました。何かが霧をぬって飛んでくる音かもしれません。

まもなく霧が渦を巻いて動きだし、だんだんはげしくなり、細長い薄汚れた絨毯がすべるように飛んでくるのが見えたかと思うと、アブダラの脇の地面に着地しました。絨毯には乗客がいました。絨毯の上に体を丸め、静かに眠っていたのは、大きな口ひげをはやした悪者らしい男です。尖った鼻の先は絨毯に押しつけられていますが、口ひげと頭にかぶった薄汚れた大きな布のあいだになかば隠れた、金色の鼻輪がちらりと見えます。男は片手で銀の柄の短銃をつかんでいます。これはまぎれもなく、カブール・アクバです。

「賭はわたしの勝ちです」アブダラは小声で言いました。

その声のせいか、それともひえびえした霧のせいか、盗賊は身じろぎすると、落ち着かなげに何かつぶやきました。兵士が唇に指をあて、首を横に振って、黙ってろと合図します。アブダラはうなずきました。もし自分一人だったら、どうしていいかまったく見当もつかなかったでしょう。でも、兵士がいっしょだと、カブール・アクバとも対等に渡りあえそうな気がします。

アブダラはできるだけ静かに、いびきに似せた音をたてると、絨毯に「そいつの下から抜けだして、わたしの前で空中に停まっておくれ」と、ささやきました。

命令に従おうとして、絨毯のはじが波打ちました。絨毯は強くもがきましたが、カブール・アクバは重すぎるらしく、抜けだせません。そこで絨毯は別の方法をとりました。絨毯が何をしようとしているかアブダラが気づかないうちに、空中に一インチほど浮かんだかと思うと、眠っている盗賊の下から勢いよくとびだしたのです。

「いけない！」とアブダラが叫んだときは、もう手遅れでした。カブール・アクバは地面にどさっと投げだされ、目をさましました。すぐ起きあがり、銃を振りまわしながら奇妙な言葉でわめいています。

兵士はあわてず騒がず、浮かんでいる絨毯をつかまえると、カブール・アクバの頭に巻きつけました。「こいつの銃をとれ」もがいている盗賊をたくましい両腕で押さえながら、兵士がアブダラに命じました。

アブダラは片ひざをついて、銃を振りまわしている力強い手につかみかかりました。でも、なんという握力の強さでしょう。どうしても銃をもぎとることができません。ひたすらしがみつき、振りほどこうともがく相手に合わせて、どすんばたん地面にたたきつけられるだけです。兵士もまた、どすんばたんたたきつけられています。カブール・アクバの強さは信じられないくらいでした。

あちこちにぶつけられながらアブダラは、盗賊の指をつかみ、銃から引きはがそうとしました。すると、カブール・アクバは怒号《どごう》をあげて立ちあがりました。その拍子にうしろへはねとばされたアブダラは、どういうわけかカブール・アクバにかわって、自分が絨毯にからまれてしまいました。

兵士はまだカブール・アクバにしがみついています。カブール・アクバが、空が落ちてきたかと思うほどの大声でわめきながら上に伸びあがりはじめても、手を離しません。でも兵士は、はじめは両腕をつかんでいたはずなのに、あっというまに腰に、それから太ももにしがみつくことになってしまいました。カブール・アクバはとどろく雷のような声をあげながら、どんどん大きくなっているのです。

とうとう脚が太くなりすぎて、兵士は両脚をつかんでいられなくなり、ずるずる下へ下がって、片脚のばかでかいひざのすぐ下にしっかりしがみつきました。相手はつかまれている脚を強くけりあげ、兵士を振り落とそうとしますが、兵士は離れません。やがてカブール・アクバは巨大なめし革のような翼を広げ、飛びさろうとしました。しかし、兵士はさらに下へずり落ちながらも、しがみついて離れません。

アブダラは絨毯を振り払おうとしながら、目はそのようすをずっと追っていました。〈真夜中〉が、警官に立ちむかったときよりもさらに大きくなって、〈はねっかえり〉を守るように立っているのも目のはじに見えました。でも、それすら大きくは見えません。

カブール・アクバが変身したのは、ジンの中でもとくに巨大で強力なジンだったのです。巨体の上半身は霧に隠れてもう見えませんが、翼のはばたきがつむじ風を起こしています。ただ、兵士がばかでかいかぎ爪のついた脚にしがみついているために、地面から飛び立てないのです。

「待て、とびぬけて強大な者よ！」アブダラは霧にむかって叫びました。「七つの偉大な封印にかけて、おまえにまじないをかける。もがくのをやめ、わたしに申し開きをせよ！」

ジンは叫ぶのをやめ、はげしくはばたいていた翼を止めました。「おれにまじないをかけるというのか、ええ、死すべき者よ？」不機嫌な大声が降ってきました。

「まさにそのとおり。わたしの絨毯の上で、白昼夢の盗賊の姿で何をしていたのか、話しなさい。あなたはわたしをもう二度も、ひどい目にあわせている！」

「よかろう」ジンは同意すると、のろのろとひざを曲げてしゃがみはじめました。

「もう手を離しても平気です」アブダラは兵士に言いました。兵士はジンの扱い方にうとかったので、まだ脚にしがみついていたのです。「わたしがまじないをかけた以上、ここにとどまって、質問に答えなければならないのです」

兵士は用心しながら手を離し、顔の汗をぬぐいました。ジンが翼をたたみ、ひざをついても、まだ油断ならないという顔でした。それもそのはず、ひざをついていてさえ、ジンは家の高さほども大きく、霧をとおして見える顔もぞっとするほど恐ろしげだったからです。普通の大きさに戻った〈真夜中〉が、息子を口にくわえ、急いでやぶに逃げこむのがちらっと目に入りました。

けれどもアブダラの注意をひいたのは、主にジンの顔でした。ぎらっと光るうつろな褐色の目と鷲鼻《わしばな》にとおした金色の輪は、たとえ一瞬とはいえ、庭園から〈夜咲花《よるさくはな》〉がさらわれたときに見かけています。

「訂正します。あなたはわたしを三回もひどい目にあわせています」アブダラは言いました。

「ああ、それどころか、あまり多すぎて数えられないくらいだ」ジンはあっさりばらしました。

これを聞いたアブダラは、怒って腕組をしました。「説明してもらいましょう」

「喜んで。実を言うと、そろそろ誰かに質問されたいと思っておったところだ。もっとも質問しそうなのは、おまえなぞより、ファルクタン国の公爵《こうしゃく》か、タイヤック国のいずれ劣らぬ三人の王子だと思っていたがね。驚いたことに、おまえ以外のやつらは誰一人として、強い意志を持っておらんようだ。おまえたちはどっちもいつだって、おまけみたいなものだった。おれは善良なジンの一団の中でも、偉大な一人だと見知りおけ。名前はハスラエルだ」

「世の中に善良なジンなんてもんがいたとは、知らんかったな」と、兵士。

「ああ、いるのですよ、無知な北国人殿《きたぐにびと》。これが名乗ったとおりのジンなら、天使と同じように高位にあると聞いたことがあります」と、アブダラ。

ジンは顔をしかめました。見苦しい顔です。「商人よ、おまえの聞いた話は間違っている。おれより位《くらい》の低い天使もいる。およそ二百の下級天使が、おれの部下だと知っておけ。そいつらはおれの城の入口の番人としてつかえておる」ジンは大声で言いました。アブダラは腕組をしたまま、片足でとんとん地面をたたきました。「ならばなぜ、わたしに対して天使とはほど遠いふるまいをしたのか、申し述べよ」

「死すべき者よ、とがめるべきはおれではない」ジンが答えました。「おれは強《し》いられてしただけだ。いっさいを理解し、許せ。

　およそ二十年前に、わが母上、偉大なる魔神《ジン》ダズラがうっかりしたすきに、とある邪悪なジンがつけこんだ。そのため母上はわが弟ダルゼルを出産されたが、善と悪はうまくまじりあわぬゆえ、誕生のときから弟はかよわく、青白く小さかった。母上はダルゼルを嫌い、おれに養育を命じた。

　おれは弟を手塩にかけ、育てあげた。だから、弟が邪悪な父親の性質を受けついでいるとわかったときの、おれの恐怖と悲しみは想像がつこう。成年に達した弟がまっ先にしたことは、なんとおれの命を盗んでどこかへ隠し、それによっておれを奴隷にすることであった」

「なんだって？　おまえ、死んでるのか？」と、兵士。

「いや、そうではない」ハスラエルが答えました。「おれたちジンは、おまえら死すべき者とはちがうのだ、無知な男め。ジンは命が壊されたときしか、死ぬことはない。それゆえ賢明なるおれたちはみな、体から命をとりだし、隠しておくのだ。もちろんおれもそうしていた。ところが、ダルゼルに命の隠し方を教えたときに、おれは愛情から軽率にもわが命の隠し場所を教えたのだ。すると、弟はすぐにおれの命を奪い、命令どおりにしないと死ぬことになると、おれをおどしはじめた」

「ということは、〈夜咲花〉を盗めというのがその命令だったんだな」と、アブダラ。

「そんなちっぽけなことではない」と、ハスラエル。「偉大な母上ダズラから派手好みの心を受けついだ弟は、世界じゅうの王女を全員盗めとおれに命じたのだ。ちょっと頭を使えばその意図はわかろう。弟は結婚しておかしくない年ごろだが、ああいう生まれだと、ジンの女性は一人として弟に好意を持たないものと思われる。弟は、死すべき人間の女性を求めるしかない。それでもジンである以上、当然ながら、もっとも高貴な女性だけがつりあうのだ」

「弟殿のことはお気の毒。でも、もっと小人数で我慢できないのか？」と、アブダラ。

「どうして我慢せねばならんのだ？」ハスラエルが聞き返しました。「あやつは、おれの力を手中にしておる。あやつもすみずみまでよく考えたもんだ。おれたちジンとちがい、人間の王女たちは空中を歩けないことがわかると、弟はまず花嫁たちを住まわせるために、インガリー国の魔法使いの動く城をおれに盗ませた。そのうえで王女の誘拐をはじめさせたのだ。今も、誘拐は続けているがね。

命令には従いながら、おれはおれで作戦を立てた。つまり、どの王女を連れさるときも、少なくとも一人は傷ついた恋人か、失意の王族が残されるようにしくんだのだ。そういう男は、王女を救出しようという気になるかもしれんからな。そうなればその男はわが弟と戦うことになり、おれの命の隠し場所を吐かせてくれるだろう」

「そしてわたしの出番、というわけか、偉大な陰謀家よ？　わたしは、おまえが命をとり戻す作戦の一部というわけか？」アブダラがひややかにたずねました。

「おまえはあくまで下っぱの一人さ。おれが望みを託していたのは、アルベリア国やペイキスタン国の若き王子たちであったぞ。ところがこいつらときたら、なんと狩なんぞにうつつを抜かしおった。気力の足りん輩《やから》ばかりで、実に嘆かわしい。高地《ハイ》ノーランドの国王もそうだ。王女がいなくなったのに、とり返そうともせん。王女の助けもなく、一人で蔵書目録なんぞを作っているだけとはな。

でも、この王ですら、おまえよりはよほど見込があった。おまえは、言うなら、賭率が低かった。おまえが生まれたときの予言なぞ、しょせん、きわめてあいまいだからな。告白すると、おまえに魔法の絨毯を売ったのは、単におもしろ半分で――」

「売った、あんたが！」アブダラは大声を出しました。

「そうさ。おまえの店から流れでる白昼夢の数と中身がおもしろかったんでな」アブダラは霧でひんやりしているにもかかわらず、顔がほてるのを感じました。「するとどうだ」ハスラエルが話を続けました。「驚いたことにおまえは、ザンジブのスルタンのところから逃げだした。で、おれはカブール・アクバの役を演じ、白昼夢を少しばかり実地でやらせたらおもしろかろうと思った。おれは候補者一人一人に、ふさわしい冒険をやらせているものでな」

アブダラはどぎまぎしていたにもかかわらず、ジンが大きな金茶色の目で、兵士をちらっと見たのに気づきました。「それでは、今のところ何人の失意の王子が王女をとり戻そうとしているのです、巧妙にして冗談好きのジンよ？」

「三十人近いかな。だが、さっきも言ったとおり、たいていの王子がまったく行動しておらん。おれにはそれが不思議でならん。なぜならそいつらは、生まれも条件もはるかにおまえより上だからだ。まあおれとしては、まだ盗みだす王女が百と三十二人残っていると考えて、わが心を慰めておるのだがな」

「わたしで我慢しておいた方がりこうですよ」と、アブダラ。「わたしは生まれこそ低いですが、わたしと〈夜咲花〉は、結婚する運命なのですから。最近運命の裏をかこうとしてみましたが、この件は変わらないようですよ。うけあいます」

ジンは笑うと――しかめつらと同じぐらい、不愉快な顔でしたが――うなずきました。

「それは知っておる。それだからこそ、おまえの前に姿を見せてやったのだ。わがしもべの天使が二人、きのう戻ってきた。二人とも、人間の姿でしばり首にされたのだ。

どちらもえらく不機嫌で、すべておまえのせいだと苦情を言っておった」

アブダラはお辞儀をしました。「とくとお考えになればお二人も、不死のヒキガエルでいる方が好ましかったかどうか、おわかりになるでしょう。さて、最後にもうひとつ答えなさい、思慮に富んだ王女盗人《ぬすっと》よ。わが〈夜咲花〉は――もちろんあなたの弟ダルゼルもですが――どこで見つかりましょうや？」

ジンが顔を大きくほころばせると、いっそう見苦しい顔になりました。非常に長い牙が数本むきだしになったからです。そしてジンは、大きな尖った親指で上をさし示しました。

「なんと、地上の冒険者よ、このところおまえが日没のたびに見かけている城の中に決まっているじゃないか。さっきも言ったように、あの城はもとはこの国の魔法使いの物であった。だがおまえは、簡単にはあそこへたどりつけんだろう。もしたどりつけたとしても、これだけは覚えておけ。おれは弟の奴隷だから、あそこではおまえの敵として行動せざるをえないとな」

「了解しました」と、アブダラ。

ジンは巨大なかぎ爪のある両手を地面につき、体を起こしはじめました。「これも述べておかねばなるまいて。その絨毯は、おれを追跡することを禁じられておる。もう去ってもよいか？」

「いや、待ってくれ！」兵士が叫びました。同時にアブダラも、ひとつ忘れていたことがあるのを思い出し、たずねました。

「では、ジンニーも追跡を禁じられているのですか？」けれども兵士の声の方が大きく、アブダラの声をかき消してしまいました。

「待て、このばけもの！　あの城がこのあたりをうろついているのは、何か特別の理由があるのか、ばけもの？」

　ハスラエルはまたにっこりし、片ひざ立ちのまま動きを止めました。「鋭いな、兵士よ。そう、そのとおりだ。城がここにあるのは、おれがインガリー国王の娘、ヴァレリア王女を盗もうとしているからだ」

「そりゃ、おれの王女様じゃないか！」と、兵士。

　ハスラエルは大声で笑いだしました。頭をうしろにそらすと、霧の中に笑い声がとどろきます。「そいつはどうかな、兵士よ！　いや、それはありえん！　この王女はたった四歳だ。でも王女がおまえの結婚相手にむかなくても、おまえらはおれの作戦におおいにむいているのだ。おまえと、ザンジブから来た友だちは、わがチェス盤の上にうまく配置された駒だからな」

「それはどういうことだ？」兵士は憤慨《ふんがい》して聞きました。

「ここにいる二人の者が、王女の盗みだしにひと役買うことになっておるのだ！」ジンは答えると、翼をひるがえし、からからと笑いながら霧の中へ飛びさっていきました。

十五章　空飛ぶ絨毯、都へ

兵士は魔法の絨毯《じゅうたん》の上に背嚢《はいのう》をどさりと置きながら、不機嫌に言いました。「おれに言わせりゃ、あいつは弟とどっこいどっこいの悪いやつだ。本当に弟がいるとすれば、だが」

「いますとも。ジンというものは嘘をつかないのです」と、アブダラが答えました。「ただ、善良なジンでさえ、自分たちはわたしたち死すべき者より優れていると思っているんです。ハスラエルという名前は、善良なジンの表に本当にのっていますよ」

「あんたの言うことはあてにならん！　ところで〈真夜中〉はどこだい？　死ぬほど怖かったろうに」

兵士がやぶの中で大騒ぎして〈真夜中〉を探しはじめたので、アブダラはそれ以上ジンにまつわる言い伝えを話そうとはしませんでした。こうした言い伝えは、ザンジブでは誰もが学校で習うのですが、あいにく兵士の言うとおりかもしれないという気もしたのです。たとえハスラエル自身は『七つの誓い』を立て、善の陣営に属していたとしても、弟のせいでさまざまな悪事をはたらいていることにちがいはないのです。それに善良であろうがなかろうが、ハスラエルは明らかに悪事をおおいに楽しんでいます。

アブダラはジンニーの瓶《びん》を拾い、絨毯にのせました。そのとたん、瓶は横倒しになり、ころがり落ちました。ジンニーが中から声をあげました。「いやだ！　そんなもんには乗らないぞ！　この前、そいつから落ちたのはどうしてだと思うのさ？　高いところは苦手なんだ！」

「行かないってのか！」兵士が言いました。兵士は片腕で〈真夜中〉をかかえていました。〈真夜中〉は、けとばしたりひっかいたりかみついたり、ありとあらゆる手をつくし、猫と空飛ぶ絨毯はそりがあわないとわからせようとしていました。もちろん、それだけでもいらいらして当然です。

けれどもアブダラは、兵士が不機嫌なのは、ヴァレリア王女がたった四歳だと知ったせいにちがいないと思っていました。兵士はヴァレリア王女と婚約しているつもりだったのです。ですから、だまされたと感じているにちがいありません。

アブダラはジンニーの瓶をぎゅっとつかむと、絨毯の上にしっかり座りました。兵士との賭《かけ》に勝ったことは明らかでしたが、わざと何も言いませんでした。確かに絨毯はとり戻せた。でも、ジンの追跡を禁じられている絨毯なんて、〈夜咲花《よるさくはな》〉の救出にはちっとも役立たないじゃないか。

さんざん手こずった末、兵士は自分と帽子と〈真夜中〉と〈はねっかえり〉を、絨毯の上になんとかのせました。「命令してくれ」日焼けした兵士の顔は、いっそう赤くなっていました。

アブダラはいびきの音をたてました。すると絨毯が空中に軽く一フィートほど上がり、〈真夜中〉がわめき声とともにもがきだし、ジンニーの瓶がアブダラの手の中で震えました。アブダラは言いました。

「ああ、魅惑の魔法のつづれ織り殿。複雑な呪文が編みこまれし絨毯殿。請《こ》い願わくば、ゆるゆるとキングズベリーまで動かれんことを。ただし、あなた様の織物にこめられた偉大な知恵を発揮され、どうか道中でわたくしどもが人目につかぬよう、ご配慮くだされ」

絨毯はすなおに霧の中を上昇し、南にむかいました。兵士は両腕で〈真夜中〉をしっかり抱いています。瓶からは、震えをおびたしわがれ声が文句をつけます。

「あんた、どうしてもそんな歯の浮くようなせじを言わなきゃ、気がすまないのかい？」

「この絨毯は、あなたとちがい、とびぬけて優れた魔法の品なので、上品な言葉にしか耳を傾けないのです。まさに絨毯の中の詩人と申せましょう」

絨毯のけばのあいだに、うぬぼれめいた雰囲気が漂いました。すりきれたへりを誇らしげにぴんとさせ、霧の上を黄金の陽光を浴びながら、優雅に飛んでいきます。青い煙が瓶からちょっぴり吹きあがったものの、恐ろしそうにひと言「ああ、とても耐えられない！」と言っただけで、中へひっこみました。

はじめのうちは、下界から見られずに飛ぶことは難しくありませんでした。霧が白い牛乳のように濃く立ちこめていたので、その上を飛ぶだけでよかったのです。ところが陽が高く昇るにつれ、霧をすかして金緑の野原がちらちらと輝きだし、白い道や家がぽつぽつと見えるようになりました。

〈はねっかえり〉は絨毯のはじに立ち、見とれています。今にもまっさかさまに落ちそうに見えたので、兵士が子猫のふさふさした小さな尻尾をしっかり片手でつかみました。おかげで子猫は助かりました。そのとき、絨毯が川沿いの並木にむかって傾いたからです。〈真夜中〉は絨毯に爪をくいこませ、アブダラはずり落ちかけた兵士の背嚢を間一髪、つかみました。

兵士はやや船酔いを起こしたらしく、「見られないように用心しなけりゃならないのかい？」とたずねました。絨毯は生垣に隠れる浮浪者のように、並木の陰をすべるように飛んでいます。

「そうです。鷲《わし》のようによく飛ぶこのような絨毯は、見かけたとたんに盗みたくなるものですからね」アブダラはラクダの人物の一件を話しました。

兵士は、アブダラにも一理あると認めました。「ただな、そのせいで遅くなることだけが心配でね。おれは、キングズベリーに着いたらすぐ国王に、王女がジンにねらわれていると教えなきゃ、と思ってるんだ。王というものは、その手の情報にはどっさりほうびをくださるもんだからな」どうやら兵士はヴァレリア王女との結婚はあきらめて、ほかの方法でひと財産築こうと考えはじめたようでした。

「そうしましょう、ご心配なく」アブダラはそう答えただけで、このときも賭のことには触れませんでした。

キングズベリーに到着するのに、その日一日かかりました。絨毯は川伝いに飛び、林から森へ抜け、眼下に人影がないときだけ速度を上げました。

その日の午後遅く、一行は都《みやこ》へ着きました。都の大きさはともかく、城壁の高さだけは優《ゆう》にザンジブの三倍はありそうです。城壁の内側には、塔が群れをなしていました。アブダラはここで絨毯に、宮殿のそばにいい宿屋を見つけ、どうやってそこまで来たか疑われずにすむ場所に降りるように、と指図しました。

絨毯は命令に従って、大きな城壁の上を蛇のようにうねりながら飛んでいきました。その後は屋根すれすれに、カレイが海底を進むように、屋根から屋根へと飛んでいったのです。

アブダラと兵士、猫たちまでもが、驚いて下やあたりをじっと見つめています。通りという通りが、華やかな衣装の人波と高価な馬車とで埋めつくされています。家々は、宮殿のように立派に見えます。尖塔、円屋根、壁のぜいたくな飾り彫り、金色の見はり塔、大理石の中庭も見かけました。ザンジブのスルタンがこの中庭を見たら、自分のものにしたがることでしょう。

この町でいちばん貧しい家にさえ――これほどの豪華さを、貧しいと呼べるとすれば――ペンキでとても精巧な模様の装飾がほどこされていました。商店の品物はみな、上質で量も多く、アブダラは、ザンジブのバザールなんか実は二流でみすぼらしかったと気づいたほどです。これで、スルタンがインガリーの王子との縁組にやっきになっていたわけがわかるというものです！

絨毯が見つけてくれた宿屋は、キングズベリーの中央にある大理石の立派な宮殿のそばにあり、しっくいの壁には本物そっくりな果物の図案があざやかな色とりどりの浮き彫りになっていて、金色の葉もふんだんに描かれていました。絨毯は宿屋の馬屋の傾斜した屋根の上にそっと降り、金メッキの風見鶏がついている金色の尖塔の陰にアブダラたちの姿をうまく隠しました。一同は下の裏庭に人気《ひとけ》がなくなるのを待つあいだ、屋根に座ってこの豪華な景色を鑑賞していました。

下には召使が二人いて、金ぴかの馬車を掃除しながら、噂話をしていました。噂はおおかたこの宿屋の亭主に関するもので、どうやら強欲《ごうよく》な人物であることは間違いなさそうです。自分たちの給金が少ないとぐちり終えると、片方の男がこう言いました。「北の方で強盗を働いたストランジア人の兵士のこと、その後何か聞いたかい？　こっちへむかっているとかいう噂だけど」

もう一人の男が返事します。「ぜったいキングズベリーを目ざしてくるだろうよ。ああいう手合はみんなそうだ。でも、都の門でよく見はっているから、中まで入ってこれっこないね」

兵士とアブダラは顔を見合わせました。

アブダラは小声で、「着替えを持っていますか？」と聞きました。

兵士はうなずくと、あせって荷物の中を探しはじめました。まもなくとりだしたのは、二枚の農民風のシャツでした。シャツの胸《むな》もとと背中には飾り刺繍《ししゅう》がしてあります。アブダラがどうやって手に入れたのだろうかと不思議に思っていると、兵士が気持ちを読んだようにささやきました。「物干綱」

兵士は次に、洋服ブラシとかみそりをとりだしました。屋根の上で、兵士は音をたてずにシャツのうちの一枚に着替え、ズボンにしきりとブラシをかけました。次に、石鹸《せっけん》や水をつけずにかみそりだけでひげをそろうとして、思わず声をあげました。召使たちは上の方をちらちら見あげ、音の出所《でどころ》をさぐりました。

「小鳥にちげえねえ」一人が言いました。

アブダラも、おせじにも晴着には見えなくなった上着の上に、兵士のもう一枚のシャツを重ねました。重ね着だと暑くなりますが、所持金の額を知られずに、上着に隠してある金をとりだす方法を思いつかなかったのです。洋服ブラシで髪の毛をとかし、ズボンの汚れを落とし、口ひげをなでつけました。手触りではひげは、十二本に増えているような気がしました。アブダラの身支度が終ると、兵士はアブダラにかみそりを手渡し、無言で自分のたばねた髪を持ちあげてみせました。

「犠牲は大きいですが、友よ、賢明ですね」アブダラは小声で言い、兵士の髪をじゃりじゃり切りとると、金色の風見鶏の中に隠しました。これでずいぶん感じが変わりました。兵士はもじゃもじゃ頭の裕福な農民に見えます。アブダラは自分がその弟でとおることを願いました。

二人がこういった身支度をしているあいだに、召使たちは馬車の掃除を終え、馬屋へ戻すために押しはじめました。二人が絨毯のある屋根の下にさしかかったとき、一人がこうたずねました。

「それはそうと、誰かが王女様をさらおうとしているとかいう話だけど、おまえ、どう思う?」

「おりゃあ、本当だと思う」相手が返事しました。「おめえもそう思うんだろう。噂だと、王室づき魔法使いが、危険な目にあいながら、そう警告したそうだ。気の毒に。だってあのお人は、わけもなくそんなことする人じゃないもんな」

兵士とアブダラはまた顔を見合わせました。兵士は声に出さずに悪態をつきました。

「だいじょうぶ、ほかにもほうびを得る方法はありますす」アブダラは小声で言いました。

二人は召使が裏庭を横ぎり、宿屋の中へ戻るまで待っていました。それからアブダラは絨毯に、裏庭へ着地するように頼みました。絨毯が言われたとおりに下へ降りると、アブダラは絨毯を持ちあげ、中に瓶を入れたままたたみました。一方兵士は、背嚢と猫二匹をかかえあげました。二人は、見苦しくはないもののまぬけな旅人のふりをしながら、宿屋へ入りました。

二人を迎えたのは宿屋の亭主でした。小耳にはさんだ召使の話であらかじめ心づもりができていたアブダラは、何げなく人さし指と親指のあいだに金貨を一枚はさんでいました。金貨に目をとめた亭主が、冷酷そうな目であまりじっと見つめたので、アブダラは亭主がこちらの顔を見たかどうかさえ疑わしいと思いました。アブダラはとても丁重に挨拶し、亭主も挨拶を返しました。案内されたのは、三階にある広々とした感じのいい部屋でした。亭主は夕食を部屋へ運び、風呂を用意することも承知しました。

「それから猫のために――」兵士が言いかけます。

アブダラは兵士のくるぶしを強くけとばしました。「それで終りです、主人の中の獅子《しし》のようなお方」それからつけ加えました。「もっとも、協力的なご主人におかれましては、きびきびと心がけのよい召使にがごをひとつ、クッションをひとつ、そして鮭料理をひと皿お運びいただくようご指示いただけましょうな。そうしてくださるなら、明日われわれがまれなる天分を持つこの二匹の猫をお届けすることになっている力のある魔女殿は、さだめし気前よくお礼をくださるでありましょう」

「できるかどうか、やってみましょう」主人が答えると、アブダラは無造作に金貨をほうって渡しました。主人は深くお辞儀をすると、部屋から出ていきました。アブダラはひとかたならず満足でした。

「そんなに得意そうな顔をすることもあるまい!」兵士がむっとしたように言います。「それより、これからどうするつもりだ? おれはこっちでもおたずね者だし、王様はジンのことはもう知っているらしいじゃないか」

今は兵士ではなく自分が指揮をとっているとわかるのは、アブダラにとって心地よいものでした。「ああ、でも王様も肝心のところをご存じありませんよ、盗みだされた王女たちでいっぱいの城が頭上に浮かんでいて、ご自分の姫もそこへ連れさられようとしているとは。お忘れではありませんか、友よ、王はわたしたちとちがい、ジンと直接話したわけではないのです。その点が利用できるかもしれません」

「どうやって？　子どもを盗もうとするジンをはばむ方法が、あんたにわかるっていうのか？　空の城へたどりつく方法をつきとめられるのか？」

「いいえ。でも魔法使いなら、方法を知っていると思われます。以前のあなたの計画を修正された方がいいでしょう。王室づき魔法使いの一人を探して、しめあげるかわりに、最高の魔法使いは誰か聞きましょう。そして報酬とひきかえに、手伝ってもらうのです」

「いいよ。でも、それはあんたの役だ。有能な魔法使いなら、おれがストランジア人だと即座に見破るはずだ。そしてこっちが身動きもしないうちに、警官を呼ぶだろう」

　宿の亭主が、みずからせわしげに猫の食料を運んできました。クリームがひと鉢、丹念に骨抜きをした鮭、そして小魚がひと皿です。うしろに、亭主と同じように冷たい目をしたおかみが続き、柔らかいイグサのかごと、刺繍《ししゅう》をしたクッションを運びこみました。アブダラは得意そうな顔をするまいと努めました。

「たいへんご親切にしていただき、感謝申しあげます、高名なご主人殿。あなた様のご配慮のほどは、魔女殿にお話しいたしましょう」

「ご心配なく、お客さん」おかみが言いました。「キングズベリーじゃ、魔法をお使いの方々をうやまうのはあたり前ですから」

アブダラは、得意な気持ちがくやしさに変わるのを感じました。自分も魔法使いだというふりをすべきでした。かわりにこう言ってうさを晴らします。「そのクッションは、クジャクの羽根だけをつめたものでしょうね？　魔女殿は気難しいお方ですから」

「そうですとも」おかみが答えます。「すべて承知しておりますよ」

兵士が咳払いしました。アブダラはあきらめ、もったいぶって別のことをたずねました。「ここにいる友人とわたくしとは、魔女殿に猫をお届けするだけでなく、魔法使い殿に伝言も託されております。本当は王室づき魔法使い殿にお届けしたいのですが、その方は何か災難に見舞われたような噂を途中で耳にいたしました」

「そのとおりです」亭主がおかみを押しのけました。「王室づき魔法使いのうちお一人は、確かに行方不明になっておられます。でも、お客さん、幸運なことにもう一人おいでです。ですから、ご希望なら、もう一人のお方のところへご案内できます。王室づき魔法使いサリマン様です」と言いながら、亭主は思わせぶりにアブダラの手に視線を移しました。

アブダラはため息をつき、手持ちの中でいちばん高額の銀貨をとりだしました。それが適当な金額だろうと思ったのです。亭主は懇切《こんせつ》ていねいに道順を教え、銀貨を受けとり、まもなく風呂と夕食の用意ができる、と言いました。

運ばれてきた風呂の湯は熱かったし、夕食もごちそうでした。アブダラはうれしくなりました。兵士が〈はねっかえり〉と入浴しているあいだに、所持金を上着からベルトの財布に移し終えると、気が楽になりました。

兵士も、だいぶ気分がよくなったにちがいありません。夕食がすむとテーブルの上に足を投げだし、長い陶製のパイプをくゆらせ、ジンニーの瓶に巻きつけてあった靴ひもをはずして、〈はねっかえり〉の前にたらし、上機嫌でじゃれさせました。

「この町じゃ、金《かね》がものを言う。疑問の余地はないね。今晩、魔法使いに会いにいくんだろ？　おれの意見だが、早ければ早いほどいい」兵士が言いました。

アブダラも同意しました。「相談料はどのくらいでしょうね」

「高いだろうさ。ジンから聞いたことを好意で教えてやるんだと、うまく思わせれば別だけど。でもな」さっととびかかる〈はねっかえり〉の鼻先から靴ひもをひっこめながら、兵士が考え深げに言います。

「できれば、ジンニーのことも絨毯のことも、話すべきじゃないと思う。宿屋の亭主が金を好きなように、魔法を扱うこうしたお歴々《れきれき》は、魔法の品物が好きだからさ。代金としてそういうものを請求されたくあるまい？　あんた、出かけるときにここへ置いてったらどうだ。おれが、かわりに見はっておくよ」

アブダラはためらいました。分別《ふんべつ》のある意見だとは思います。でも、兵士も信用できません。

「そういえば、あんたに金貨一枚、借りてたな」兵士が言いだしました。

「そうでしたか？〈夜咲花〉に、わたしが女性だと言われたとき以来の驚くべき知らせです！」

「おれたちの賭だよ。絨毯はジンを連れてきちまった。ジンニーがふだん巻きおこすのよりひどい災難だった。あんたの勝ちだ。ほら」と、兵士は部屋のむこうから金貨を一枚、ほうってよこしました。

アブダラは金をつかみ、ポケットにしまうと笑いだしました。兵士は、自分なりに正直なのです。

もうじき〈夜咲花〉のあとを追える、という考えでいっぱいになって、機嫌よく階下へ下りていくと、おかみがアブダラをつかまえ、もう一度魔法使いサリマンの館への道順を説明して聞かせました。アブダラはたいそう機嫌がよかったので、ためらうことなくまた銀貨をはずみました。

サリマンの館は宿屋から遠くはありませんでしたが、旧市街にありました。つまり、迷いやすい路地や思わぬところにある中庭を、ぬっていかなくてはならないということです。時刻は黄昏《たそがれ》、円屋根《まるやね》や塔の上の濃紺の空には、きらきら光る大きな星がひとつふたつ輝きだしていました。でも、キングズベリーの町は、頭上に月のように浮かんでいるいくつもの大きな銀色の光の球で、明るく照らされています。

魔法の装置なのだろうかと不思議に思いながら光の球を見あげたとき、アブダラはふと、かたわらの屋根の上に、四つ足の影がついてきていることに気づきました。気晴らしに狩に出たただの黒い猫という可能性もありますが、〈真夜中〉にまず間違いありません。歩き方に見覚えがあります。

はじめ〈真夜中〉が切妻《きりづま》の暗い陰に隠れたとき、アブダラは、〈はねっかえり〉にはまだ歯がたたないのにねぐらにいる鳩でも探しているのか、と思いました。しかし次の路地を途中まで行ったとき、頭上の欄干《らんかん》をしのび足で歩く姿が見え、自分をつけているのかもしれないという気がしてきました。中央に鉢植えが置いてある狭い中庭を抜けるとき、猫が雨樋《あまどい》から雨樋へとび移ってついてきたのを見て、つけてきていることがはっきりしました。でもどうしてなのか、さっぱりわかりません。

それから二度ほど路地を曲がるときも〈真夜中〉の姿に気をつけていましたが、一度ある家の門の上で見かけただけで、王室づき魔法使いの住まいがある石畳の中庭へ向きを変えたときには、猫は見あたりませんでした。アブダラは肩をすくめ、館の玄関に近づきました。

堂々とした細長い館で、窓には菱形のガラスがはまり、でこぼこのある古びた壁には魔法の印が組みあわされて描かれています。正面玄関の両側にある真鍮《しんちゅう》の台には、細長い尖塔のような黄色い炎が燃えています。扉には意地悪そうな顔が輪をくわえている形のノッカーがついています。アブダラはそのノッカーをつかみ、ドンドンとたたきました。

むっつりした細面《ほそおもて》の男性の召使が、扉をあけました。

「あいにくですが、主人の魔法使いは多忙をきわめております。追って知らせるまで、お客様にはどなたにもお目にかからないと申しております」召使は扉をしめようとしました。

「いや、お待ちください、忠実な従者にしてすばらしき従僕よ！」アブダラは口をはさみました。「わたくしの用件は、ほかならぬ国王陛下の姫ぎみに対する脅迫と関係しているのですぞ！」

「その件でしたら、うちの主人はよく知っております」召使はなおも扉をしめようとしました。

アブダラは巧みにすきまに足をつっこみました。「どうかお聞きください、物知り顔の召使殿よ、わたくしがまいりましたのは――」

召使のうしろで若い女性の声がしました。「マンフレッド、お待ちなさい。大事な話にちがいないわ」

扉がまた大きくあけられました。

アブダラは、召使の姿が戸口から消え、玄関ホールのややひっこんだところにまたぱっとあらわれたので、息をのみました。今まで召使がいた場所には、とても美しい若い女性が立っていました。黒い巻毛に、いきいきした顔をしています。ひと目で、異国風の顔立ちながら〈夜咲花〉に負けない美人だ、と見てとることができました。同時に、慎ましく目をそむけるべきだと感じました。この女性のおなかに子どもがいることが、はっきりわかったからです。ザンジブでは、身重の女性は人前に姿をあらわしません。アブダラは目のやり場に困りました。

「わたしは魔法使いの妻、レティー・サリマンです」若い女性が名乗りました。「どういうご用件でしょう?」

アブダラは頭を下げたまま、下を見ていました。「ああ、麗《うるわ》しきキングズベリーの実り多き満月のきみよ。わたくしはアブダラの息子アブダラと申し、はるかかなたのザンジブの絨毯商人でございます。サリマン様が知りたがられるであろう情報がございます。どうかお伝えくださいさい、魔法の館に輝きわたるお方様、けさがた、わたくしは強大なるジンのハスラエルと、国王陛下の掌中《しょうちゅう》の珠《たま》たる姫ぎみに関して言葉をかわしましたと」

レティー・サリマンはどうやら、ザンジブ流の礼儀作法にまったく不慣れのようです。「おやまあ！　なんとごていねいな！　それで、今おっしゃったことはまぎれもない真実なんですね？　では、すぐにベンに話すべきだと思います。どうかお入りください」

サリマン夫人は戸口から一歩下がり、アブダラがとおれるように道をあけました。アブダラはなおも慎ましく目をふせたまま、館の中に足をふみ入れました。そのとたん、何かが背中にとびつきました。その物体はすぐに爪を深くくいこませてアブダラの頭上をとびこえると、レティーの丸々した腹部にどさっととびおりたのです。金属の滑車がきしむような音がしました。

「〈真夜中〉！」アブダラは前へよろめきながら、怒ってどなりました。

「ソフィー姉さん！」両腕で猫をかかえてうしろへよろめきながら、レティーが金切り声をあげました。

「ああ、ソフィー姉さん、死ぬほど心配してたのよ！　マンフレッド、ベンにすぐ来てもらって。今何をしていようが、かまわないわ。急を要するの！」

十六章　魔法使いサリマンの館

すぐに上を下への大騒ぎとなりました。二人の召使のあとから、最初に応対した召使と、長い青のガウンを着た魔法使いの見習らしい若い男も出てきました。この人たちが走りまわる中、レティーは腕に猫の〈真夜中〉を抱いたまま玄関ホールを行ったり来たりして、大声で指図していました。

一方アブダラは、マンフレッドと呼ばれた男に椅子まで案内され、丁重に葡萄酒《ぶどうしゅ》の入ったグラスを手渡されました。アブダラはおとなしく椅子に座り、このどたばたに少し困惑しながら、葡萄酒をすすっていました。

騒ぎが永遠に終らないのかと思いはじめたころ、ぱたりと静かになりました。黒いガウンをまとった長身で堂々とした男性が、どこからか姿を見せました。「いったい、これはなんの騒ぎだ？」

自分が思っていたとおりのことを言ってくれたので、アブダラはなんとなくこの男性に好感を持ちました。色があせたような赤毛で、いかつい顔にくたびれた表情を浮かべています。魔法使いが着るという黒のガウンから見ても、これがサリマンにちがいありません。もっとも、何を着ていても魔法使いだとわかったでしょう。

アブダラは椅子から立ちあがり、お辞儀しました。魔法使いはいかつい顔にいぶかしそうな表情を浮かべ、レティーの方をむきました。

「ベン、こちらはザンジブからお見えなの。王女様に対する脅迫のことで何かご存じとか。それに、ソフィー姉さんを連れてきてくださったの。姉さんたら、猫になっちゃって！　ほら！　ベン、今すぐもとに戻してちょうだい！」

レティーは、とり乱せば乱すほどきれいに見えるたぐいの女性でした。魔法使いサリマンが大切そうに腕をとって「ああ、もちろんだよ、おまえ」と答え、額にキスをしたのも当然に思えました。アブダラは〈夜咲花《よるさくはな》〉にこんなふうにキスする機会が自分にも来るのだろうか、と思ってみじめになりました。あるいは、魔法使いがつけ加えたように「落ち着いて——おなかの子にさわるぞ」と言う機会は、来るのでしょうか。

そのあとで魔法使いはふりむいて、肩ごしに言いました。「誰か、玄関の扉をしめなさい！　きっとキングズベリーの半分にうちで何が起きたか聞こえてるぞ」

アブダラはこれを聞いて、魔法使いがいっそう好きになりました。アブダラが席を立ち、扉をしめなかったのは、危急の折には玄関をあけはなしておく習慣だといけない、と思ったせいでした。アブダラがもう一度お辞儀をすると、魔法使いがくるっとこちらをむきました。

「それで、お若い方、何があったのです？　どうしてこの猫が妻の姉だとわかったのです？」

この質問に不意を打たれたアブダラは、〈真夜中〉が人間だとはまったく知らなかったし、まして王室づき魔法使いの義理の姉上だとは夢にも思わなかったということを、くどいくらい弁解しました。

でも、誰も聞いてはいませんでした。みんな、〈真夜中〉との再会を喜ぶあまり、アブダラが善意でこの家へ連れてきてくれたと、すっかり信じこんでいるらしいのです。魔法使いサリマンはアブダラに高額の相談料を請求するどころか、自分こそ借りがあると思っているようです。アブダラがそうではありませんと否定すると、サリマンは言いました。

「まあ、とにかくこちらへ来て、義姉《あね》がもとの姿に戻るのを見届けてください」

信頼したようすで親しげに話しかけられたアブダラは、サリマンに対してさらに温かな気持ちを抱き、おとなしく家の裏手にあたるらしい大きな部屋へついていきました。

その部屋は、どういうわけか、まったくちがう世界のような感じがしました。床と壁が普通でない傾き方をしています。アブダラはこれまで魔法を使う場所を見たことがなかったので、興味をそそられ、手のこんだ魔法の装置らしい物であふれ返っている室内を見まわしました。

そばにある透かし細工の器からは、細い煙が渦を巻いて吹きでています。その横の床には大きな風変わりなロウソクが、入りくんだ記号の中に立ててあります。そのむこうにあるのは、柔らかい粘土でできた不思議な像です。さらに奥には噴水があり、五つの吹出し口からおかしな幾何学模様を描いて水が流れ落ちています。そのむこうには噴水になかば隠れて、いっそうへんな形の物が見えていました。

「これじゃ狭すぎる」魔法使いはさっと部屋をとおりぬけながら言いました。「わたしたちが隣の部屋でしかけを組み立ててるあいだは、こいつらだけでもちこたえられるだろう。さあ、みなの衆、急いでくれ」

全員が奥のこぢんまりした部屋へ移動しました。その部屋には、いくつもの丸い鏡が壁にかかっているほかは、何もありません。レティーが中央の青緑の敷石の上に〈真夜中〉をそっと抱きおろしました。〈真夜中〉はといえば、腰を下ろして前足の内側をなめるのに没頭し、まったく無関心に見えます。一方レティーと召使をふくめた全員が熱に浮かされたように、〈真夜中〉のまわりに長い銀色の棒で天幕の骨組のようなものを組み立てはじめました。

アブダラは用心深く壁際に立って、見まもっていました。魔法使いに、貸しなどありませんよ、と断言したことを少し後悔していました。この機会を利用して、空の城へ行く方法をたずねればよかった。でも、どうせ誰もわたしの言うことなど聞いていなかったんだから、一段落するまで待とう……

人々がせわしく動きまわるうちに、銀の棒は星形の骨組になりました。すべての鏡に同じ光景がもっと小さく、ごちゃごちゃと曲がって映っているせいで、へんな感じがします。鏡もさっきの部屋の壁や床と同じように、不思議な曲がり方をしています。

とうとう魔法使いサリマンが大きな骨ばった手をたたき、声をかけました。「よし。レティーはここで手伝って。ほかのみんなはむこうの部屋へ行って、王女のための見はりが所定の位置にいるかどうか、確かめるんだ」

見習と召使たちは急いで立ちさり、魔法使いサリマンは両腕を広げました。アブダラは何があろうとしっかり覚えておくつもりで、じっと見つめました。

けれどもどういうわけか、魔法が作用しはじめたとたん、何が起きているのかよくわからなくなったのです。何かが起きていることだけはわかるのですが、何も起きていないように見えるのです。耳が聞こえないのに音楽を聴いているようなものです。

魔法使いサリマンが低い声で奇妙な言葉を発するたびに、部屋の中がぼやけ、アブダラの頭の中もぼやけました。そのせいで、起きていることを見てとるのがますます難しくなるのです。

けれどもいちばんやっかいだったのは、壁の鏡でした。鏡にはたえず小さく丸い映像が映っていますが、この部屋で起きていることを映しているようでいて、そうではないのです。ときおり鏡のひとつに目をとめると、そこには銀色の骨組が、星形、三角形、六角形、あるいは尖ったほかの図形といった新しい形になって輝いて映っているのですが、目の前にある本物の棒はちっとも光っていないのです。一度か二度、鏡にサリマンが両腕を広げている姿が映りましたが、室内にいる実物は手を体の脇にたらしていました。

鏡はレティーが明らかに神経質そうに両手を握りしめ、じっと立っている姿を見せることもありました。そのたびにアブダラは本物のレティーに視線を移しましたが、レティーは室内を動きまわり、落ち着き払って奇妙な身ぶりをしているだけです。〈真夜中〉は鏡には一度も映りませんでした。骨組の中央にいる小さな黒い姿は、奇妙なことに、実物の方もよく見えなくなっているのでした。

それから棒という棒が突然ぼんやり銀色に光りだし、内側の空間にもやがかかりました。魔法使いは最後にひとくさり呪文を唱え、うしろへ下がりました。

「いまいましい！　みんなの匂いがわかんなくなっちゃった！」骨組の内側で誰かがののしりました。

これを聞いて魔法使いはにやりとし、レティーはわっと笑いだしました。アブダラは笑いをひきおこした人物はどこかと見まわし、あわてて目をそらすはめになりました。骨組の中に若い女性がうずくまっていて、もっともなこととはいえ、何も服を着ていなかったのです。

ちらりと見た印象では、レティーが黒髪でこの女性は金髪らしいという以外、二人はよく似ているようです。レティーは部屋の横手に駆けていくと、魔法使いのものらしい緑色のガウンを持って戻ってきました。アブダラが勇気をふるって目を上げたときには、若い女性はそれをはおっていました。レティーがその女性を抱きしめながら、手を貸して骨組の外へ出そうとしています。

「ああ、ソフィー姉さん！　何があったの？」と、レティーはくり返していました。

「ちょっと待ってよ」ソフィーは二本足でバランスをとるのに苦労していました。少ししてレティーを抱きしめ、それからよろよろと魔法使いのそばまで行くと、魔法使いも抱きしめました。「尻尾がないと、へんな感じ！　でも、たいそう感謝してるわ、ベン」

それから、さっきよりは自然な歩き方でアブダラに近寄ってきました。アブダラは壁まであとずさりしました。自分も抱きしめられるのかと思ったからです。けれどもソフィーは、「どうしてあとをつけるのか不思議だったでしょう。実をいうと、キングズベリーではいつも迷子になるからなの」と言っただけです。

「あなたのお役に立てまして光栄に存じます、魅力的なとり替えっ子様」アブダラは少しよそよそしく返事しました。〈真夜中〉と仲が悪かったように、ソフィーと仲よくなれるという自信がなかったのです。若い女性にしては、不愉快なほど気の強い人だという印象を受けたからです。父親の第一夫人の姉ファティーマと同じくらい気が強いかもしれません。

レティーはなおも、ソフィーが猫に変えられた事情をたずねています。魔法使いサリマンの方は、「ソフィー、そうすると、ハウルの方も動物になってさまよっているのかい？」と、心配そうにたずねています。

「いいえ、ちがうわ」と言って、ソフィーはさっと顔をくもらせました。「ハウルの居《い》所《どころ》は見当もつかない。だって、あの人があたしを猫に変えたんですもの」

「なんですって！　義兄《にい》さんが、姉さんを猫にした張本人ですって！　それじゃ、いつもの喧嘩《けんか》だったの？」レティーは大声を出しました。

「ええ、でも猫になったのには理由があるのよ。あれはほら、動く城が誰かに盗まれたときよ。わたしたちが危険に気づいたのは、たったの半日前だった。たまたまハウルは、王様のためにまじないで予言をしていたの。すると、何かとても強力なものが城を盗み、次にヴァレリア王女を盗むとわかったのよ。ハウルは、すぐに王様に警告しにいくと言ってたけど――ちゃんと警告した？」

「ああ、したとも」魔法使いサリマンが返事しました。「王女は四六時中警護されているよ。わたしも、悪魔どもを呼びだし、隣室から王女を守らせている。敵の正体がなんであれ、われわれの守りを破るのはまず無理だね」

「それはよかったわ！　気が軽くなった。ジンのしわざなのよ、知ってた？」

「ジンだってもぐりこめないさ。で、それからハウルはどうしたんだい？」と、サリマン。

「あの人はウェールズ語で悪態をついて、まずマイケルと新しい見習を逃がした。あたしのことも逃がしたがったわ。でも、『もしあなたとカルシファーが残るなら、あたしだって残る。ジンに見つからないような呪文でもさっさとあたしにかけたら？』って言ってやった。それで喧嘩になって……」

レティーがくすくす笑いました。「今さら喧嘩したって聞いても、ちっとも驚かないけどね」

ソフィーは顔をほんのり赤らめましたが、すぐに頭をすっくと持ちあげて言いました。「とにかくハウルは、あの人の姉さんのいるウェールズに行くのがいちばん安全なんだの一点ばり。あの人、あたしが義姉《ねえ》さんと折合が悪いと知っててそう言うのよ。だからこっちだって、泥棒に気づかれずに城にそのままいられれば、その方がずっと役に立つと言いはった。とにかく……」ここでソフィーは、顔をおおいました。

「二人でまだ言い争ってる最中にジンが来ちゃった。ものすごい音がして、何もかもまっ暗になって、あとはもうめちゃくちゃ。覚えているのは、ハウルがあたしを猫にする呪文を叫んでたことだけ。あわててすごい早口で言ってたっけ。それからカルシファーに大声で……」

「カルシファーというのは、姉さんとこの火の悪魔なの」レティーが親切にアブダラに説明します。

「……カルシファーに大声で、『抜けだせ、おまえだけでも助かれ。ジンだ。ぼくらのどっちにも手強《てごわ》すぎる相手だ』と叫んでた。そのあと、まるでチーズ皿のおおいがはずされるみたいに、城がそっくり持ちあげられ、次に覚えているのは、あたしが猫になってて、キングズベリーの北の山脈地帯にいたこと」

レティーとサリマンはうつむいたソフィーの頭ごしに、不思議そうに視線をかわしました。

「どうしてあそこの山に行ったんだろう？」とサリマン。「城の出口はどれも、あのへんにはないはずだ」

「ええ。出口は四カ所あるけど」とソフィー。「あたしは、出口のどれかへ行く途中で投げだされたんだと思う。まあ、もっとひどい場所に行ってたかもしれないし。あそこには餌になるネズミと小鳥はたくさんいたから」

レティーのきれいな顔が、ぞっとしたようにゆがみました。「ソフィーったら！　ネズミだって！」

「どうしていけないの？　猫はネズミを食べるでしょうが」ソフィーはまたもや頭をそびやかします。「ネズミはおいしいわよ。でも、小鳥は好きじゃなかった。羽根がのどにつまって。だけど……」ソフィーは大きく息を吸いこむと、またもや両手に顔をうずめます。「でもたまたま、あたしには都合が悪い時期だったの。一週間ほどしたらモーガンが生まれちゃって、当然、あの子は子猫で生まれて……」

それを聞いてレティーは、姉がネズミを食べたことより、もっとずっと仰天したらしく、わっと泣きだし、ソフィーに抱きつきました。「ああ、ソフィー姉さん！　で、どうしたの？」

「もちろん、普通の猫がするとおりにしたわよ。お乳を飲ませて、たっぷりなめてやった。心配しないの、レティーちゃん。あの子はアブダラさんの友だちの兵隊さんのところへ置いてきただけだから。あの人は、子猫を傷つけようとする人がいたらすぐ殺してくれるでしょうから。ただ」と、ソフィーはサリマンにむかって言いました。「あの子も人間に戻してもらえるように、ここへ連れてきた方がいいわね」

魔法使いサリマンは、レティーと同じようにとり乱していました。「あらかじめわかっていればなあ！　もし、同じ呪文の結果として猫で生まれたのなら、子猫の方も、もうとっくに人間に戻っているはずだ。ようすを見た方がいい」サリマンは丸い鏡のひとつに近寄ると、鏡の前で両手でぐるりと円を描きました。

すべての鏡が、すぐにあの宿屋の一室を映しだしました。まるで宿屋の壁にかかっているように、それぞれの鏡にちがう角度の映像が映っています。アブダラは鏡を一枚ずつ眺め、ほかの三人と同じように、ぎょっとしました。

どういうわけか、魔法の絨毯が床の上に広げられています。その上にはピンク色の肌の丸々と太ったはだかの赤ん坊がいます。赤ん坊とはいえ、ソフィーと同じようにはっきりした個性を持っているのは明らかで、両足と両腕で空《くう》をけり、顔を怒りでゆがめ、怒ったように口を大きくあけています。鏡からは音は聞こえませんが、モーガンが泣きわめいていることは一目瞭然です。

「あの男性は誰です？」魔法使いサリマンがたずねました。「前に会ったことがある」

「ストランジア人の兵士です、驚異の使い手よ」アブダラは困ったように答えました。

「では、誰か知人と似ているのだろう」魔法使いが言いました。

兵士は泣きわめく赤ん坊の脇に立ち、おびえ、どうしてよいかわからないようすです。おそらくジンニーがなんとかしてくれると思ったのでしょう、片方の手に瓶《びん》を持っています。けれどもジンニーはとり乱したようにいくすじかの青い煙になって、瓶からたれさがっているだけです。どの煙の顔も両手で耳をふさいでいて、兵士と同じように役に立ちそうもありません。

「ああ、かわいそうに、いとしい赤ちゃん！」とレティー。

「それを言うなら、かわいそうに、親切な兵士さん、でしょ」ソフィーが口をはさみます。「モーガンは怒ってるのよ。生まれてからずっと子猫だったでしょ、あの子。子猫は赤ん坊よりもっといろいろできるじゃない。怒っているのは、歩けないからだわ。ベン、あなたにできるかしら……」

　ソフィーの質問の後半は、大きな絹の布を引き裂くような音にかき消され、同時に部屋がゆれました。魔法使いサリマンが何事か叫んで扉の方へむかいましたが、あわてて身をかわしました。正体不明のものがいくつも、金切り声をあげ、わめきながら扉の側の壁の中からあらわれ、室内をさっと横ぎり、反対側の壁を抜けて消えていったのです。

　はっきり見きわめるには動きが速すぎましたが、どれも人間には見えませんでした。ぼんやりとですが、かぎ爪のついたたくさんの足を持つものや、足がなく流れるように進んでいくもの、血走った目がひとつしかない生き物、そして目が房のようにたくさんついている生き物などが見えました。牙のはえた顔、流れる舌、燃えている尻尾も。中でももっともすばやかったのは、ころがっていく泥のかたまりでした。

次の瞬間、ばけものたちはみんないなくなっていました。興奮した見習が扉をばたんとあけました。

「たいへんです！　悪魔たちの守りが、破られました！　わたしたちではもちこたえ……」

魔法使いサリマンは若者の腕をつかむと、いっしょに隣室へ急いで戻りながら、肩ごしに声をかけてよこしました。「手があいたら戻る！　王女が危ない！」

アブダラは、兵士と赤ん坊がどうなったか見ようとしました。けれども丸い鏡にはもう心配そうな自分の顔と、同じく鏡を見つめているソフィーとレティーの顔が映っているだけです。

「ちぇっ！　レティー、あんたはこれ、使えないの？」

「だめ。ベンでないと無理」

アブダラは絨毯《じゅうたん》が広げられ、ジンニーの瓶が兵士の手に握られていたことを思い出しました。「ということでしたら、ふた粒の真珠《パール》のごとき麗《うるわ》しいご婦人方、お二人のお許しを得て、このアブダラがとりいそぎ宿屋へ戻りましょう。やかましいという苦情が山ほど寄せられまする前に」

ソフィーとレティーが声をそろえ、いっしょに行くわ、と言いました。アブダラは、二人の気持ちはもっともだと思いましたが、続く数分のあいだに、二人を非難したい

という気持ちになってきました。レティーは身重なので、通りを駆けていくわけには
いかないのです。

　そこで、三人が隣室の壊れた魔法のしかけやがらくたのあいだを急いでとおってい
くと、魔法使いサリマンは残骸《ざんがい》の中で死にもの狂いで何かを組み立てているところだ
ったのに、わざわざ手を止めて、召使のマンフレッドに馬車を用意させました。マン
フレッドが言いつけを果たしにとんでいくと、レティーは外出着を着せるためにソフ
ィーを上へ連れていきました。

　残されたアブダラは、玄関ホールを行ったり来たりしていました。公平に言えば、
待たされたのは五分足らずでした。けれども、そのあいだにアブダラは少なくとも十
回は玄関の扉をあけようとし、呪文がかかっていてあけられず、気も狂わんばかりに
なりました。

　一世紀もたったような気がしたころ、ソフィーとレティーがおしゃれな外出着に着
替え、階下へ下りてきました。マンフレッドが正面玄関をあけると、外の石畳に美し
い鹿毛《かげ》の去勢馬が引く、屋根なしの馬車が待っていました。馬車の中にぱっととびこ
み一刻も早く馬に鞭をあてたいのはやまやまでしたが、それでは礼を失します。マン
フレッドがご婦人方に手を貸し、馬車に乗りこませてから、自分も御者席に着くまで
待たなければなりませんでした。

ようやくアブダラが最後に馬車に乗り、ソフィーの隣に体を割りこませもしないうちに、馬車は石畳の上を軽《かろ》やかに走りだしていました。でも、まだぐずぐずしている気がしてなりません。今ごろ兵士が何をしているかと思うと、気が気でないのです。

「ベンがさっき逃げた悪魔どもを、すぐに連れ戻せるといいんだけど」大きな広場を軽快に横ぎっているとき、レティーが心配そうに言いました。

レティーが言い終らないうちに、花火の打上げに失敗したような爆発音があわただしく続きました。どこかで鐘が、陰気にゴンゴン鳴りだします。

「なんの騒ぎだろう?」ソフィーはそう言ってから、自分でそれに答えるように、指さして叫びました。「ああ、いまいましい! ほら、ほら、見て!」

アブダラは首を伸ばし、指さされた方角を見ました。すぐそばの円屋根や塔の上空で光っていた星が、黒く広がる翼におおい隠されたのがかろうじて目に入りました。あちこちの塔の上から兵士たちが翼をねらうたびに、銃声があがり、小さな閃光がひらめきます。アブダラなら、そういう物はジンには役立たないと兵士たちに教えてやることもできたでしょう。翼はまったく意に介したようすもなく旋回し、円を描きながら上昇し、濃紺の夜空へ消えていきました。

「あんたの友だちのジンよ。あたしたちは、決定的瞬間にベンの注意をそらしちゃったみたいね」とソフィー。

「ジンの予言どおりでしたね、猫だったお方」アブダラは答えました。「ご記憶でしょうか、ジンはさり際に、わたしたち一行の誰かが、王女をさらうのに役立つと述べておりました」

市内のほかの鐘も、あちこちで警報を鳴らしはじめました。人々が通りへ走りでて、空を眺めます。馬車はやかましさが増す中を走っていきましたが、通りの人出が増えるにつれ、速度を落とさざるをえなくなりました。誰もかれも、何が起きたか正確に知っているようでした。

「王女がいなくなった！」という声がアブダラの耳に入りました。「魔物がヴァレリア王女をさらってった！」たいていの人が恐れ、怖がっているようです。でも一人か二人は、「王室づき魔法使いをしばり首にしろ！　なんのために給料もらってるんだ？」と言っていました。

「どうしよう！　うちのベンがどれだけ一所懸命、誘拐を阻止しようとしたか、陛下はきっと信じてくれないでしょうね！」と、レティー。

「だいじょうぶよ。モーガンをひきとりしだい、あたしが陛下に会いにいってあげるから。あたしは王様と交渉するのは、慣れてる」と、ソフィー。

アブダラは、ソフィーならそうだろうと思いました。座っていると、じれったくていらいらします。

一世紀もたったかと思われたころ――実際には五分ほどでしたが――馬車は人々を押しわけるようにして、混雑した宿屋の中庭へ入っていきました。ここも空を見あげている人であふれています。

「翼を見たぜ」一人の男が言っています。「怪物のような鳥だった。かぎ爪に王女さまをひっかけてた」

馬車が停まり、アブダラはじれったさにとうとう我慢できなくなってとびおりると、叫びました。「道をあけて、道をあけて、みなさん！　大事な用でおいでになった二人の魔女殿ですぞ」

何度も叫び、押しのけたおかげで、アブダラはソフィーとレティーを宿屋の入口までたどりつかせ、中へ押しこむことができました。レティーは困った顔をしました。

「そんなふうに言わないでほしかったわ！　ベンは、あたしが魔女だと人に知られたくないのよ」

「あの方には今、そんなことを考える暇はないと思いますよ」アブダラは二人の背中を押して、ぽかんとしている宿屋の亭主の前をとおりすぎ、階段へむかいました。

「ここにおいでなのが、わたしが申しあげたお二人の魔女殿です、すばらしいご亭主殿。猫のことでご心配で」

アブダラは階段を駆けあがり、レティーに追いつき、ソフィーを追いこして、次の階段を上りました。部屋の扉を大きくあけはなち、「指揮官殿、早まったことは……」と言いかけたアブダラは、中が静まり返っていることに気づいて、あとの言葉をのみこみました。

室内はからっぽだったのです。

十七章　アブダラとソフィーの空の旅

テーブルの上には夕食の残り物の皿のあいだに、クッションの入ったかごが置かれていました。片方のベッドにへこみがあり、しわが寄っています。煙草の煙がベッドの上に漂っているところを見ると、今の今まで兵士が横になり、煙草を吸っていたようです。

窓はしまっています。アブダラは大きくあけはなって外を見ようと、窓へ駆けつけました。それしか思いつかなかっただけで、とりたてて根拠はありませんでした。でも窓の手前で、クリームがいっぱい入った皿につまずき、皿がひっくり返った拍子に、薄黄色の濃いクリームが魔法の絨毯《じゅうたん》の上に長いすじをつけました。

アブダラはそれを見て立ちつくしました。少なくとも絨毯はここにあります。どういうことでしょう?　兵士は影も形もないし、泣きわめく赤ん坊がこの部屋のどこかにいる気配もさらさらありません。それに――考えられるかぎりの場所にさっと視線を走らせたアブダラは気づきました――ジンニーの瓶《びん》も見あたらないのです。

「まあ、どうしよう！」戸口にたどりついたソフィーが声をあげました。「坊やはどこにいるの？　絨毯がここにあるのなら、遠くへ行ったはずがないわ」

アブダラは、自分もそれだけ確信が持てればよいがと思いました。「いたずらに心配させるつもりはないのですが、活発なる赤子の母上、ジンニーもまた姿を消していると申しあげねばなりません」

ソフィーの額に浅いしわが寄ります。「ジンニーってなんのこと？」

アブダラは、ソフィーが〈真夜中〉だったとき、ジンニーの存在にいつもまったく気づいていないようすだったことを思い出しました。そこへレティーが息を切らして部屋まで上がってきて、片方の手を脇腹にあててあえぎながら聞きました。「どうかしたの？」

「ここにいないの」とソフィー。「兵隊さんが、宿屋のおかみのところへモーガンを連れていったんだと思うわ。おかみなら、赤ん坊に慣れてるはずだもの」

わらをもつかむ気持ちで、アブダラは申し出ました。「わたしが見てきます」

ソフィーが正しいという可能性だって残ってはいる、とアブダラは階段を一階ぶん駆けおりながら思いました。泣きわめく赤ん坊がいきなりあらわれたら、男が考えそうなことじゃないか。もちろん、その男が手にジンニーの瓶を持っていないなら、だが。

下の階の階段は、上がってこようとする男たちでうずまっていました。みな重そうな長靴をはき、制服のようなものを着ています。宿屋の亭主が先頭に立ち、「みなさん、三階です。おっしゃった人相は、もし長髪を切り落としたとすれば、そのストランジア人にあてはまるし、若い方の男は共犯者ですよ」と言っていました。

アブダラはぐるりと向きを変え、一段おきに、しのび足で上へ駆けあがりました。「災難です、魅惑的なご婦人方！」アブダラは息を切らしながら、ソフィーとレティーに言いました。「宿屋の亭主が裏切って、わたしと兵士を逮捕させるために、警官を案内してきます。どういたしましょう？」

今や気の強い女性が主導権を握る番でした。ソフィーがまさにそういう女性の一人で、ただちに行動に移ったことを、アブダラはうれしく思いました。

扉をとじたソフィーは、かんぬきをかけました。「ハンカチを貸して」言われたとおりにレティーがハンカチを渡すと、ソフィーはひざをつき、それで魔法の絨毯についたクリームをふきとり、アブダラに指図しました。

「こっちへ来て。この絨毯にいっしょに乗って、モーガンの居場所まで連れていくように言って。レティー、あんたはここに残るの。警官を足止めしてちょうだい。あんたは重すぎて、絨毯には乗れない」

「いいわ。どっちみち、王様がベンを責めはじめないうちに家へ帰りたいし。でもその前に、宿屋の主人には文句を言ってやる。王様に立ちむかういい練習よ」姉と同じように気が強いらしいレティーは、肩を怒《いか》らせひじをつきだしました。このぶんだと、宿屋の亭主も警官たちも、ひどい目にあいそうです。

　アブダラはレティーもまた気が強い女性なのをうれしく思いながら、絨毯の上にしゃがみ、軽くいびきのまねをしました。絨毯が身震いしました。気が進まないようです。「ああ、すばらしき織物、絨毯の中の柘榴石《ガーネット》と貴橄欖石《きかんらんせき》よ。このあわれにも不器用ながさつ者は、いとも尊《たっと》きあなた様の上にクリームをこぼしたる段、深く深くおわび申しあげます――」

　扉をどすんどすんとたたく音に続いて、どなり声がしました。「あけろ。国王の名において命ず！」

　これ以上、絨毯におせじを使っている暇はありません。アブダラはささやきました。

「絨毯よ、あなたにお願い申しあげます。どうかわたしとこのご婦人を、兵士が赤ん坊を連れていった場所まで、お連れください」

　絨毯は怒ったように震えましたが、命令には従いました。いつものようにいきなり飛びはじめ、とじた窓をまっすぐとおりぬけました。今回は心構えをしていたアブダラは、ほんの一瞬、水面をつきぬけるように、ガラスと窓の黒っぽい枠をとおりぬけるのをはっきり見ました。それから一行は、通りを照らしている銀色の球の上に高く浮かびました。でもその景色がソフィーの目に入っているかどうかはあやしいものです。両手でアブダラの腕にしがみつき、目をつぶっているようでした。

「高いところは嫌い！　遠くないことを祈るわ」

「この優れた絨毯はいとすみやかに飛んでくれます、尊敬すべき魔女殿」アブダラは、ソフィーと絨毯とをもう一度元気づけようとねらったのですが、どちらにもあまり効かなかったようです。ソフィーは痛いほど腕をつかんだまま、低い声で怖そうに切れ切れにあえいでいますし、絨毯はキングズベリーの塔と町の明りのすぐ上を、目もくらむほど機敏にひとっ飛びしたあとは、宮殿の円屋根らしきものの周囲をふらふら旋回し、町を一周しはじめたのです。

「何してるのよ？」ソフィーがあえぎながら聞きます。目を完全にとじているわけではなさそうです。

「落ち着いて、やんごとなき女魔法使い様。小鳥と同じで、円を描きながら高く上がるのです」アブダラはなだめながら、内心では、絨毯が兵士の足どりを見失ったのは間違いないと思っていました。

けれども、キングズベリーの町の明りと円屋根の上を三回目に通過したとき、幸運にもソフィーに言ったでまかせがあたっていたことがわかってきました。絨毯は今では数百フィートの上空に来ていました。四回目は今までより大きな円でしたが、目がくらむことに変わりはありません。今やキングズベリーははるか下に、宝石のようにきらめく明りのかたまりとなって見えていました。

ソフィーがひょいと頭を動かし、下をのぞきこみました。「おやまあ、どうしよう！　まだ上がってるじゃないの！　あの見さげた兵士のやつ、モーガンを連れたままジンを追いかけてるんだ！」

これほど高くなっているところを見ると、ソフィーの言うとおりのようです。「きっと、王女様を助けることを願ったのでしょう。ほうびがほしくて」

「坊やをいっしょに連れていくことないじゃない！」ソフィーはきびしい口調で言いました。「会ったらどうするか、見てるがいい！　でも、絨毯なしで、いったいどうしてそんなことができたの？」

「ジンニーに、ジンのあとを追いかけろと命じたのでしょう、母の愛に満ち満ちたお方」

それに対してソフィーはまたもや、「ジンニーって？」と聞きます。

「断言いたしますが、鋭き頭脳の魔法使いよ、わたしは絨毯とともに、ジンニーも所有していたのでございます。ただ、あなた様は一度もお気づきにならなかったようですが」

「では、あなたの言葉を信じるわ。しゃべるのやめないで。じゃないとあたし下を見るだろうし、見れば落っこちるって、わかってるの！」

ソフィーはまだアブダラの腕にしがみついていました。ですから、もしソフィーが落ちれば、アブダラも落ちるでしょう。もはやキングズベリーは、にじんだような明るい点にしか見えなくなっています。旋回しながら上昇するにつれ、絨毯のこちら側やあちら側にちらっと見えるだけです。そのまわりに、インガリー全土が紺青色の大きな皿のように広がっています。あそこまでずっと落ちると思うだけで、アブダラはソフィーと同じぐらい怖くなりました。

そこであわてて、自分が〈夜咲花《よるさくはな》〉に出会ったいきさつから、スルタンに牢屋に入れられたこと、ジンニーがカブール・アクバの部下――実はジンの手下の天使だったのですが――によってオアシスの水たまりから拾いあげられたこと、そしてジンニーの悪意にそこなわれないような願い事をするのがどれほど難しかったかなど、これまでの冒険を残らず語ったのです。

このころにはインガリーの南に、淡く広がる海のように砂漠が見えてきましたが、これだけの高さでは、下にある物もなかなか見わけがつきません。「わたしが賭《かけ》に勝ったと兵士が認めたのは、自分が正直者だと思わせるためでした。今ではそれがわかります」アブダラは沈んだ気持ちで言いました。「いつも、あいつはジンニーと、たぶんこの絨毯も盗もうとしていたんですよ」

ソフィーは興味をひかれたらしく、ありがたいことにぎゅっと腕をつかんでいた手が少しゆるみました。「ジンニーがみんなを憎んでいるからって、責められないはずよ。自分が地下牢にとじこめられたときの気分を思い出したら、どう？」

「ですが、あの兵士は……」

「あいつのことは別！」ソフィーがぴしゃっと言いました。「そのうちあたしが、片をつけてやるから！　動物には甘いくせに、出くわす人間を片端からだますやつなんて、我慢できない！　とにかく、あんたが持ってたとかいうジンニーに話を戻すと、そのジンのハスラエルとやらが、わざとあんたに手に入れさせたみたいね。それって、失意の恋人たちを利用して弟をだしぬこうとしてる、っていうあいつの計画の一部かしら？」

「たぶんそうでしょうね」

「だとすると、もしあたしたちが空の城にむかっているなら、着いたときに、来合わせたほかの失意の恋人たちに手助けしてもらえるかもしれない」

「そうかもしれません。ですがわたしが覚えているところでは、好奇心みなぎる猫殿、ジンがしゃべっているとき、あなたはやぶの中へ逃げこんでいらした。だからジンがほかの人はあてにならないと言ったのを、お聞きにならなかったのでしょう」アブダラは用心深く答えました。

アブダラはそう言いつつも、上を見あげました。空気が冷たくなってきました。星がとても近くに見え、落ち着きません。濃紺の空にほのかな銀色の光が射しました。どこからか雲をついて、月の光が射しているようです。なんてきれいなのでしょう。ようやく〈夜咲花〉を救いだしにむかっているのだと思うと、期待に胸がふくらみました。

あいにくソフィーも上を見てしまい、アブダラの腕をまたぎゅっとつかみました。

「何か言って、怖いから」

「では、あなたも話されよ、勇気ある呪文の使い手殿。目をとじて、オキンスタンの王子のことを教えてください。〈夜咲花〉は、その王子と婚約していたのです」

「オキンスタン？　それってインガリーのことよね。そんなのありえないと思う」ソフィーはべらべらしゃべりだしました。本当におびえているのです。「王様の息子はまだ赤ん坊よ。もちろん、王様には弟のジャスティン殿下がおいでだけど、殿下はストランジアのビアトリス王女と結婚されることになってた。もっとも、相手はそれがいやで逃げだしたんだけど。ねえ、ジンはその王女もつかまえたのかしら？　あんたのスルタンがほしがってるのは、インガリーの魔法使いがこっちで作っている武器のどれかよ。でも、手に入れられっこない。傭兵を南へ送るときには、持たせないもの。本当は傭兵だって送るべきじゃない、というのがハウルの意見。ハウルはね……」ソフィーの声が小さくなり、アブダラの腕をつかんでいる手が震えました。「なんかしゃべって！」かすれた声でソフィーが言いました。

呼吸がしづらくなってきました。アブダラはあえぎあえぎ言いました。「しゃべれません、スルタンの妃《きさき》のごとく力強い手のご婦人よ。空気が薄いようです。呼吸が楽になるような魔法はかけられませぬか？」

「たぶん、無理。さっきからあたしのこと、魔女魔女って言ってるけど、本当はあたし、まだ魔女としては新前《しんまい》なのよ。あんたも見たでしょ。猫だったときも、大きくなることしかできなかったじゃない」けれどもソフィーはつかのまアブダラから手を放し、すばやく、ぐいと腕をつきあげるような動作をしました。

「いいかい、空気よ！　恥ずかしいと思わないの！　もう少しまともに呼吸させることぐらいできるでしょ。じゃないと、保《も》たないいわ。あたしたちのまわりに集まって、息をさせるの、いいわね！」ソフィーはまたアブダラの腕をつかみます。「これでましになった？」

確かにさっきよりも呼吸が楽になった感じですが、寒さはいっそう強まりました。魔法をかけたソフィーのやり方が、あまりに魔女らしからぬものだったので、アブダラはびっくりしていました。実際、絨毯を動かすときの自分のやり方と、それほど大きくはちがいません。とにかく、効きめがあったことは確かです。「はい。感謝でいっぱいです、まじないの語り手殿」

「何かしゃべって！」

二人はあまりに高く昇ってきていて、もう下にあるはずの世界すら見えません。ソフィーの恐れはとてもよくわかります。絨毯は、暗い無の中を上へ上へと昇りつづけています。アブダラだって、もし一人きりだったら、きっと金切り声をあげていたでしょう。

「どうかお話しください、強力な魔法の女主人殿」アブダラの声が震えます。「あなた様の魔法使いハウル殿のことを」

ソフィーの歯はがちがちと鳴っていましたが、それでも誇らしげに言いました。

「あの人はインガリー一、いいえ、世界一の魔法使いよ。時間さえあったら、ジンを負かしていたはずだわ。あの人はずる賢くて、わがままで、クジャク並《なみ》にうぬぼれが強いし、臆病なの。何ひとつはっきりしたことは言わないし」

「そうですか？　そのような数々の欠点を自慢げに話されるとは、奇異に感じられますが、愛らしきご婦人よ」

「欠点って、どういう意味？」ソフィーは怒ったように聞き返します。「あたしはハウルの人柄を説明しただけ。あの人はまったくくちがう世界から来たの、ほら、ウェールズと呼ばれているとこ。あたしはハウルが死んだなんて、信じないからね……あぁ！」

途中からうめき声になったのは、絨毯が薄もやのような雲の中にうわ向きにつっこんだためでした。中に入ってわかったのですが、薄い紗《しゃ》のように見えたのは氷の粒でした。長い氷や大きな氷、丸い粒の氷が、雨あられと降りそそぐのです。絨毯が上昇し氷の雨を抜けだすまで息をつめていた二人は、抜けでたとたん、今度は仰天して息をのみました。

月光を浴びた別天地が広がっていました。それも、中秋の満月の色合いの金色の月光です。ところがすばやく探しても、月はどこにも見あたりませんでした。光は、金色に輝く大きな星をちりばめた銀色がかった紺色の空そのものから発しているようです。

けれども、ちらとあたりを見るのがやっとでした。かすみのかかった海のようなところへ出た絨毯が、雲の岩にくだける静かな大波のすぐ上を、苦労して進みはじめたからです。波は金色がかった緑色の絹のようにひとつずつ透けて見えるのに、水をふくんでいて、絨毯をのみこみそうです。

空気が暖かくなってきました。絨毯にも、二人の服や髪にも、融けかかった氷が山と積もっていきます。最初の数分間、ソフィーとアブダラは絨毯のへりから透明な大海へ氷を払い落とすのに、かかりきりになりました。払い落とされた氷は下の空へ沈んで、消えていきました。

絨毯がひょいと浮きあがると、あたりを見まわすゆとりができた二人は、またもや息をのみました。目の前に、アブダラが夕焼け空の中に見たことのある島や岬、ぼんやり金色に光る湾があり、二人のかたわらから、はるか銀色のかなたまで広がっていたからです。静かで動きがなく、まるで魔法にかけられた天国の景色のようでした。透明な波が雲の海岸に打ち寄せるたびにかすかにサーッと音がして、いっそう静けさを増すようです。

こういう場所では、口をきいてはいけない気がします。ソフィーは黙ってひじでアブダラをつつき、指さしました。

すぐ近くの雲の岬の上に、城がありました。何本もの塔が堂々とそびえ立ち、窓が銀色に輝いています。けれども全部雲でできているのです。見ているうちにも、高い塔のいくつかは横に吹き流され、ちぎれてなくなりました。ほかの塔も縮んだり、大きくなったりします。二人の目の前で雲のかたまりがそそり立ついかめしい塔になり、すぐに形を変えていきますが、形は変わっても、城がその場所にあるのは確かです。

絨毯が行こうとしているのも、その城のようでした。

絨毯はきびきび歩くぐらいの速さで、全然見つかる心配をしていないように、岸に沿ってゆるやかに進んでいます。波の届かないあたりに雲の茂みがあり、日没の余韻《よいん》のように、赤と銀色にほのかに染まっていました。絨毯は、ちょうどキングズベリーの平野で並木のうしろに隠れたように、岬を目ざして雲の茂みの陰に隠れながら、湾に沿ってぐるっとまわっていきました。

先へ進むにつれ、黄金色の海という新たな景色がひらけました。遠くで動いているのは、雲でできた船でしょうか、それとも何か用事があって出歩いている雲の生き物でしょうか。

絨毯はまったくの静けさの中を、そっと岬へと進んでいきました。この先はもう隠れる茂みがありません。絨毯はキングズベリーの屋根伝いに進んだように、雲すれすれにこっそり進もうとしました。前方で城がまたもや姿を変え、広がって大きな天幕の形になっているのを見れば、無理からぬことです。門へ通じる長い小道に入っていくと、不意に円屋根がさらに上へふくらみ、まるでアブダラたちを待ちかまえていたかのように、くすんだ金色の尖塔がつきでました。

小道の両側には人の姿をした雲が立ち並び、見はられている感じがします。人影はみな、雲によくあるように、にょきにょきと雲の地面からつきでています。けれども城とちがって、ここに並んでいる者たちは姿を変えませんでした。誇らしげに立っている姿はどれも、どことなく海馬《タツノオトシゴ》かチェスの騎士の駒を連想させます。ただその顔は馬よりも平板でぼんやりしていますし、雲でも髪の毛でもない細い巻きひげが顔のまわりをとり囲んでいます。

ソフィーはとおりすぎるたびにひとつひとつのぼやけた姿を眺め、ますます顔をしかめます。「あいつの彫像の趣味は感心しないわね」

「しっ、静かに、率直すぎる女性よ！　あれは像ではありません。ジンが話していた二百のおつきの天使ですよ！」

二人の話し声が、いちばん近くの雲のような人影の注意をひいたようです。それはゆっくり身動きし、巨大な月光石《ムーンストーン》の両目をあけると、こそこそととおりすぎる絨毯を調べようと前かがみになりました。

「止めようなんて気を起こすんじゃないよ！　うちの坊やを迎えにきただけなんだから」とソフィー。

巨大な目がまばたきしました。天使というのは、こんなふうにずけずけ言われることに慣れていないと見え、雲のような白い翼を両脇に広げはじめました。

アブダラはあわてて絨毯の上に立ちあがり、お辞儀しました。「こんにちは、天国のもっとも高貴なる使者のみなさま。ただいまこちらのご婦人が露骨《ろこつ》に申されたことは、あいにく真実でございます。どうかひらにご容赦を。このご婦人は北の国の方ですが、わたくし同様、争うために来られたわけではありません。ジンがご婦人のお子の面倒をみてくださっておりますので、わたくしどもはその子をひきとり、心からの感謝を丁重に捧げたいと存ずるものでございます」

これを聞くと天使は気持ちが落ち着いたらしく、翼をもとどおり雲のような体の脇に戻しました。こそこそとおりすぎる絨毯の方へ、へんな形の頭をむけて見はりつづけてはいましたが、もうひきとめようとはしませんでした。けれども、今度は道のむこう側の天使が目をあけ、隣の天使二人もじっと見つめています。

アブダラはもう一度座りこむ気にはなれませんでした。バランスをとるために両足をふんばり、とおりすぎるたびに両側の天使にお辞儀をしていったのです。絨毯も、天使がどれほど危険になれるものかよく承知しているらしく、速度を上げました。

ソフィーでさえも、多少の礼儀が役立ちそうだと気づいたようです。矢のようにとおりすぎながら、天使たちにうなずいては「こんばんは」とか「きれいな夕焼けですね、こんばんは」と声をかけたのです。

すぐに、絨毯は小道の残りの部分を大急ぎでとおりぬけ、城門にたどりつきました。門はしまっていましたが、絨毯は下水管を抜けるネズミさながらに、するするともぐりこんでいきました。アブダラとソフィーは霧のような湿気に押しつつまれ、それからおだやかな金色の光の中へ出ました。

着いたところは庭でした。絨毯はここで地面に降りると、ふきんのようにぐったり動かなくなりました。恐怖のあまりか、はたまた息が切れたせいか、あるいはその両方でしょう、絨毯のはじからはじに小さな身震いが走りました。

庭の地面はしっかりしていて、雲でできているようには見えなかったので、ソフィーとアブダラは用心深くその上に足をふみだしました。銀色がかった緑の芝がはえている固い芝土です。ソフィーは噴水を見てからまわりに目を移し、顔をしかめました。遠くで形の整った生垣に囲まれた大理石の噴水が、水を噴きあげています。

アブダラはかがんで思いやりをこめて絨毯を巻きながら、機嫌をとるように軽くたたき、話しかけました。

「よくぞなしとげられた、ダマスク織りの勇者殿。おみごと、おみごと。恐れることはありませぬ。どれほど強力であろうと、いかなるジンにも、大切なあなたの織糸一本、いや房飾りひとつとて、傷つけさせるものではありませぬ」

「そのしゃべり方、あの兵士が〈はねっかえり〉だったときのモーガンに大騒ぎしていたのとそっくり」と、ソフィー。「城はあっちだわ」

二人は城の方へむかいました。ソフィーは油断なくあたりを見まわし、一度か二度鼻を鳴らしました。アブダラは優しく絨毯を肩にかつぎ、ときどきたたいてやりました。絨毯の震えが静まるのがわかりました。

二人はしばらく歩きつづけました。庭は、雲でできていないとはいえ、歩くにつれ変化し、広がっていきました。生垣はみごとな淡いピンク色の花の咲く土手になりましたし、遠くからずっとはっきり見えていた噴水は、近づくにつれて水晶か、さもなければ貴橄欖石《きかんらんせき》でできているように見えてきました。

さらに数歩歩くと、何もかもが宝石でできているように見えてきました。ヤシの葉が茂り、ぴかぴかした柱に蔦《つた》がはっています。ソフィーの鼻息がいっそう荒くなりました。噴水の銀色の台には碧玉《サファイア》がはめこまれているようです。

「あのジンのやつ、人の城を好きに変えてる。確かここはうちの浴室よ」とソフィーが言いました。

アブダラは顔が赤くなるのを感じました。もとはソフィーの浴室であろうがなかろうが、ここは自分が白昼夢に描いた庭そのものです。ハスラエルはアブダラをからかっているのです。今までずっとそうしてきたように。前方の噴水が金に変わり、飾りの紅玉《ルビー》が赤葡萄酒《あかぶどうしゅ》色に輝きはじめると、アブダラもソフィーと同じくらいむっとしました。

「これでは庭園本来の姿からはずれています。くるくる変わって混乱させることは無視するにしても、庭たるもの、自然に見えなければなりません。野生のままの一画があり、その中にはブルーベルが咲き乱れている区画があるべきなのです」

「まさにそのとおり。ほら、あの噴水を見てごらん！　うちのお風呂になんてことす

る の！」

噴水は翠玉《エメラルド》をちりばめた白金《プラチナ》製でした。「ばかばかしいほど、派手すぎます！　わたしが庭園を設計したあかつきには……」

そのとき、子どもの悲鳴が響きました。二人は、だっと走りだしました。

十八章　王女様がいっぱい

子どもの金切り声が大きくなります。方向は間違えようがありません。声のする方へ柱の並ぶ回廊を走りながら、ソフィーが荒い息の下で言いました。「モーガンじゃないわ。あの子より年上よ！」

アブダラもそう思いました。何を言っているかまでは聞きとれませんが、金切り声の合間に言葉をしゃべっています。それにどれほどがんばって大声でわめいても、モーガンの肺活量ではあれほどの大声は出せないでしょう。

金切り声は耐えがたいほどのうるささに達したあと、かんにさわるすすり泣きに変わり、あとは「ウェーン、ウェーン、ウェーン！」というしつこい声がえんえんと続きました。もうこれ以上聞いていられないというぎりぎりのところで、子どもはまたもやヒステリックな金切り声をあげはじめました。

ソフィーとアブダラはその音をたどって、回廊のはじから、雲でできた大きな広間に出ました。二人はそこで慎重に柱の陰で足を止めました。

「これ、うちの居間だ。風船みたいにふくらませたらしい！」とソフィー。

確かに、とても広々とした部屋でした。子どもはその中央にいて泣きわめいています。金髪の巻毛で、だいたい四歳ぐらいでしょうか。白い寝間着を着ています。顔はまっ赤、口を大きくあけ、緑色の斑岩《はんがん》の床に倒れこんではわめき、起きあがってはまた倒れ、かんしゃくを起こした子どもを絵に描《か》いたようです。わめき声が広い空間に反響して、何倍にも聞こえます。

「あれ、ヴァレリア王女よ」ソフィーが小声で教えます。「こんなことじゃないかと思ってた」

わめいている王女の上にそびえ立っている大きな人影は、ハスラエルでした。それより背が低く青白いもう一人のジンが、そのうしろにうろうろ隠れようとしています。「なんとかしろ！」小柄なジンが叫びました。トランペットのようによく響く声の持ち主だったおかげで、騒音の中でもかろうじて聞きとれます。「気が狂いそうだ！」

ハスラエルは巨体をかがめ、泣きわめいているヴァレリアに顔を近づけ、こちらもよく響く低い声で話しかけました。「小さな姫ぎみ、泣きやみなさい。だれもあんたに危害は加えん」

ヴァレリア王女の返事は、まず起きあがってハスラエルに面とむかって叫び、次に床にうつぶせになり、ころがったり、足をばたばたさせたりすることでした。「ウェーン、ウェーン、ウェーン！　おうちへ帰りたい！　おとうちゃまに会いたい！　ばあやぁ！　ジャ、ジャスティンおじちゃまに、会いたい！　ウェーン、ギャアー！」

「姫様！」ハスラエルはやけくそで、なだめようとします。

「なだめてるだけじゃ芸がない！」もう一人のジンが大声を出します。これがダルゼルでしょう。「魔法を使え！　甘い夢を見させるとか、呪文で黙らせるとか、テディベア千匹でも、キャンディ一トンでも！　なんでもいい！」

ハスラエルは弟の方へむきなおりました。広げた翼がばさっと風をあおり、ヴァレリア王女の髪の毛がそよぎ、寝間着がはためきました。ソフィーとアブダラはあわてて柱にしがみつきました。さもないと、うしろへ吹きとばされていたでしょう。けれどもヴァレリア王女のかんしゃくは、そんなことでは治まりません。それどころか、いっそうはげしくわめきだしたのです。

「もうどれもやってみたんだ、わが弟よ！」ハスラエルが低い声でうなります。

ヴァレリア王女はくり返しわめいています。「**おかあちゃまあ！　おかあちゃまあ！　みんながいじめるのよお！**」

ハスラエルは雷のような声でどならなければなりませんでした。「知らないのか、こういうかんしゃくを起こした子どもをなだめる魔法なんか、この世にないんだぞ！」

ダルゼルは青白い両手で、先端が尖っていてなんとなくキノコのように見える耳をふさぎ、かん高い声で叫びました。「とにかく、我慢できない！　百年の眠りにつかせろ！」

ハスラエルはうなずくと、床の上でじたばたしてわめいているヴァレリア王女のところへ引き返し、大きな手を王女の上にかざしました。

「あらまあ！　なんとかしてよ！」ソフィーがアブダラに言いました。

でもアブダラにはどうしてよいか見当もつきません。それにひそかに、なんであれこのひどい騒音を止めてくれるなら歓迎だ、と思っていたので、柱の陰でちょっぴり王女から離れました。

幸い、ハスラエルの魔法が王女に目に見える効果を発揮する前に、人々が集まってきました。耳ざわりな大声が喧騒をつらぬきます。

「いったいこれはなんの騒ぎなの？」

二人のジンがうしろへ身を引きました。やってきたのは女性ばかりでした。どの顔もとても不機嫌そうです。けれどもこの人たちの共通点は、女性で不機嫌だ、というだけでした。三十人ほどの女性がずらりと並び、責めるように二人のジンをにらんでいますが、その中には背の高い人や低い人、がっしり型ややせ型、若い女性や年配の女性、それにあらゆる肌の色がそろっていました。

アブダラは目に驚きの色を浮かべ、はじからはじまで順ぐりに見つめました。どの人もみな、誘拐された王女にちがいありません。きっと、これが三つ目の共通点です。すぐそばに立っている小柄できゃしゃな黄色い肌の王女から、まん中あたりにいる腰の曲がった年とった王女まで、本当にさまざまです。それに舞踏会用のドレスから毛織りの服まで、考えつくかぎりのあらゆる種類の服装をしています。

声をあげたのはがっしりした中背《ちゅうぜい》の王女で、ほかの人よりいくぶん前に出ています。着ているのは乗馬服。戸外の運動のせいで日焼けして少ししわがある顔は、率直で賢さが感じられます。王女は軽蔑しきったように二人のジンを見て言いました。

「ばかばかしいったらない！　あんたたちみたいなご立派なジンが二人もいて、子どもを泣きやませることもできないなんて！」それから王女はヴァレリアに近づくと、ころげまわっている背中をぴしゃりとたたきました。「やめなさい！」

効きめがありました。ヴァレリア王女はこれまで一度もたたかれたことがなかったので、くるっとあおむけになって起きあがり、泣きはらした目で驚いたように日焼けした王女を見つめました。

「あたしをぶった！」

「またそういうまねをしたら、何度でもぶちます」率直な王女が答えました。

「あたし、大声出すもん」ヴァレリア王女は口を尖らせ、また大きく息を吸いこみました。

「そんなことしないでしょ」率直な王女は言ったかと思うとヴァレリアを抱きあげ、背後の二人の王女の腕にさっと渡しました。手渡された王女たちだけでなく、ほかにも数人の王女が、抱かれているヴァレリアのまわりに押し寄せ、あやしはじめました。そのまん中でヴァレリア王女はまたわめきはじめましたが、自信なさそうな泣き方です。率直な王女は腰に両手をあて、軽蔑したようにジンの方を見ました。

「ほらね？　少しびしっとして、あとは優しくすればいいのよ。もっともあなたたちには、こんな簡単なことだって理解できっこないけど！」

ダルゼルは率直な王女の方へ一歩足をふみだしました。苦しそうな表情がなくなってみると、ダルゼルは驚くほどきれいな顔をしています。キノコっぽい耳と、かぎ爪の足さえなければ、背の高い天使のようです。金髪は巻毛で、小ぶりで発育不全に見える翼も、やはり金色です。赤い唇に魅力的な笑みがこぼれました。この風変わりな雲の王国にふさわしい、この世のものならぬ美しさでした。

「どうかその子を連れていき、慰めてくださるように。おお、ビアトリス王女、わが妻の中でもとびぬけて優れたる人よ」

ビアトリス王女はほかの王女たちに、ヴァレリアを連れていくように身ぶりで指示しているところでしたが、これを聞くと、きっとなってふり返りました。「お若いの、前にも言ったはずよ。わたしたちは誰一人、あんたの妻ではないの。顔がまっ青になるまでそう言いはるのはあんたの勝手だけど、事実は少しも変わらないのよ。わたしたちはあんたの妻ではないし、これからもぜったいそうはならない！」

「そのとおりよ！」ほとんどの王女が異口同音に、はっきりと言いました。それから王女たちは、一人をのぞいてくるりと背をむけ、すすり泣いているヴァレリア王女を連れて、さっと立ちさりました。

ソフィーの顔がうれしそうに輝きました。「王女たちは負けてないじゃないの」

アブダラはソフィーの言葉など耳に入りませんでした。ただ一人残ったのは、〈夜《よる》咲花《さくはな》〉だったのです。アブダラが記憶しているよりも倍も美しく、愛らしく、まじめな顔をしています。その大きな黒い瞳はしっかりとダルゼルを見すえています。〈夜咲花〉はていねいにお辞儀をしました。アブダラはそれを見てぞくぞくしました。まわりの雲の柱がゆれ、かすんだりあらわれたりし、喜びで心臓が高鳴ります。〈夜咲花〉は無事でした！　やはりここにいたのです！

〈夜咲花〉はダルゼルに話しかけました。「偉大なるジン様、どうかこの場にとどまり、おたずねすることをお許しください」

ああ、覚えていたよりはるかに美しく、涼しい噴水のように心を楽しませる声です！　ところがダルゼルときたら、おびえたように尻ごみするではありませんか。

「ああ、またあんたか！」ダルゼルがわめくと、黒い柱のようにうしろに立っていたハスラエルが腕組をし、意地悪そうににやっとしました。

「ええ、わたくしですわ、あまたのスルタンから娘をさらった恐ろしき盗人殿《ぬすっと》」〈夜咲花〉は軽く会釈《えしゃく》をしました。「あの姫が泣きだしたわけを、おたずねしたいと思います」

「どうしておれがそんなこと、知ってると思うんだ？　あんたは、おれが答えられないことばかり聞くじゃないか！　どうしてそんなことを知りたがるのだ？」とダルゼル。

「なぜなら、統治者の子女の盗人殿、子どもをなだめるもっとも簡単な方法は、その子どものかんしゃくの原因をとりのぞくことだからです。自分の子ども時代の経験から申しておりますのよ、わたくしもよくかんしゃくを起こしましたから」

そんな、まさか！　何かわけがあって嘘をついているのです。あのように麗《うるわ》しい気性の姫ぎみが泣きわめくなんて、ぜったいにありえません！　それなのに腹立たしいことに、ダルゼルは〈夜咲花〉の言葉をあっさりうのみにしました。

「ああ、そうだろうとも！」

「ですから、かんしゃくの原因はなんでしたの、勇士から王女を奪いし方？　自分の宮殿に帰りたいというんですの、それともお気に入りの人形がほしいとか、それとも単にあなたのお顔が怖かったとか、それとも……」〈夜咲花〉はなおも食いさがります。

「おれはあの子を帰したりせんぞ、もしそれがあんたのねらいならな」ダルゼルが口をはさみます。「あの子も、今ではおれの妻の一人なんだ」

「それではあの姫が泣いたいきさつをお調べになるよう、お願いいたします、正しき人々を襲う猛々《たけだけ》しい鷹よ」〈夜咲花〉はていねいに頼みました。「なぜなら、それがわからないかぎり、たとえ三十人の王女といえども、あの姫を黙らせるのは難しいからですわ」

実際、〈夜咲花〉がしゃべっているあいだにも、遠くでヴァレリア王女の声がまた高まりました。「ウェーン、**ウェーン！**」

「わたくしは経験から申しあげておりますが、かつてわたくしも、昼も夜も、まる一週間のあいだ、とうとう声がかれるまで泣いたことがございます。それも、お気に入りの靴が小さくなってはけなくなったというだけで」と〈夜咲花〉。

これでアブダラも、〈夜咲花〉がかけねなしに真実を語っていたらしいとわかりました。でもどんなにがんばっても、あんなに愛らしい姫が床に倒れて、足をばたばたさせて泣いている姿は思い浮かべられません。

でも今度もダルゼルはすぐに思い浮かべられたらしく、身震いし、怒ったようにハスラエルの方をむきました。「思いつかないのか。兄貴があの子を連れてきたんだ、かんしゃくの原因に気づいたにちがいない」

ハスラエルの大きな褐色の顔が、とほうにくれたようにくしゃくしゃにゆがみました。「わが弟よ、おれはあの子をここに連れてきたとき、台所をとおった。あの子が黙りこくり、おびえてまっ青《さお》だったから、砂糖菓子でもやれば機嫌が直るかと思ったのだ。ところがあの子は料理人の犬に菓子を投げつけただけで、ずっと黙ったままだった。泣きだしたのは、弟、おまえも知ってのとおり、ほかの王女といっしょにしたときで、泣きわめきだしたのは、弟、おまえがこっちへ連れて……」

〈夜咲花〉が人さし指を立てました。「ああ！」

二人のジンがふりむきます。

「わかりました。料理人の犬です。子どもなら、動物が原因でしょう。あの子はほしいものはなんでももらえるのに慣れています。今は犬がほしいのです。料理人に指図なさいまし、かどわかしの王よ、わたしたちの居間へあの犬を連れてくるように。そうすればあの騒ぎはやむと、お約束いたしましょう」

「よかろう」ダルゼルは答え、ハスラエルにむかってかみつくように言いました。

「言われたとおりにしろ！」

〈夜咲花〉は「お礼を申しあげますわ」と一礼すると、向きを変え、優雅に立ちさりました。

ソフィーがアブダラの腕をゆさぶりました。「あとをつけなくちゃ」

けれどアブダラは身動きも返事もせず、〈夜咲花〉のうしろ姿をじっと見つめているだけでした。この目で本当に〈夜咲花〉を見ていることが信じられません。それだけでなく、ダルゼルが〈夜咲花〉の足もとにひざまずき、崇《あが》めないことも、信じられません。まあ、ある意味ではそれでよかったと言えないこともないのですが、それにしても――

「今の人が、おたくの恋人？」アブダラの顔をちらっと見て、ソフィーがたずねました。アブダラは夢見心地でうなずきます。「おたく、いい趣味してるじゃない。さあ、気づかれる前に行きましょう！」

二人は大きな広間を油断なく見はりながら、〈夜咲花〉が姿を消した方向に、柱の陰伝いに進んでいきました。ダルゼルが広間のはじの階段の上にある巨大な玉座に、憂鬱《ゆううつ》そうに座っているのが見えます。ハスラエルが台所があるらしい方角から戻ると、ダルゼルは玉座の脇にひざまずけという身ぶりをしました。どちらのジンも、アブダラたちを見ていません。

ソフィーとアブダラは爪先立ちで広間の出口を目ざしました。出口のカーテンは〈夜咲花〉がさっきとおりぬけるときに押しあけたせいで、まだゆれています。二人はカーテンをあけ、あとを追いました。

カーテンのむこうは、照明の明るい大きな部屋で、王女たちがごちゃごちゃと集まっていました。どこかまん中のあたりで、ヴァレリア王女がすすり泣いています。

「今すぐおうちへ帰りたい！」

「シッ、いい子ね、もうすぐよ」誰かが答えました。

ビアトリス王女の声がしました。「とてもうまく泣いたわね、ヴァレリア。わたしたちみんな、あんたを自慢に思うわ。でも、いい子だから、もう泣きやんでちょうだい」

「できない。止まんなくなっちゃった！」ヴァレリア王女がしゃくりあげます。

ソフィーは怒りでかっかしながら部屋を見まわしています。「ここはうちのほうきをしまっとく物置なのに！　まったく！」

アブダラはソフィーにかまってなどいられません。〈夜咲花〉がすぐそばにいて、優しい声で「ビアトリス！」と呼びかけていたからです。

ビアトリス王女は声を聞きつけ、人垣から出てきました。「聞かなくてもわかるわ。成功だったのね、よかった。ジンたちはあなたがびしびし言うと、あわてふためくものね、〈夜咲花〉ちゃん。あとはあの男が賛成してさえくれたら、ぜったいうまくいくわね……」そのとき、ビアトリスはソフィーとアブダラに気づきました。「あなた方はどこから湧いて出たの？」

〈夜咲花〉がぐるっとこちらをむき、ほんの一瞬、アブダラを見ました。アブダラが願っていたすべての表情がその顔をよぎります。誰だか気づいてはっとし、喜びと愛情と誇らしさが続きます。「あなたが助けにきてくださると、わかっていましたわ！」と、その大きな黒い瞳が語っています。

けれども、そうした表情はさっと消えてしまい、よそよそしくなりました。アブダラが傷つき、まごついているうちに、〈夜咲花〉は礼儀正しいお辞儀をして言いました。「こちらはザンジブからおいでのアブダラ王子です。でも、こちらのご婦人は存じあげません」

呆然としていたアブダラも、はっと気がつきました。〈夜咲花〉はソフィーを見て、やきもちをやいたにちがいありません。お辞儀を返してあわてて説明しました。「あまたの王の王冠を飾る真珠《パール》たちよ、こちらは、オキンスタンの王室づき魔法使いハウル殿の令夫人にて、お子の捜索に見えた方です」

ビアトリス王女は日焼けした賢そうな顔をソフィーの方にむけました。「まあ、あなたの赤ちゃんだったのね！　じゃあ、ひょっとしてハウルさんもごいっしょなの？」

「いいえ。ここにいてくれればと思ってたんだけど」ソフィーは悲しげに答えました。

「影も形もないわ、残念ね。あの人はわたしの国を征服するのにひと役買ったけど、今ここにいてくれれば役立ったでしょうに。でも、おたくの赤ちゃんならいますよ、さあ、こちらへどうぞ」とビアトリス王女。

ビアトリス王女は、まだヴァレリアを慰めようとしているほかの王女たちの横をとおり、部屋の奥にソフィーを案内していきました。〈夜咲花〉がビアトリスについていくので、アブダラもくっついていきました。〈夜咲花〉がほとんど自分を見ようとせず、とおりすがりにほかの王女たちにていねいにひきあわせるだけなので、アブダラの苦しみはつのりました。

「アルベリア国の王女様です。ファルクタン国の王女様、タイヤック国のお世継ぎの王女様、こちらがペイキスタン国の王女様で、そのお隣がインヒコ国の麗《うるわ》しの姫ぎみ、そのむこうに見えている方がドリミンド国の皇女様です」〈夜咲花〉は堅苦しく続けます。

もしソフィーにやきもちをやいたのでないのなら、いったいなぜ冷たくするんだろう？　アブダラは考えこみ、みじめな気持ちになりました。

部屋の奥に、クッションをのせた大きなベンチがありました。

「あたしががらくたをのせる棚！」ソフィーが低い声で言いました。ベンチには三人の王女が座っていました。さっきアブダラも気づいた年とった王女と、上着をすっぽりかぶったずんぐりした王女、そして二人のあいだに肌の黄色い小柄な王女がちょこんと腰かけて、枝のように細い腕で、ピンク色のずんぐりしたモーガンを抱いていました。

「あの方の国名は難しくて、わたしたちにはうまく発音できませんけど、ツァプファン国の第一王女様」〈夜咲花〉はあいかわらずよそよそしく言いました「その右側が高地《ハイ》ノーランドの王女様、左がジャム国のジャリーン王女様」

小柄なツァプファン国の第一王女は、大きすぎる人形を抱いている子どものように見えましたが、慣れた手つきで、大きな哺乳瓶でモーガンにミルクを飲ませていました。

「坊やはだいじょうぶよ、あの王女が世話してます」とビアトリス王女。「あの人にもちょうどよかったの、おかげでふさぎこまなくなったし。あの人には十四人も子どもがいるんですって」

小柄な王女ははにかんだような笑みを浮かべて、顔を上げると言いました。「ミンナ、ポウヤ」かぼそい声で舌足らずなしゃべり方でした。

モーガンは足の指や手を縮めたりひらいたりしています。満足した赤ん坊を絵に描いたような姿でした。ソフィーはじっと見つめ、「その哺乳瓶はどこから手に入れたの?」と、毒でも入っているんじゃないかというように、心配そうにたずねました。

小柄な王女はまた顔を上げ、にっこりすると、かぼそい指の一本で床を指さしました。

「わたしたちの言葉が上手にしゃべれないの。でも、ジンニーにはわかるみたいなのよ」ビアトリス王女が説明します。

小柄な王女が小さな指で示したのは、ベンチの脇の床でした。床に届かない足の下には、おなじみの青紫の瓶《びん》が立っていました。アブダラは瓶にとびつこうとしました。同時に、ずんぐりしたジャム国の王女が、思いのほか大きくたくましい手を伸ばし、瓶につかみかかりました。

二人がもみあっていると、瓶の中からジンニーがわめきました。「よせ！　外へは出ないぞ！　今度こそ、ジンのやつらに殺されちまう！」

アブダラは両手で瓶をつかみ、ぐいとひっぱりました。その拍子にジャム国のジャリーン王女がかぶっていた上着が、ずり落ちました。アブダラの目の前にあらわれたのは、大きな青い目、しわの寄った顔、それをとり囲むもしゃもしゃの髪の毛でした。顔が無邪気そうにほころび、おどおどしたほほえみを浮かべたおなじみの兵士が、ジンニーの瓶から手を放しました。

「あんたか！」アブダラはうんざりしたように言いました。

「わが忠実なストランジアの臣民《しんみん》が、わたくしを救いにきてくれました。少しやっかいでしたけどね。変装させねばなりませんでしたから」と、ビアトリス王女。

ソフィーがアブダラとビアトリス王女を押しのけました。「そいつには言いたいことがあるわ！」

十九章　男たちのかけひき

ほんの少しのあいだ、すごい騒ぎとなり、ヴァレリア王女の泣き声がすっかりかき消されたほどでした。騒ぎの大半はソフィーのわめき声です。

ソフィーは「泥棒」とか「嘘つき」といったまだしもおだやかな悪口を皮切りに、アブダラが一度も聞いたことのないような、おそらく当《とう》の兵士でさえ身に覚えのないような、数々の罪状を金切り声で並べたてたのです。アブダラは、〈真夜中〉の姿のソフィーがたてていた金属の滑車がきしむような鳴き声の方が、これよりははるかにましだったと思いました。

加えて兵士もわめいていました。両手をつきだして体をななめにし、負けずに声をはりあげ、がなっています。「〈真夜中〉……いや、マダム！　説明させてくれ、〈真夜中〉……その……マダム！」

ビアトリス王女が耳ざわりな声で、合《あい》の手を入れます。「いえ、わたくしに、話させてください！」

ほかの王女たちも口々に、「ああ、どうかお静かに、さもないとジンに見つかりますわ！」と叫びたてて、いっそう騒ぎを大きくしました。

アブダラはソフィーの腕をゆさぶり、止めようとしました。けれども、ソフィーを止めるのは至難の技でした。ところがそのとき、モーガンが哺乳瓶を口から離し、とほうにくれたようにまわりを見まわすや、泣きだしたのです。とたんにソフィーはぴしゃりと口をとじ、「わかった、じゃあ、説明して」とだけ言いました。

騒ぎがやや静まると、モーガンは、小柄な王女にあやされてまたミルクを飲みはじめました。

「おれは赤ん坊を連れてくる気はなかった」と、兵士が言いはじめました。

「なんですって！　見捨てるつもりだったっての、あたしの……」とソフィー。

「いや、ちがうんだ。おれはジンニーに、坊やは誰か面倒をみてくれる人のところへ、おれはインガリーの王女のいるところへ、連れていってくれと言ったんだ。まあ、報酬目あてだったことは否定しないがな。だが、ジンニーのやり口は知ってるだろう？　次に気づいたら、おれたちは二人ともここにいたんだ」兵士はアブダラに訴えました。

アブダラはジンニーの瓶《びん》を持ちあげ、しげしげと見ました。

「願いがかなっただろ」瓶の中からふてくされたようにジンニーが言います。

「そして、赤ちゃんのひどく泣きわめいたことといったら」ビアトリス王女が口をはさみます。「ダルゼルがハスラエルをよこして、音のもとをつきとめようとしたので、わたくしはとっさに、ヴァレリア王女がかんしゃくを起こしたと言ったのです。ですから、ヴァレリアに泣いてもらうしかなかったのだけれど。そのとき、〈夜咲花《よるさくはな》〉ちゃんがうまい計画を思いついたのです」

ビアトリス王女はここで〈夜咲花〉の方をふりむきましたが、相手は明らかに別のことを考えているようすでした。だけどどうも、わたしのことではないらしいと、アブダラは沈む心で考えました。〈夜咲花〉は部屋のむこうを見て、「ビアトリス、料理人が犬を連れてきたみたいですよ」と、言いました。

「あら、よかったわ。ではみなさん、こちらへ」ビアトリスは大股で部屋の中央に進みました。

そこにいたのは、シェフ用の高い帽子をかぶった男でした。しわがあり、白髪《しらが》で、目が片方しかありません。犬はその足もとに寄りそって、近くに来た王女には片っぽしからうなってみせます。おそらく料理人も同じ気持ちなのでしょう、ひどく疑《うたぐ》り深そうな顔をしています。

「ジャマール！」アブダラは叫びました。それからジンニーの瓶を持ちあげると、またにらみつけました。

「だって、ここがザンジブ以外でいちばん近い宮殿だったのさ」ジンニーが言いわけします。

　アブダラは旧友が無事だったことがわかってとてもうれしかったので、それ以上ジンニーと言い争う気はありませんでした。そのまま十人ほどの王女を、礼儀作法抜きで押しわけていくと、ジャマールの手を握りしめました。「わが友よ！」

　ジャマールは目を丸くし、アブダラの手をぎゅっと握り返すと、目に涙を浮かべました。「あんた、無事だったのか！」ジャマールの犬があと足立ちになり、アブダラのおなかに前足をかけて、さもうれしげにあえぎます。なつかしいイカくさい息があたりに漂います。

　すぐにヴァレリアが金切り声をあげました。「あのワンワン、いや！　くさいもん！」

「シッ、静かに！」少なくとも六人の王女が言いました。「いい子ね、お芝居するのよ。料理人さんの助けがいるんだから」

「**あたし……いら……ないもん！**」ヴァレリア王女がわめきます。

　モーガンを抱いている小柄な王女のそばで、何か言いたそうに身をのりだしていたソフィーが、ヴァレリアのそばへつかつかと近寄りました。「やめなさい、ヴァレリア。あたしのこと、覚えてるわね？」

　ヴァレリアが覚えているのは明らかでした。ヴァレリアはソフィーのところへ駆け寄ると、その足に腕を巻きつけ、本物の涙をこぼしはじめました。「ソフィー、ソフィー！　おうちへ連れてって！」

ソフィーは床に座ると、ヴァレリア王女を抱きしめました。「ほらほら、もちろん連れて帰ってあげますとも。ただその前に、いろいろ支度がいるの。あら、へんねえ」ソフィーはまわりの王女たちにむかって言いました。「あたし、ヴァレリアなら自信を持って相手ができるのに、モーガンだと落っことしそうで、怖くて」

「そのうち慣れます。誰でもそうらしいですよ」年とった高地《ハイ》ノーランドの王女が、かたわらにぎくしゃくと座りこむと言いました。

そのとき、〈夜咲花〉が部屋の中央に進みでました。「王女のみなさん、そして三人のご親切な殿方。現在のわたくしたちの窮状につきましてごいっしょに知恵を合わせ、できるだけすみやかに脱走する計画を立てねばなりません。その前に、まず入口に沈黙の呪文をかけることが賢明かと存じます。わたくしたちを誘拐した者に立ち聞きされてはなりませんから」〈夜咲花〉はさりげなく、アブダラの手もとのジンニーの瓶を見ました。

「いやだ！　何かさせようとしてみろ、みんなヒキガエルだぞ！」とジンニー。

「ここはまかせて」ソフィーは言うと、よっこらしょと立ちあがり、ヴァレリアをスカートにしがみつかせたまま出口に近寄り、カーテンをぎゅっと握って話しかけました。「あんたたちは、中の物音を外に筒抜けにさせるような布ではないわよね？　壁にも、あんたたちからはっきり伝えてもらいたいの。あたしたちが中で話すことは、誰にも聞かれないようにしてくれって」

たいていの王女がほっとしたらしく、安心したようなつぶやき声がもれました。けれども、〈夜咲花〉は言いました。「粗捜《あらさが》しするようで申しわけないのですが、技の巧みな女魔法使い様、でもジンには何か聞こえていた方がよろしいのではありませんか。さもないと、かえって疑念を招くかと存じますが」

ツァプファンから来た小柄な王女が、やけに大きく見えるモーガンを抱いたまま近寄ってきて、モーガンを注意深くソフィーに手渡しました。ソフィーはおびえた表情になり、今にも爆発しそうな爆弾のように、おっかなびっくり抱きとりました。モーガンはそれが気に食わなかったとみえ、両腕を振りまわしています。

小柄な王女が小さな両手をカーテンにかけているあいだに、モーガンはさもいやそうな表情を次々に浮かべ、大きなゲップをしました。ソフィーははじかれたようにとびあがり、モーガンをとり落としそうになりました。

「あらまあ！　赤ん坊がゲップするとは知らなかった！」

ヴァレリア王女が愉快そうに笑いました。「弟、ゲップするよ、いつも」

小柄な王女は、〈夜咲花〉の意見に従ってソフィーの魔法を変更したことを身ぶりで示しました。誰もがじっと耳をすましました。どこか遠くの方で、王女たちが楽しげにおしゃべりしているようなざわめきが聞こえます。ときどきヴァレリアらしい叫び声さえ、まじっています。

「完璧です」〈夜咲花〉が賞賛のこもった微笑を小柄な王女に投げかけたので、アブダラはあのような笑みを見せてくれた相手が自分だったらよかったのに、と思いました。「では、みなさまがお座りになられましたら、脱走の計画を立てましょう」

めいめいが好きなように座りました。ジャマールは両腕に犬をかかえたまま、疑り深そうな表情でしゃがみました。ソフィーがぎこちなくモーガンを抱いたまま床に座ると、上機嫌になったヴァレリアが、ソフィーに寄りかかります。アブダラがあぐらをかいてジャマールの隣に座ると、兵士がそこから二人ぶんの空間をあけて陣どりました。そこでアブダラは一方の手でジンニーの瓶を握りしめ、もう一方の手で肩にかけた絨毯《じゅうたん》をつかみました。

「〈夜咲花〉ちゃんには、本当に驚くわ」ビアトリス王女はアブダラと兵士のあいだに座りながら言いました。「〈夜咲花〉ちゃんはここへ来たときは、本で読んだ知識は別にして、とても世間知らずだったんです。でも、なんでもすぐに吸収してしまうの。たった二日で、ダルゼルの気性を見ぬいたみたい。あのみじめなジンのやつ、今ではすっかり〈夜咲花〉ちゃんを怖がっています。

それまではわたし、全員あいつの妻になる気はないって、言いつづけるのがせいいっぱいでした。でも、〈夜咲花〉ちゃんはもっと先を見ている。はじめから逃げだすと決心していて、これまでも、料理人の助けを借りようとずっと計画を練ってたの。そして今、そこまでこぎつけたわ。ごらんなさい、あの娘《こ》を！　大帝国だって治められそうでしょ？」

アブダラは悲しげにうなずき、ほかの人が落ち着くのを待って立っている〈夜咲花〉を見つめました。あの夜の庭でハスラエルにさらわれたときに着ていた、薄い紗《しゃ》のような服を今も着ています。服はしわが寄り、少しくたびれたようですが、あのときと変わらずほっそりと優雅だし、美しい女性です。服に寄ったしわのひとつひとつ、三角形の破れ目、ほつれた糸の一本一本が、〈夜咲花〉の学びとった新しいことをあらわしているのは間違いありません。

ほんとに大帝国だって治められるだろう！　かんにさわるほど気の強いソフィーとくらべても、きっと〈夜咲花〉の方が倍も気が強いことだろう。でもそう思っても、あの人がよけいにすばらしく思えるだけだ。それにしてもなぜ、〈夜咲花〉は注意深く、礼儀正しく、どんなときもわたしに目をむけないのだろう。いったいなぜ？

「わたくしたちが直面しております問題は……」アブダラがようやく、〈夜咲花〉がしゃべっていることに注意をむけたとき、〈夜咲花〉はこう言っていました。

「今おりますのが、単純に脱出しただけではどうしようもない場所だということでしょう。仮にジンに気づかれずに、あるいはハスラエルが番をさせているあの天使たちに気づかれずに城から抜けでられたとしても、わたくしたちは雲をふみぬき、はるか下の地上へまっさかさまに落下するだけでしょう。たとえわたくしたちがどうにかして、これらの障害を解決いたしましたとしても」ここで〈夜咲花〉の目はアブダラの手の中の瓶から、いわくありげに肩の上の絨毯にむけられましたが、ああ、なんということでしょう、その目はアブダラの上はすどおりしていったのです。

「ダルゼルがふたたび兄をさしむけ、わたくしたちを連れ戻せと命じるのを防ぐ方法は何もございません。そこで、わたくしたちが立てる計画の核心は、ダルゼルを完全に負かすことでなければなりません。ダルゼルの主な力は、兄ハスラエルの命を盗んだことから生じています。そのためハスラエルは弟の言いなりになるか、死ぬしかないのです。

そこで、ここからのがれるためには、わたくしたちはハスラエルの命を見つけだし、本人に返さなくてはなりません。高貴な淑女のみなさまにご立派な紳士方、そして尊敬すべき犬さん、どうかこの件についてのご意見をお聞かせください」

なんて上手な話し方だろう。それでこそ、わがいとしき人だ！ 〈夜咲花〉が優雅に腰を下ろすのを見ながら、アブダラは悲しくなりました。

「でもわたしたちはさ、ハスラエルの命の隠し場所がいったいどこなのか、まだわからないのよね！」太ったファルクタンの王女がぐちります。

「そのとおり。ダルゼルだけが知っているのよ」と言ったのは、ビアトリス王女です。

「あのいけすかないやつときたら、いつもヒントだけは出すのよ」タイヤックのお世継ぎの金髪の王女が口を尖らせます。

「自分がいかにりこうか、見せびらかすためにね！」褐色の肌のアルベリアの王女が苦々しげに言います。

ソフィーが顔を上げました。「どんなヒント？」

すると、少なくとも二十人の王女がいちどきにソフィーに説明しようとしたので、たいへんなやかましさになりました。アブダラは耳をそばだて、少しでもヒントを聞きとろうとしました。〈夜咲花〉が立ちあがって騒ぎを静めようとしたとき、兵士が「おい、みんな黙らんか！」と、どなりました。

効果はてきめんでした。静まり返った王女たちは、氷のようにひややかな目に王族らしい怒りをたたえ、兵士をにらみつけています。

兵士にはみんなの反応がおもしろかったようです。「おやおや！　にらむのはあんたらの勝手だがね、ええ、お嬢さん方、でもその前によく考えた方がいいぜ。おれがいつ、あんたらの脱走を手助けするって言ったかね？　だいたい、どうしてそんなことしなきゃいかん？　ダルゼルはおれには危害を加えてないからな」

「それは単に、あいつがあなたをまだ見つけていないからですわ、あなた。見つかったらどうなるか、ためしてみたいですか？」と、高地《ハイ》ノーランドの年とった王女が言いました。

「危険は覚悟の上だ。まあ、おれは手助けしてもいい。助けてやらんと、あんたらだけじゃ遠くへは逃げられんと思うからね。誰かが、おれの骨折りに報《むく》いてくれるのであればだが」

いつでも立てるようにひざをついていた〈夜咲花〉が、みごとなほど横柄《おうへい》に聞き返しました。「どのように報いよと言うのです、卑《いや》しき傭兵よ？　わたくしたちの親はみな、金持ちです。もしわたくしたちをとり戻せば、報奨金が雨のごとく降りそそぎましょう。一人一人から金額を保証してもらいたいのですか？　それならできると思いますが」

「もちろんそれもいいさ。ただ、おれの言う意味とは、ずれるがな、別嬪《べっぴん》さん。今度の誘拐事件に巻きこまれたとき、おれは王女さんがもらえるって約束してもらったんだ。つまりおれの望みは、王女さんと結婚することなんだ。一人ぐらい、おれにふさわしい王女さんがいるはずだよ。もしいやなら、おれははずしてくれ。ダルゼルと仲よくしてみるから。あんたたちの見はりとして雇ってもらえるかもしれんし」

一同はしんとしてしまいました。さっきよりいっそうひややかで、王族らしい怒《いか》りを感じさせる静けさです。〈夜咲花〉が気をとりなおし、また立ちあがりました。

「みなさま。冷酷で低級な悪だくみだけの男でも、わたくしたちにはこの男の助けが必要です。わたくしたちが何よりも望まないのは、このようなけだものに番をされることです。それゆえわたくしとしては、わたくしたちの中からこの男が妻を選ぶことを許したいと存じます。反対の方はございますか？」

ほかの王女がこぞって強く反対なのははっきりしていて、いっそう冷たい視線が兵士に集まりました。でも兵士はただにやにやして、「もしおれがダルゼルにあんたらの警備をしたいと言ったら、あんたらがけっして脱出できんことは、うけあうぜ。おれはどんな罠《わな》でも勘づく。そうだろ？」と、アブダラに念を押すだけでした。

「そのとおりです、とびぬけてずる賢い隊長よ」とアブダラは答えました。

小柄な王女が何かつぶやきました。

「この人はもう結婚しているんですって……ほら、十四人の子どもがいるって」ぼそぼそした言葉がわかったらしい年とった王女が、かわりに言いました。

「では、未婚の方は全員、挙手願います」〈夜咲花〉はみずからきっぱり手をあげてみせました。

ばらばらと三分の二ぐらいの王女が、しぶしぶ手をあげました。兵士はゆっくり王女たちを見まわしました。その表情を見てアブダラは、〈真夜中〉だったときのソフィーが、鮭や生クリームのごちそうを前にして浮かべた表情を思い出しました。兵士の青い目がじっくり王女から王女へと品定めしていくあいだ、アブダラの心臓の鼓動は止まっていました。兵士は〈夜咲花〉を選ぶに決まっています。だって月光の中の百合のように、美しさがきわだっているのですから。

「あんただ」と、兵士がついに一人の王女をさして言いました。アブダラがほっとしながらも驚いたことに、それはビアトリス王女でした。

ビアトリス王女も同じぐらい驚いています。「わたし?」

「ああ、そうだ。おれはいつも、あんたみたいにとびきり姐御肌《あねごはだ》の正直な女が好みだった。実をいうと、あんたがストランジアの王女様だというのも理想的だし」

ビアトリス王女の顔が赤カブ並《なみ》にあざやかな赤に染まりましたが、それで器量《きりょう》がよくなったわけではありません。

「だけど……でも……」王女は口ごもってから、気をとりなおして言いました。「兵士さん、知っておいていただきたいのですが、わたしはインガリーのジャスティン王子と結婚することになっているのです」

「だったらそいつに、先約があると言ってやればいいんだ。政略結婚なんだろ? あんたはそいつと結婚しない方がうれしいんじゃないか」

「つまり、その……」ビアトリス王女は口ごもりました。驚いたことに、王女の目には涙が浮かんでいます。「あなた、本気じゃないんでしょ！　わたしは器量がよくないし、とりえだってないのに」

「だからこそ、いいんだ。きゃしゃでかわいいちっこい姫さんなんて、おれにはどうしたらいいかわからんよ。あんただったら、おれがどんな詐欺をたくらんだって、片棒かついでくれるだろうし、きっとあんた、靴下をかがれるだろ？」

「嘘だと思うかもしれませんが、ええ、かがれます。長靴も繕《つくろ》えます。あなた、ほんとに、本気ですの？」

「ああ」

兵士とビアトリス王女は、真剣そのものでじっと見つめあいました。どういうわけかほかの王女たちもひややかさと王族らしさを忘れたようで、身をのりだし、優しい、賛成するような微笑を浮かべています。〈夜咲花〉も、みなと同じ微笑を浮かべて言いました。

「では、ほかに反対がなければ、わたしたちの話しあいを続けたいと存じますが」

「ある。おれだ。おれは反対だ」と言ったのは、ジャマールでした。

王女たちがいっせいにうめき声をもらしました。ジャマールはビアトリス王女と同じぐらい顔を赤らめ、目を細めています。けれども、兵士のふるまいを見たジャマールは大胆になっていました。

「美しいご婦人方。おれとおれの犬は、怖いんでさあ。ここへさらわれてきて、あんた方のために料理をするようになる前は、ラクダに乗ったスルタンの部下たちに追われて、砂漠をひたすら逃げてました。あそこへ送り返されるのは、まっぴらだ。でも、もし非のうちどころのない王女方がみんなここから逃げだしちまったら、おれたちはどうしたらいいんで？　ジンのやつらは、おれが作るような食べ物は食べないし。こんなこと言うのは失礼でしょうが、もし逃げだす手伝いをしたら、おれたちは失業でさあ。つまり、そういう単純なことです」

「あらあら」〈夜咲花〉は、ほかに言うことを思いつけないようでした。

「お気の毒に。とてもよい料理人なのに」と言ったのは、ゆったりした赤いドレスを着たふくよかな王女です。〈インヒコ国の麗《うるわ》しの姫ぎみ〉ではなかったでしょうか。

「そうよ、そのとおり！　この人が来てくださるまで、わたしたちのためにジンが盗んでくる食べ物の、どれもこれもひどかったこと。思い出しただけで、ぞっとします」高地《ハイ》ノーランドの年とった王女も、ジャマールの方をむきました。

「わたくしの祖父は昔、ラシュプート人の料理人を雇っていました。あなたが来てくださるまで、わたくしはその料理人の揚げたイカほどおいしいものはこの世にないと思っていました！　でも、あなたの揚げたイカの方がもっといい味です。どうぞわたくしたちの脱走を助けてください、そうしてもらえれば、わたくしが喜んで犬ごとあなたを雇います。ただし」ジャマールが日焼けした顔をにんまりさせるのを見て、王女はつけ加えました。「どうかお忘れなく。わが老父が治めておりますのは、とても小さな公国にすぎません。あなたにはまかないつき住居を提供いたしますが、高い賃金はお支払いできません」

ジャマールの顔に浮かんだにんまりは消えません。「優れた偉大なご婦人。おれのほしいのは金ではなくて、ただ安全ってことなんです。安全のためなら、おれは天使の口にだって合うごちそうを作りまさあ」

「そうね。ここの天使たちは何を食べているやら見当もつかないけれど、でも、これで決まりましたね。それで、残りのお二人も、手伝ってくださる前に何か要求なさりたいことがあって？」と、年とった王女。

全員がまずソフィーを見つめました。

「とくにないわ。モーガンはとり返したし、夫のハウルがここにいないらしい以上、ほかにほしいものはないわ。でも、あなたたちを手伝う」ソフィーはなんだか悲しそうです。

次に全員の視線がアブダラに集まります。

アブダラは立ちあがり、お辞儀しました。「あまたの王者たちのまなこに映る望月《もちづき》のようなみなさま。わたくしごとき卑しき者が、みなさまのようなお方をお助けするに、いかなるものにせよ条件を申し出るなどという、あつかましきことができましょうや。書物にありますように、おのずからなされる援助こそ最上でありましょう」美辞麗句《びじれいく》をつらねた口上《こうじょう》がここまできたとき、自分でばかばかしくなりました。望んでいることがあるのですから、それも、心から望んでいることが。アブダラは急いで方針を変更しました。

「それゆえわが援助は、風が吹くがごとく、はたまた雨が花々を濡らすがごとく、惜しみなく降りそそがれましょう。高貴なるみなさまのためならば骨身を削ってお助け申し、その代償としてはささやかなことしか望みませぬ。それも、いともたやすくかなうことにして……」

「お若い方、もうたくさん！　何が望みなのか、さっさとおっしゃい」高地《ハイ》ノーランドの王女が口をはさみました。

「〈夜咲花〉と、五分のあいだ内々《ないない》で話すことです」アブダラは白状しました。

人々がいっせいに〈夜咲花〉を見ると、〈夜咲花〉はけわしい顔でつんと頭をそびやかしました。

「あきらめたら、〈夜咲花〉ちゃん。五分ぐらい、どうってことないでしょ！」と、ビアトリス王女。

〈夜咲花〉は、どうってことありそうな顔つきでしたが、まるで処刑台におもむく王女のように、「わかりました」と答えると、とびきりひややかな顔つきでアブダラを見ました。「今でしょうか？」

「早いほどけっこうです、わが望ましきいとしき鳩よ」アブダラはきっぱりとうなずきました。

〈夜咲花〉は堅苦しくうなずき返し、見るからに殉教者のような態度で部屋の片すみへ歩いていき、「こちらへ」と、ついてきたアブダラに声をかけました。

アブダラはまた頭を下げましたが、さっきよりもっときっぱり言いました。「わたしは、内々でと申しあげたはずですが、わが綺羅星《きらぼし》のごときため息の的《まと》たる方よ」

〈夜咲花〉はいらいらしたようすで部屋のすみにつるされていたカーテンをぐいと脇に寄せ、「これでも声は聞こえるでしょうけれど」と、アブダラにあとをついてくるよう合図しながら、冷たく言いました。

「けれども、姿は見えませぬ、わが熱き思いの姫よ」アブダラは、カーテンの中へ入りこみました。

中は小さな部屋になっていました。ソフィーの声がはっきり聞こえてきます。「あそこはあたしがお金の隠し場所に使っていた、煉瓦《れんが》のゆるんだ壁のくぼみだわ。じゅうぶん広いといいけど」

もとはなんであったにせよ、今は王女たちの衣装置場になっているようです。腕を組み、こちらをむいた〈夜咲花〉のうしろには乗馬用の上着がかかっていました。アブダラのまわりには、マントにコート、そして〈インヒコ国の麗しの姫ぎみ〉がゆったりした赤いドレスの下につけるとおぼしき、張骨《はりぼね》つきペチコートがたれさがっています。けれども考えてみると、ザンジブにあったアブダラの店より小さいとも、こみあっているとも言えません。あの店だって、ふだんはじゅうぶん快適でした。

「何がおっしゃりたいの？」ひややかに〈夜咲花〉が聞きました。

「あなたのその冷たさの理由をうかがいたい！」熱っぽくアブダラは言いました。

「わたしは何をしたのでしょうか。あなたにろくに見つめてももらえず、声もかけてもらえないような、何を？

わたしはわざわざあなたをお救いするためにここへ来たのに。あまたの失意の恋人たちの中で、ほかならぬわたし一人が、この城へ到達するために、あらゆる危険を冒したのではありませぬか。あなたの父上におどされ、兵士にだまされ、ジンニーにばかにされながら苦労に満ちた冒険をしてきたのも、すべてあなたをお助けするためだったではないですか。これ以上何をせよとおっしゃるのです。それとも、あなたはダルゼルと恋に落ちたと考えた方がよろしいのですか？」

「ダルゼルとですって！」〈夜咲花〉は叫びました。「今度は侮辱なさるのね！　わたくしを傷つけたうえに、侮辱までなさるとは！　ええ、ビアトリスが正しいことがよくわかりました。あなたはわたくしを愛してなどいないのです！」

「ビアトリスだって！　あの人がわたしの気持ちの何を知っているというのです？」

アブダラはどなりました。

〈夜咲花〉は少し首をうなだれました。でも恥ずかしがっているというよりは、ふくれているようです。あたりはひっそりと静まり返っています。実際、あまりにひっそりしているので、アブダラはむこうにいる三十人の王女の六十の耳が――いえ、ソフィーと兵士、ジャマールと犬を加えれば六十八です。モーガンはたぶん眠っているとして――とにかくひとつ残らず、今の瞬間、自分と〈夜咲花〉のやりとりにじっと聞き入っていることに、いやでも気づきました。

「そちらもしゃべっていてください！」アブダラは外に声をかけました。

居心地の悪い沈黙のあと、年とった王女の声がしました。「雲の上で暮していていちばん憂鬱《ゆううつ》なのは、天気の話題が使えないことですわね」

アブダラはほかの人がしぶしぶあいづちを打つのを待ってから、〈夜咲花〉に注意を戻しました。

「それで？　ビアトリス王女になんと言われたのです？」

〈夜咲花〉はつんと頭をそびやかしました。「あの方はこうおっしゃったのです。ほかの男性の肖像画も、おせじもとてもけっこうです。でもあなたがわたくしに一度もキスをしようとなさらなかったことに、首をかしげずにはいられません、と」

「おせっかいな人だ！　はじめてお会いしたときは、わたしはあなたのことを夢だと思っていたのですよ。キスなんかすればきっと消えてしまうと思っていました」

「ですが、二度目にお会いしたときは、現実だと確信しておいでのようすでしたが」

「おっしゃるとおりです。でも、あのときはそんなことをしたら公平ではなかったでしょう。だって、あなたは父上とわたしのほかに生身の男性に会ったことがなかったのですから」

「ビアトリス王女はこうも言われました。口がうまいだけの男性は、だめな夫になるって」

「ビアトリス王女なんか、どうでもいいんです！　あなたはどう思っているのです？」

「わたくしは……知りたいのです。キスする気にもならないほど魅力がないと思われたのは、なぜだろうかと」

「あなたに魅力がないなんて思っていませんよ！」アブダラはどなりました。それから六十八の耳がカーテンのむこうにあることを思い出し、声を落としてきっぱり言いました。「では申しあげますがね、わたしは……わたしは一度も若いご婦人にキスしたことがなかったのです。それに、あなたはとてもきれいだから、わたしはやりそこなうのが心配でならなかったんだ！」

えくぼが浮かび、ついで〈夜咲花〉の口もとをほほえみがよぎりました。「では、あのときから何人の若いご婦人とキスなさいましたの？」

「ゼロです！　あいかわらず、ずぶの素人《しろうと》です」アブダラはうめきました。

「わたくしも。でも、あなたを女性と間違えないぐらいの知識は得ましたが。あれは本当におろかでした！」

〈夜咲花〉がほがらかに笑ったので、アブダラもつられて笑いだし、あっというまに二人は心から笑っていました。

とうとうアブダラが、息を切らしながら言いました。「今こそ練習すべきだと思うのですが！」

そのあと、カーテンの中は静かになりました。それがあまり長く続いたので、王女たちの雑談も種切れとなりましたが、ビアトリス王女だけは例外で、兵士と話すことがきりなくあるようでした。

とうとうソフィーが声をかけました。「お二人さん、気がすんだ？」

「ええ！」と〈夜咲花〉が答えれば、アブダラも「もちろんです！」と返事しました。

「それなら計画の続きを相談しましょう」と、ソフィー。

今ではアブダラには、逃げだす計画なんて簡単至極《しごく》に思えました。アブダラはカーテンの奥から、〈夜咲花〉と手をつないで出ていきました。アブダラは、たとえ今ここで城が消滅したとしても雲の上を歩けるだろうし、雲がなくても空中を歩けるという気がしていました。でもそんなことは起こらなかったので、アブダラは、見せかけの大理石の床を横ぎり、計画作りの中心になったのです。

二十章　料理番の犬のお手柄

十分後、アブダラはこう言っていました。「それでは、身分高く知性あふれるご列席のみなさま、わたくしたちの計画は、できましてございます。あとは、ジンニーに……」

紫色の煙が瓶《びん》から上がり、興奮したように震えて大理石の床の上にたなびきました。「ぼくを利用しようったって、そうはいかない！　ぼくがヒキガエルだって言えば、ほんとにヒキガエルにするからな！　この瓶にぼくをとじこめたのはハスラエルなんだ、わかってんのかい？　もしやつに、はむかうようなことをしたら、もっとひどいところへやられちまう！」

ソフィーが顔を上げ、煙を見て顔をしかめました。「ジンニーがいるって本当だったんだ！」

「でも、あなたの魔法の力で、ハスラエルの命が隠されている場所を教えていただきたいだけなのです。これは願い事ではありません」アブダラが説得しようとしました。

「やなこった！」薄紫の煙がわめきます。

〈夜咲花《よるさくはな》〉が瓶を手にとり、ひざの上にのせると、煙はふわふわっと下へ流れ、大理石の床のすきまにこっそりもぐりこもうとしているようです。〈夜咲花〉が言いました。

「わたくしたちが助力をお願いした殿方全員が、ひきかえに条件を出されたのです。だからジンニーさんだって、条件をつけるのが当然でしょう。それが殿方の特徴のようですし。ジンニーさん、もしこの件でアブダラ殿を手伝ってくださったら、すじがとおった、ふさわしい報酬と思われるものを、わたくしがさしあげるとお約束いたします」

紫色の煙がしぶしぶと床から瓶の方に戻りはじめます。「ああ、わかったよ」

二分後、王女たちの居間の出口の、沈黙のまじないをかけたカーテンが引きあけられました。全員が大広間へ移動し、ダルゼルの名前をやかましく呼びたてはじめました。その中央に、あわれなとりことして引きたてられているのがアブダラでした。

「ダルゼル！　ダルゼル！　これでもわたしたちを警備していると言うつもり？　恥ずかしいと思わないの！」三十人の王女が呼びたてます。

ダルゼルは大きな玉座の脇から身をのりだし、ハスラエルとチェスをしているところでしたが、顔を上げて、王女が一団となって押し寄せてきたのを見ると少し青ざめ、チェス盤を片づけるように兄に命じました。王女たちの人垣が目隠しとなり、ダルゼルは中央で縮こまっているソフィーにもジャム国の王女にも気づきませんでした。でもジャマールが一団の中にいるのを見ると、美しい瞳が驚きで細くなりました。「今度はなんだというのだ？」

「男がわたしたちの部屋に！　恐ろしい、いやな男がいる！」王女たちが金切り声をあげます。

「どいつだ？　いったいぜんたい誰だ？」ダルゼルが声をとどろかせます。

「こいつよ！」王女たちが大声で叫びました。

アブダラはビアトリス王女とアルベリアの王女に引きずりだされました。ひどく恥ずかしいことに、はだか同然で、カーテンのうしろにつるしてあった張骨《はりぼね》つきペチコートを身につけているだけです。このペチコートこそ計画のかなめで、中にジンニーの瓶と魔法の絨毯など、いくつかのものが隠してありました。ダルゼルににらまれたとき、アブダラは用心しておいてよかったと思いました。ダルゼルの目が、青みがかった炉のように、本当に燃えあがるとは予想もしていませんでした。

一方ハスラエルの反応は、アブダラをさらに落ち着かなくさせました。ハスラエルは、ばかでかい顔に意地の悪いにやにや笑いを浮かべ、「ああ、またおまえか！」と言うと、大きな腕を組み、皮肉たっぷりの顔をしたのです。

「どうやってこやつはここへ入りこんだのだ？」ダルゼルが大声でわめきます。

「どうかお慈悲を！ この人はわたくしを救うためにまいっただけでございます」

ほかの王女が答えるより早く、うちあわせていたとおり、〈夜咲花〉が王女たちの群れからとびだし、美しいしぐさで玉座の下の段に身を投げだしました。「どうかお慈悲を！ 偉大なジンよ！ この人はわたくしを救うためにまいっただけでございます」

ダルゼルはばかにしたように笑いました。「それならこやつはばか者だ。ただちに地上に投げ返してやろう」

「そんなことをしてごらんなさい、偉大なジンよ、二度と安らぎが味わえなくなりますよ！」〈夜咲花〉がおどすように言いました。〈夜咲花〉は芝居をしているわけではなく、本気でした。

ダルゼルにもそれがわかったようです。細身の青白い体がぶるっと震え、金色の爪のついた指が玉座のひじかけをつかみました。けれどもダルゼルは、目からまた怒《いか》りの炎を上げながらどなりました。「おれはしたいようにする！」

「どうか、お慈悲を。せめてこの人に機会を一度お与えください」

「黙れ、女よ！ おれはまだ何も決めてはおらん。その前に、どうやってここへ来たのか知りたいのだ」

「あら、料理人の犬に姿を変えていたんですよ」とビアトリス王女。

「男に戻ったときは、はだかでした！」とアルベリアの王女。

「ほんとにむかむかしました。インヒコの姫ぎみのペチコートを着せるしかなかったのです」と、ビアトリス王女。

「もっと近くへ連れてこい」と、ダルゼルが命じました。

ビアトリス王女がほかの王女の手を借りて、アブダラを玉座の階段の方へ引きずっていきました。

アブダラは小刻みに歩きながら、ジンがへんな歩き方はペチコートのせいだと思ってくれるように願っていました。実はペチコートの下に、三つ目として、ジャマールの犬まで隠していたのです。逃げださないように、ひざでしっかりはさんでいなければなりませんでした。脱出計画のこの段階では、犬を見えなくしておくことが必要だったのです。ほかに隠しておくと、ダルゼルのことだからハスラエルに探しにいかせて、嘘をあばいてしまうのではないか、と王女たちが心配したのです。

ダルゼルがアブダラをじろっと見おろしました。ハスラエルが弟はかよわいと言ってたっけ、アブダラは思いました。じゃあほとんど魔力がないことを祈ろう。でも考えてみれば、かよわいジンだって人間の数倍の力は持っているはずだが……

「おまえは犬にばけてたのか？　どうやって？」ダルゼルが大音声《だいおんじょう》でたずねます。

「魔法を使いました、偉大なジン様」予定ではこの時点で詳細を述べたてるはずでしたが、あいにくインヒコの姫ぎみのペチコートの下では、見えない戦いがはじまっていました。ジャマールの犬はたいていの人間のことより、もっと強くジンを憎んでいるということがわかりました。今にもダルゼルにとびかかりそうなのです。

「わたしはあなたの料理人の犬にばけました」アブダラは説明しはじめましたが、その瞬間ジャマールの犬がダルゼルにとびかかろうともがき、今にも逃げだしそうになりました。アブダラがしかたなくいっそう強くひざで犬をはさみつけると、犬は怒って、大きくウーッとうなりました。

「ご無礼しました！」アブダラはあえぐと、額に汗を浮かべました。「まだ体に犬の名残《なごり》が残っているものですから、ときどきうなるのをやめられないのです」

〈夜咲花〉はアブダラが困っていることを察し、すぐさま嘆きの声をあげました。「ああ、高貴な王子様！　わたくしのために犬の姿に身をやつされるとは！　どうかお慈悲を、優れたジン様！　どうかお慈悲を！」

「静かにせよ、女。料理人はどこだ？　前へ連れてこい」と、ダルゼル。

ジャマールはファルクタンの王女とタイヤックのお世継ぎの王女に引きたてられ、もみ手をし、ぺこぺこしながら、前へ引きずりだされました。「尊敬するジン様、おれはまったく関係ないです、誓います！　おれを傷つけないでください！　こいつがうちの犬にばけてただなんて、知らなかったんです！」ジャマールは泣き声をあげました。本気でおびえていると、アブダラにはよくわかりました。でも、そうだとしてもジャマールは落ち着いたところを見せ、アブダラの頭をなでました。

「いい犬だ。よしよし」それからひれふし、ザンジブ流に玉座の下の階段にはい進んで、泣きじゃくりました。「おれは無実です、偉大なお方！　無実です！　どうかお助けを！」

本物の犬は主人の声を聞いて気持ちが静まったらしく、うならなくなりました。アブダラは少しひざをゆるめることができました。「わたしだって無実です！　王家の乙女たちの収集者殿。わたしは自分が愛している女性を救いにきただけです。あなた様なら、わたしの献身に同情をお寄せくださいましょう、なにしろこんなに多くの姫ぎみを愛しておられるのですから」

ダルゼルは困ったようにあごをさすります。「愛？　いや、おれに愛がわかるとは言えん。おまえのような目にあってまで誰かを追う気持ちなど、おれにはさっぱりわからんのだ、死すべき者よ」

玉座のかたわらに影のようにうずくまっていた巨体のハスラエルが、さっきよりさらに意地悪いにやにや笑いを浮かべ、低い声でたずねました。「こやつをどうしてほしいか、わが弟よ？　火あぶりか？　魂を抜きだして、床材に使うか？　八つ裂きにするか？」

「だめ、だめです！　どうかお慈悲を、偉大なダルゼル様！」すかさず〈夜咲花〉が叫びました。「どうか一度だけ、助かる機会をお与えくださいー！　もしそうしてくださるなら、わたくしはもうけっしてあなた様にあれこれおたずねしたり、不満を言ったり、説教したりいたしませぬ。おとなしく、行儀よくいたします！」

ダルゼルはもう一度あごをさすり、どうしたらよいか困っているようすです。アブダラはだいぶ気が楽になりました。ダルゼルはやはり弱いジンなのです。少なくとも気は弱いようです。

「もし、そやつに機会を与えるとすると……」ダルゼルが言いかけると、ハスラエルが口をはさみました。

「わが弟、もしおれの忠告を聞く気があれば、やめておけ。ずるいぞ、こやつは」

すると〈夜咲花〉はまたもや胸をたたいて大声で嘆きはじめ、アブダラも負けじと声をはりあげました。

「どうかわたしにあてさせてください、偉大なダルゼル様、あなた様が兄上の命を隠された場所を。もしあてそこないましたら、この命をおとりください。ですが、もし正しくあてましたなら、わたしを無事に地上にお戻しください」

これを聞くとダルゼルはおもしろがり、口をあけて尖った銀色の歯を見せ、雲の広間全体にトランペットのファンファーレのような声を響かせて、笑いだしました。

「おまえにはけっしてあてられまい、ちっぽけな死すべき者よ！」

それから、王女たちがそうなるとくり返し言っていたとおり、ダルゼルはヒントをほのめかしはじめました。「おれはあの命をとてもうまい場所に隠したぞ。おまえなぞ、見てもそれとはわかるまい。ジンであるハスラエルにも、見つけられんのだ。おまえなんぞに望みがあると思うか？　まあ、楽しみのつもりで、おまえを殺す前に三度機会を与えよう。あててみよ。おれはどこに兄の命を隠した？」

アブダラはハスラエルが何か口をはさもうとしていないかと、ちらと目を走らせました。けれどもハスラエルは、何も読みとれない表情でじっと座っているだけでした。ここまでのところ、計画は思ったとおりに進んでいました。口をはさまない方が、ハスラエルにとっても得なのです。アブダラはそれを予想していました。そこで、犬をひざのあいだにしっかりと押さえこむと、考えているふりをしながら、〈インヒコ国の麗《うるわ》しの姫ぎみ〉のペチコートをぐいと動かし、ジンニーの瓶をゆさぶりました。

「偉大なジン様、ひとつ目の推測はですね……」アブダラはしゃべりながら、緑色の斑岩《はんがん》の床から何か思いつきを得ようとしているように、床を見つめました。ジンニーは約束を破る気なのだろうか？　アブダラは一瞬ひやりとし、暗い気持ちになりました。いつものようにジンニーに裏切られ、いちかばちか自力であてるしかないのだろうか……

けれどもそのときほっとしたことに、ペチコートの下から紫色の糸ほどのかぼそい煙がはいでてきました。でも煙はそのまま、アブダラの裸足の足もとで用心深くじっと動きません。「あなた様がハスラエルの命を月に隠したというのが、ひとつ目の推測です」

ダルゼルはうれしそうに笑いました。「ちがうぞ！　月だったらハスラエルがとっくに見つけていただろうさ！　いいや、もっとずっと目につく場所だが、もっとずっと目につきにくいところだ。スリッパ探しのゲームを考えてみろ、死すべき者よ！」

これで、ハスラエルの命がこの城内にあることがはっきりしました。たいていの王女たちが考えていたとおりです。アブダラはいかにも一所懸命考えているふりをしました。「ではふたつ目の推測は、守護天使の一人に守らせているということです」

「またちがった！」ダルゼルはさっきよりもっとうれしそうです。「天使だったら、すぐにハスラエルに返してしまっただろうよ。ちっぽけな死すべき者よ、それよりはずっとうまい場所だ。鼻先のことは意外と目に入らぬものよな」

それを聞いたとき、霊感が湧いたといえばよいでしょうか、アブダラにはハスラエルの命の隠し場所がわかったのです。〈夜咲花〉が自分を愛していると知って雲の上を歩いている気分になったおかげで、心に霊感が満ち、わかったのです。

けれどもアブダラは、間違いを犯すことをひどく恐れていました。今はハスラエルの命を間違いなく手中にしなければなりません。ダルゼルがさらに機会を与えてくれるはずはないからです。どうしてもジンニーに確かめてもらわなくては。ほとんど見えないほど細い煙のすじは、まださっきの場所にありました。もしアブダラにあてられたのなら、ジンニーにだってわかったのではないでしょうか？

「え……えへん」アブダラは咳払いしました。

煙のすじが音もなくペチコートの中にひっこみ、内側でふくらみました。そのとたん、犬の鼻をくすぐりでもしたのでしょう、犬がくしゃみをしました。

「ハクショーン！」アブダラはごまかそうと叫んだ拍子に、ジンニーがささやいた声をあやうく聞きのがすところでした。

「ハスラエルの鼻輪の中だぜ！」

「ハクショーン！　兄上の命はあなたの歯の一本に隠してあります、偉大なダルゼルよ」アブダラはわざと間違った答えを言いました。ここが計画の中でもいちばんきわどいところです。

「ちがった！　ハスラエル、やつを火あぶりにしろ！」ダルゼルが大声をあげます。

「どうかお助けください！」〈夜咲花〉が嘆くと、うんざりだね、がっかりしたぜ、と露骨に顔に出して、ハスラエルが立ちあがろうとしました。

王女たちはこの瞬間を待ちかまえていました。十本の王女の手が、ヴァレリアを大勢の中から玉座の階段へと押しだします。

「あたし、ワンワン、ほしい！」ヴァレリアはきっぱりと言いました。これこそヴァレリアの晴れ舞台でした。ソフィーが言ったように、「三十人の新しいおばちゃまと、三人の新しいおじちゃまがそろって、できるだけ大声でわめいてほしいと頼んでるのよ」というわけです。これまでヴァレリアに泣きわめいてくれと頼んだ人なんかいません。そのうえ新しいおばちゃまたちは、「もしすごく上手にかんしゃくを起こしたら、甘いお菓子の箱をあげますからね」と約束してくれたのです。お菓子の箱が三十個！　がんばりがいがあるというものです。ヴァレリアは口を大きくあけ、胸いっぱいに空気を吸いこみ、全身の力をふりしぼりました。

「**あたし、ワンワン、ほしい！　あたし、アブダラ、ほしくない！　ワンワン、返してよお！**」

ヴァレリアは玉座の階段にばったり身を投げだし、ジャマールにつまずき、もう一度起きあがるとまたもや倒れこみました。ダルゼルはヴァレリアを避けようと、あわてて玉座の上にとびのりました。

「**ワンワン、返してよお！**」

同時に黄色い肌をした小柄なツァプファンの王女が、モーガンのしかるべき部分をさっとつねりました。王女に抱かれ、子猫に戻った夢を見ていたモーガンはとびおき、あいかわらず自分が無力な赤ん坊だと気づきました。モーガンの怒りはすさまじいもので、口をあけ、わめきだしました。怒りのあまり両足をペダルでもこぐように動かし、両手を上下にばたつかせています。

モーガンの泣き声があまりに元気いっぱいなので、もしこれがヴァレリアとの泣き声競争だとしたら、モーガンの勝ちということになりそうでした。二人のたてるとほうもない騒音を、広間が全部拾いあげ、二倍にして玉座へと投げ返します。

「二人のジン目がけて反響させて」ソフィーが話しかける魔法の力で広間に命じています。「二倍じゃ足りない。三倍に強めて」

広間はてんやわんやとなりました。二人のジンはそれぞれ尖った耳に両手でふたをし、ダルゼルがどなりました。「やめろ！　やめさせろ！　あの赤ん坊はいったいどこから来たんだ？」

ハスラエルがどなり返します。「女は子どもを産むもんだ、なんてまぬけなやつだ！　そんなことも知らんのか？」

「**あたしのワンワン、返してよお！**」ヴァレリアが両のこぶしで玉座をたたきながらわめきます。

ダルゼルがそれに負けないように声をはりあげます。「ハスラエル、犬を返してやれ！　さもないとおまえを殺すぞ！」

計画ではこの段階で、もしそれまでに殺されていなければ、自分は犬に変えられるはずだとアブダラは思っていました。それこそアブダラのねらいでした。そうなればジャマールの犬も放す手はずでした。インヒコの姫ぎみのペチコートの下から二匹も犬が出てきて走りまわれば、混乱にいっそう拍車がかかるだろうと思ったのです。

けれどもハスラエルは弟と同じように、叫び声の三倍のこだまに逆上していました。耳をおおい、痛さのあまりわめきながら、体の向きをあちこち変え、困り果てたあげくとうとう翼を折りたたみ、自分が犬になってしまったのです。

ハスラエルはロバとブルドッグの中間くらいの大きな犬になりました。茶色と灰色のぶちで、しし鼻には金色の輪がついたままです。このばかでかい犬が大きな前足を玉座の腕木にのせ、ヴァレリアの目の前に舌をつきだし、よだれをたらしたのです。ハスラエルは人なつっこく見せようと一所懸命でした。けれどもばかでかく醜い犬を見たとたん、ヴァレリアは当然、さっきよりいっそうはげしく泣きだしました。その泣き声がモーガンを怖がらせ、モーガンもいっそう大声で泣きだしました。

アブダラはほんの一瞬、とほうにくれてしまいました。けれども次の瞬間、誰にも聞こえないと思ったすきに叫んだのです。「兵士殿！　ハスラエルを押さえて！　誰かダルゼルを押さえて！」

幸い兵士は敏速でした。上着を脱ぎ捨て、ジャム国の王女からあっというまに兵士に戻り、玉座の階段を駆けあがりました。ソフィーがそのあとを追いかけ、王女たちを手招きします。ソフィーがダルゼルの青白いやせたひざを両腕でつかめば、兵士が犬の首をたくましい腕でつかみます。さらに復讐に燃えた王女たちがうしろから押し寄せ、ダルゼルに襲いかかりました。

ビアトリス王女はそれには加わらず、ヴァレリアをこの大騒ぎの場から引きずりだし、泣くのをやめさせるという困難な仕事にとりかかりました。小柄なツァプファンの王女は、斑岩《はんがん》の床に静かに座り、モーガンを前後にゆすって泣きやませようとしています。

アブダラはハスラエルの方に駆けつけようとしました。けれども身動きしたとたん、ジャマールの犬がこれ幸いと逃げだしたのです。

ペチコートの下からとびだした犬がまっ先に目にしたのは、盛大な喧嘩でした。犬は喧嘩が大好きでした。それに、別の犬までいます。ジャマールの犬がジンや人間より嫌いなものといえば、それはほかの犬です。相手の大きさは関係ありません。犬は急いで走り寄り、歯をむき、攻撃をしかけました。アブダラがまだペチコートを脱ごうとじたばたしているあいだに、ジャマールの犬はハスラエルののどにとびかかりました。

すでに兵士に組みつかれていたハスラエルは我慢ができず、ジンの姿に戻り、怒って手を振りまわしました。犬は大広間の反対側までくるくるまわりながらとんでいき、キャンと鳴いて下に落ちました。ハスラエルは立ちあがろうとしていましたが、兵士がまだ背中にのっているため大きな翼を広げることができません。ハスラエルは胸をふくらませ、筋肉に力を入れようとしました。

「ハスラエル、汝の頭を下げておくことを命じる！」ようやくペチコートをけとばして脱ぐことができ、腰布一枚になったアブダラは、階段を駆けあがり、ハスラエルの大きな左耳をつかみました。これを見た〈夜咲花〉が、ハスラエルの命の隠し場所に気づき、とびあがってハスラエルの右耳につかまったので、アブダラはうれしくなりました。

そのまま二人は、ハスラエルが兵士を振りほどくたびに空中に持ちあげられ、兵士がハスラエルをもう一度組みふせると床にたたきつけられる、というのをくり返しました。兵士は二人のすぐ脇で力をふりしぼってハスラエルの首に腕をまわしているし、二人のあいだには歯をむきだしたハスラエルの巨大な顔があります。ときおり、すぐ下で王女たちがひしめく中、玉座の上に弱々しい金色の翼を広げて立っているダルゼルが、ちらりと見えました。飛ぶにはたいして役立ちそうもない翼ですが、ばたばたと王女たちに打ちつけ、ハスラエルに助けを求めて叫んでいました。よく響くダルゼルの叫び声を聞いて、ハスラエルも気をとりなおしたのでしょう。

兵士より優勢になってきました。アブダラは左手を離して、自分の肩のすぐそばにあるハスラエルのかぎ鼻にぶらさがっている、金の輪にむけて伸ばしました。けれどもハスラエルの耳をつかんでいる右手が汗ばんでいて、すべります。アブダラは必死に、ずり落ちそうになりながら手を伸ばしました。

アブダラはジャマールの犬を計算に入れていませんでした。犬はまるまる一分ほど倒れてぼーっとしていたあとで起きあがり、さっきよりもいっそうジンに腹を立て、憎しみをつのらせていました。

犬はハスラエルを見て、憎むべき敵だとわかったらしく、首のまわりの毛を逆立て、うなりながら広間を横ぎり、小柄な王女とモーガンの横をとおりすぎました。そして、ビアトリス王女とヴァレリア王女の横を駆けぬけ、玉座に押し寄せている王女たちのあいだを抜け、うずくまっている自分の主人にも目もくれず、ジンのいちばんかみつきやすい部分目がけてとびかかったのです。アブダラは手をどけるのに、ぎりぎりでまにあいました。

ぱくっ！　犬の歯がかみあわさり、ごくん！　のどが鳴りました。そのあと不思議そうな顔になった犬は、床に腰を落とすと、不安そうにしゃっくりをしました。ハスラエルは痛みでうなり、両手で鼻を押さえながら立ちあがりました。兵士は床に投げだされ、アブダラと〈夜咲花〉もハスラエルの両側に振り落とされました。

アブダラはしゃっくりをしている犬目がけて突進しましたが、ジャマールの方がひと足早く、優しく犬を抱きあげていました。

「かわいそうに、かわいそうなおれの犬！　すぐによくなるぞ！」ジャマールは優しくなだめ、犬をそっと抱いて玉座の階段を下りました。

アブダラはぼんやりしている兵士を引っぱって、自分といっしょにジャマールの前に立たせると、叫びました。「みなさん、そこまで！　ダルゼル、抵抗をやめなさい！　わたしたちはあなたの兄さんの命を押さえました！」

玉座での争いが静まりました。ダルゼルは翼を広げたまま立ちあがり、両目がまたもや炉のように燃えあがります。「そんなこと信じられるか。どこにある？」

「犬の体の中です」と、アブダラが答えました。

「明日までのことさ」ジャマールはしゃっくりをしている愛犬のことしか頭になく、なだめるように話しかけています。「イカを食いすぎて、腹を下してる。ちょうどよかったな」

アブダラはジャマールをけとばし、黙らせました。「犬がハスラエルの鼻輪を食べてしまいました」

ダルゼルが気落ちした顔になったので、ジンニーが正しかったことがわかりました。アブダラの推測も、あたっていたのです。

「まあ！」王女たちが声をそろえ、いっせいにハスラエルを見ました。ハスラエルは大きな体をふたつ折りにし、燃えるような目に涙を浮かべて両手で鼻を押さえています。緑がかった透明なジンの血が、爪の尖った指のあいだからしたたり落ちています。

「おれにもわがりぞうなぼんだっだ。おれのずぐ、ばなざぎにあっだんだ」ハスラエルがみじめそうにつぶやきます。

高地《ハイ》ノーランドの年とった王女が玉座を囲んでいた集団から離れ、袖の中をさぐって小さなレースのハンカチをとりだし、ハスラエルにさしだしました。「さあ、これを使いなさい。悪気《わるぎ》はなかったのよ」

ハスラエルはありがたそうにハンカチを受けとり、「ありがどう」と言うと、かみきられた鼻の先に押しあてます。もっとも犬は輪を食いちぎっただけで、肉はほとんどかみとってはいませんでした。鼻を注意深くぬぐったハスラエルは、よろよろとひざをつき、アブダラに玉座の階段に上がれと合図し、悲しげにたずねました。

「今やよいジンに戻ったおれに、何をしてほしいか？」

二十一章　大地に降りた空中の城

アブダラはあれこれ考えず、すぐに返事をしました。「あなたの弟を、戻ってこれない場所へ追放してください、強力なジンよ」

ダルゼルはたちまち青い涙を滝のように流しはじめ、玉座の上で足をふみ鳴らしました。「そんな、あんまりだ！　誰もかれも、おれに逆らう！　ハスラエル、おれを愛してないんだな！　おれを裏切ったな！　おまえはこの三人がぶらさがったときも、振り払おうともしなかったじゃないか！」

この点はダルゼルの言うとおりだ、とアブダラは思いました。ジンはあんなに強い力を持っているんだから、ハスラエルはそうしたければ、わたしと〈夜咲花《よるさくはな》〉だけじゃなく、兵士だって地の果てに投げとばすことができたはずだものな。

「おれは悪いことなんかしなかった！　おれにも結婚する権利はあるだろ？」と、ダルゼルが叫びます。

ダルゼルが騒いでいるあいだに、ハスラエルがアブダラにささやきました。「南の海に、あちこちさまよっている島がある。百年に一度しか人に見つけられんのだ。宮殿もあるし、果物の木も多い。そこに弟を送ってもいいか？」

「それなのに、おれを追い払うって言うんだ！　おれがどれだけさみしくなるか、気にするやつはいないんだ！」ダルゼルが金切り声をあげました。

ハスラエルがなおもアブダラにささやきます。「ところでな、おまえの父親の第一夫人の親戚は傭兵たちにわいろを渡し、スルタンの怒《いか》りをうまくのがれてザンジブから逃げだしたんだが、二人の姪《めい》は置いてきぼりにされた。不運なあの娘たちは今、囚《とら》われている。スルタンが探しだせた中では、おまえにいちばん近い親類縁者だったからな」

アブダラには、ハスラエルの言おうとしていることがわかってきました。「まことに遺憾《いかん》です。ひょっとして、偉大なジン殿、あなたは善の側に復帰された善行の手はじめに、あの二人の娘たちを呼び寄せたくはありませぬか？」

ハスラエルは醜い顔を輝かせ、爪の尖った大きな手を上に上げました。雷の音がして、女の悲鳴が響くと、二人の太った姪が玉座の前に立っていました。これほど簡単なんだものなあ。やっぱりハスラエルはずっと手加減していたんだ。アブダラがジンの大きなつりあがった目をのぞきこむと、犬にかまれたときの涙がまだ目のすみに残っていましたが、手加減していたことを見ぬかれたと承知しているのがわかりました。

「もう、王女はたくさん！」と言ったのは、くたびれた顔でヴァレリア王女のかたわらにひざをついていたビアトリス王女でした。

「そのような女性ではありませぬ、ご安心ください」とアブダラ。

二人の姫は間違っても王女には見えませんでした。二人ともピンクと黄色のふだん着を着て、その服も苦難のあとを示すほころびとしみだらけ。ちぢれていた髪の毛もすっかり伸びています。二人は、玉座の上で足をふみ鳴らして泣いているダルゼルをちらりと見てから、次に巨大なハスラエルを見、そのあとで腰布しかつけていないアブダラを見て、金切り声をあげ、互いに相手の太った肩に顔をうずめました。

「あわれな娘たちよ。王家のふるまいとはほど遠いこと」と、高地《ハイ》ノーランドの王女。

アブダラはすすり泣いているジンにむかって声をはりあげました。「美しきダルゼルよ、王女たちの密猟者よ、しばし静まり、追放されるあなた様がお連れになるにふさわしき、わたしからの贈り物をごらんあれ」

ダルゼルはすすり泣きをやめました。「贈り物だって？」

アブダラは指さしました。「この二人の花嫁をごらんあれ。若くみずみずしく、花婿を待ちわびております」

ダルゼルは青く輝く涙を頬からぬぐうと、かつてアブダラのずる賢いお客が絨毯《じゅうたん》を調べたような目つきで、姫たちを眺めまわしました。「わたしにぴったりだ！　おまけにみごとに太っている！　どこかに罠があるのか？　おまえにはゆずる権利がないとか？」

「どこにも罠などございません、輝かしいジンよ」アブダラは考えました。ほかの身内が二人を見捨てたとなっては、身のふり方を決めてやるのはわたしの権利だろう。でもアブダラは、念のためにこうつけ加えました。「盗みたければ、盗んでください、強大なダルゼル殿」

それからアブダラは姪たちのそばへ近寄り、二人の太った腕を軽くたたきました。「お嬢さん方、ザンジブの満月のような方々、不幸にしてわが誓いのために、あなた方の大らかさを永遠に受け入れられぬことを、どうかお許しください。でも、わたしのかわりに夫となる人を選んでさしあげました。顔を上げて、ごらんになってはいかがですか？」

夫という言葉を聞いたとたん、二人の姪は顔を上げ、ダルゼルを見つめました。

「とってもハンサムね」と、ピンクの娘。

「翼があるのは好きよ。人とちがうんですもの」と、黄色の娘。

「牙って、とてもセクシーね。爪もよ。絨毯の上で気をつけてくださるなら」ピンクの娘がつくづく眺めながら言います。

ダルゼルは娘たちがひとこと言うたびに、にこにこしました。「この二人をただちに盗ませてもらうぞ。王女よりはこの娘たちの方がずっといい。どうしておれは太った娘を集めなかったんだろうな、ハスラエル？」

ハスラエルが愛情をこめてほほえんだので、牙がむきだしになりました。「弟よ、おまえが決めたことだ」それから、ハスラエルは真顔《まがお》になりました。「おまえの用意ができたなら、おまえを追放するのがおれの義務だ」

「今となっては、平気だぞ」ダルゼルは、二人の姪に目を奪われたまま答えました。

ハスラエルは、しぶしぶ三度手を広げました。そのたびに雷鳴が長くとどろいたと思うと、ダルゼルと二人の娘は遠く離れたところに姿を消していました。ほのかな海の香りがし、カモメの鳴き声もかすかに聞こえてきました。モーガンとヴァレリアがまた泣きだし、その場の全員がため息をつきましたが、とびぬけて大きくため息をついたのはハスラエルでした。

アブダラは、ハスラエルが心底弟を愛していることがわかって驚きました。ダルゼルのような悪いやつを愛せる者がいるとは、理解しがたいことでした。でも、ハスラエルを責める気はありません。そういうわたしも、人をとやかく言えるだろうか……。

アブダラがそんなことを思っていると、〈夜咲花《よるさくはな》〉が近づいてきて、腕をからませました。

ハスラエルはさっきより大きなため息をつくと、大きな翼を悲しげに両脇にたらし、玉座に腰を下ろしました。玉座はダルゼルよりもハスラエルにぴったりの大きさでした。「ほかにもやることがある」そっと鼻に触りながら、ハスラエルは言いました。鼻はもう治りはじめたようです。

「ええ、ありますとも！」と言ったのはソフィーでした。玉座の階段の上で、口をはさむ機会を待っていたのです。「うちの動く城を盗んだとき、あんた、夫のハウルをどこかへやったでしょう。ハウルはどこなの？　返しなさい」

ハスラエルは悲しそうに頭を上げました。けれども、ハスラエルが何も言わないうちに、王女たちのあいだでびっくりしたようなざわめきがあがりました。玉座の足もとにいた王女全員が、麗《うるわ》しの姫ぎみのペチコートからあとずさりしています。ペチコートがふくらみ、まるで手風琴《アコーディオン》のように張骨《はりぼね》が上下しているのです。中からジンニーの叫び声がします。「助けて！　ここから出してくれ！　約束しただろ！」

〈夜咲花〉が思わず口に手をあて、「あら！　すっかり忘れていました！」と言うなり、アブダラのそばから段を走りおり、紫の煙が渦を巻く中から、ペチコートをどけました。「ジンニーさん、あなたが瓶《びん》から解放され、永遠に自由でありますように！」

いつもどおり、ジンニーはお礼を言ってむだな時を費やしたりしませんでした。ピシッと音をたてて瓶が割れ、渦巻く煙の中から実体のある人物が立ちあがりました。

それを見てソフィーが叫び声をあげました。「〈夜咲花〉さん、あなたのおかげ！

ありがとう、本当にありがとう！」薄れつつある煙の中にだっと駆けこんだソフィーは、その男性をひっくり返しそうになりました。でも相手は平気で、ソフィーを抱きあげ、その場でぐるぐる振りまわしました。

「ああ、どうしてわからなかったんだろう？　どうして気づかなかったんだろう？」ソフィーは壊れた瓶のかけらの上でよろめき、息を切らしながら言いました。

「なぜならそういう魔法だったからだ」ハスラエルが暗い顔で言いました。「もし、魔法使いのハウルだと知られれば、誰かが解放していたかもしれん。だから誰も正体を知ることができぬよう、ハウル自身もそのことを人に言えぬようにした」

王室づき魔法使いハウルは、魔法使いサリマンよりずっと若く、上品な若者でした。ぜいたくな薄紫色のサテンの服を着ていて、髪の毛は、あまり見かけないようなかすかな黄色みをおびて見えます。アブダラは魔法使いのやせた顔に光る淡い色の目を見つめました。いつか朝早くに、この目をはっきりと見た覚えがあります。あのとき気づいてあげてもよかったのです。

どうにもばつの悪い気分です。ずっとジンニーを利用してきたのです。ジンニーのことはよく知っているつもりでいましたが、それはこの魔法使いをよく知っているということなのでしょうか？　それとも……？

それが気になって、アブダラは兵士をふくめた全員が魔法使いハウルのまわりに集まり、叫んだりお祝いを言ったりしているときも、仲間に加わることができませんでした。アブダラは、小柄なツァプファンの王女が騒ぎの中へ静かに歩いていき、モーガンをハウルの腕に抱かせるのを、離れて見ていました。

「ありがとう」ハウルは礼を言うと、ソフィーに説明しました。「ぼくの目の届く場所にいっしょに連れてきた方がいいと思ったんだ。ぎょっとさせたんだったら、ごめんよ」ハウルの方がソフィーよりも赤ん坊を扱い慣れているようすです。あやすようにモーガンをゆさぶり、見つめます。モーガンも不機嫌そうに見つめ返します。「おやおや！　醜いなあ！　ぼくそっくりじゃないか」

「ハウルったら！」でもソフィーの声は、怒っているようには聞こえません。

「ところで」ハウルは玉座の階段のところへ近寄り、ハスラエルを見あげました。「いいかい、ジン。おまえには文句があるんだ。ぼくの城を盗み、ぼくを瓶にとじこめるとは、いったいどういうつもりだ？」

ハスラエルの目が怒りでオレンジ色になりました。「魔法使い、おまえはおれと対等の力があるとでも思うのか？」

「いや。説明を要求してるんだ」

ハウルはすごい人だ、とアブダラは感心しました。ジンニーはあんなにおくびょうだったんだから、今もハウルは内心ぶるぶる震えているにちがいない。でもそんなようすは少しも見せずに、薄紫の上着の肩にモーガンをのせ、ハスラエルをにらみつけているんだから。

「よかろう」とハスラエル。「弟に城を盗むように命じられたのだ。この件ではおれに選択の余地はなかった。ただ弟ダルゼルは、おまえについてはとくに何も命じなかった。むろん城をとり返すことができないようにしろとは言ったが、それだけだ。もしおまえが罪のない男だったら、おれは弟が今いる島に送りこむだけにしておいただろう。だが、おまえは近隣の国々を征服するのに魔術を悪用しているとわかっておったから……」

ハウルが口をはさみます。「ぼくのせいじゃない！　国王に命じられたんだ！」ハウルの口ぶりはハスラエルそっくりでした。自分でもそれに気づいたらしく、口をつぐみ、じっと考えてから、残念そうに言いました。「確かにぼくが思いつきさえすれば、国王に考えなおすように言うこともできたはず。あんたの言うとおりだ。でも、今後逆の立場になったら、遠慮なく瓶にとじこめてやるから、そのつもりで！」

ハスラエルもうなずきました。「そのときはしかたあるまい。それにおれは骨折って、関係者一同が、おれが思いつくかぎりいちばんふさわしい運命に出合うようにしてやったのだ」ここでハスラエルの視線がアブダラに注がれました。「そうではなかったか？」

「ええ、たいそうなお骨折りでした、偉大なジン殿。おかげで、愉快な夢にかぎらず、わが夢はことごとく現実となりました」とアブダラ。

ハスラエルはうなずいて言いました。「それではおれはもうひとつだけ、ちっぽけだがなすべきことをなし、しかるのちにおまえらのもとを去ることにしよう」

ハスラエルが翼を持ちあげ、両手を動かすと、即座にまわりに翼を持った奇妙な一団があらわれました。透明な海馬《タツノオトシゴ》のような、翼を持った一団は、ハスラエルの頭上や玉座の周辺を舞っています。翼がひらひら動くかすかな音をのぞくと、静かな連中です。

「ハスラエルの天使ですよ」ビアトリス王女がヴァレリアに説明しました。

ハスラエルが翼ある生き物たちに何かささやくと、一団は来たときと同じようにハスラエルのもとからぱっと姿を消し、ジャマールの頭上にあらわれ、群《むら》がってささやきあいました。ジャマールはおびえてあとずさりしましたが、翼の集団もくっついていきます。やがて一人また一人、翼のある生き物はジャマールの犬の体のあちこちにとまり、次々に縮んで犬の毛皮の中に姿を消し、残ったのは二人だけになりました。

アブダラは突然、この二人が自分の目の高さに浮かんでいるのに気づきました。よけようとしてもついてきます。ふたつの小さな冷たい声が、アブダラの耳にだけ届くように言いました。

「あれからいろいろ考えたが、おれたちはヒキガエルよりはこの形の方を好むという結論になった。永遠という光のもとで考えた結果だ。それゆえ、おまえに礼を言う」それから二人とも急いで飛んでいってジャマールの犬にとまり、縮んで、犬の耳のつけ根のあたりに消えました。

ジャマールは腕にかかえた犬を見つめ、ハスラエルに聞きました。「どうしておれの犬に天使がたかるんだ？」

「こいつらはおまえにも、おまえのけものにも危害は加えない。金の輪が体外に出てくるのを見まもるだけだ。確かおまえは、明日には出てくると言ったな？　おれがわが命を見失いたくないと切《せつ》に願うのは当然だろう。わが天使どもは、おれの命を見出せば、おれがどこにいようと持ち帰ってくるだろう」ハスラエルのため息は、その場にいた者全員の髪の毛がそよぐほど大きなものでした。

「だが、おれはそのときどこにいるか、自分でもわからない。はるかかなたに、引っこむ場所を見つけねばならないだろう。おれはずっと悪いことばかりしてきた。今さら善良なジンの身分には戻れまい」

「さあ元気を出して、偉大なジン様！」と言ったのは〈夜咲花〉でした。「わたくしは、善良さとは寛大さだと教えられました。きっと善良なジンのみなさまは、あなたが戻られれば歓迎なさるのではありませせぬか？」

ハスラエルは大きな頭を横に振りました。「賢き王女殿、あなたにはわかっていない」

アブダラにはハスラエルの気持ちがよくわかりました。たぶんこの理解力は、父親の第一夫人の親戚に対して、あまりていねいとは言えない態度をとってきたことと関係があるのでしょう。「シッ、わがいとしき人。ハスラエルは、自分の邪悪さを楽しんでいたし、それを悔やんでいないと言いたいんです」

「そのとおりだ。この何カ月かは、それ以前の数百年をあわせたより、はるかにおもしろかった」と、ハスラエル。「ダルゼルがおれに悪の楽しさを教えたのだ。善良なジンのあいだで同じようなことをしでかしてはいかんから、おれはどこかへ行かねばならぬ。行く先がわかりさえすれば」

ハウルが何か思いついたらしく、咳払いして言いました。「別の世界へ行ったらどうだい？　ほら、何百と別の世界があるんだから」

ハスラエルが興奮して翼を上に上げ、振りおろしたので、大広間にいた王女たち全員の服と髪がはためきました。「そんなところがあるのか？　どこだ？　行き方を教えてくれ」

ハウルはソフィーのぎこちない腕にモーガンを渡すと、玉座の段をさっと駆けあがり、いくつか不思議な身ぶりをし、ちょっとうなずいてみせました。ハスラエルにはそれですっかりわかったらしく、うなずき返しました。それからハスラエルは玉座から立ちあがり、ひと言も言わずに大広間を横ぎり、壁が霧でできているかのようにとおりぬけて出ていきました。大きな広間が急にがらんとしたようでした。

「いいやっかい払いだ！」とハウル。

「あなたの世界に送りこんだの？」とソフィー。

「まさか！　あっちじゃ、そうでなくても心配事が多いんだ。まるっきりちがう方向へ送ったよ。ハスラエルがいなくても、この城は消えたりはしないと思ったんだ」ハウルはゆっくりと振り返り、広間のへりの雲を見つめました。

「うん、だいじょうぶだ。つまり、カルシファーがどこかにいるんだよ。あいつがこの城を動かしているってこと」そう言うとハウルはよく響く声で叫びました。「カルシファー！　どこにいるんだい？」

〈インヒコ国の麗《うるわ》しの姫ぎみ〉のペチコートが、またもや命を持ったように動きだし、今度は張骨《はりぼね》ごと横にころがると、中の魔法の絨毯《じゅうたん》がふわりと浮きあがりました。そしてジャマールの犬がしていたのと同じように、ぶるっと身震いしました。それから驚いたことに、絨毯は床にどさっと落ち、ひとりでにはじからほどけはじめたのです。

アブダラは絨毯がみすみすだめになるのを見て、叫び声をあげそうになりました。くるくるとほどけていく長い糸は青く、驚くほど色あざやかです。普通の毛糸ではないようでした。ほどけて自由になった糸は、絨毯の上を左右に動き、長くなるにつれて、高い雲の天井と絨毯の芯になっていたカンバス地のあいだにぴんと張りました。とうとう、ほどき終るのを待ちきれないようにぱっと動くと、糸の尻尾がカンバス地からとびだし、残りの毛糸にひゅっと追いつきました。

毛糸はそのままゆらゆらと広がり、もう一度縮み、最後に上下さかさまになった涙か、炎のような形になりました。そして漂いながら、少しずつ目的ありげに床に降りてきました。そばに近寄ってきたとき、アブダラにはその中に紫や緑、オレンジ色の小さな炎からなる顔があるのが見えました。アブダラはあきらめて肩をすくめました。どうやらアブダラが大枚をはたいて買ったのは火の悪魔であって、魔法の絨毯ではなかったようです。

火の悪魔は、紫色のちらちらゆれる口でしゃべりだしました。「やれやれ助かった！　どうして今まで誰もおいらを探してくれなかったんだい？　おいら、傷ついたぜ」

「ああ、かわいそうなカルシファー！　ちっとも知らなかった！」と、ソフィー。

「おいら、あんたとは口をきかない」奇妙な炎が言い返しました。「あんた、おいらに爪を立ててたじゃないか。それに」と、ハウルの脇を浮かんでとおりすぎながら、火の悪魔はつけ加えました。「あんたともだ。あんたが、この件においらを巻きこんだんだ。おいらは国王の軍隊を助けたくなんかなかったもん。おいらがしゃべりたいのは、この人だけだね」

炎はアブダラの肩のあたりに寄ってきて、ふわふわゆれました。アブダラは熱い炎で髪の毛が軽く焦げるのがわかりました。「今まで、おいらにおせじを言ってくれたのは、この人だけだ」

「いつから、おせじなんか必要になったんだい?」ハウルがひややかにたずねました。

「すてきだと言われるとどれほど気分がいいか、知ってからだよ」とカルシファー。

「でも、ぼくはおまえがすてきだなんて思わないからな。好きにしろ!」ハウルは薄紫のサテンの袖をひらりとひるがえし、カルシファーに背をむけました。

「あんた、ヒキガエルになりたいのか? 人をヒキガエルにできるのはあんただけじゃないんだぜ!」とカルシファー。

ハウルはいらいらと薄紫のブーツをふみ鳴らしました。「たぶん、おまえは新しい友だちに頼まれたら、この城をもとの場所に降ろしてくれるんだろうな」

アブダラは少し悲しくなりました。ハウルが、自分とは知りあいなんかじゃないぞ、と言っているような気がしたからです。けれども、ハウルがほのめかしたことはひきうけ、お辞儀をしました。

「おお、魔法の生き物の中の碧玉様《サファイア》。絨毯の中のロウソク、祝祭の炎にして、あなた様が絨毯として珍重《ちんちょう》されていたときにも増して、今の真のお姿の方が百倍もご立派なお方様……」

「まだ終わんないのか」ハウルがつぶやきます。

「おそれ入りますが、この城を地上に戻すことに同意くだされましょうや？」アブダラは言い終えました。

「喜んで」と、カルシファー。

すぐに城が下へ降りていくのが感じられました。はじめ、あまりぐんぐん下がっていくので、ソフィーはハウルの腕にしがみつき、何人もの王女たちが叫び声をあげ、ヴァレリアが大声で、お空におなかだけ置いてきちゃった！　とわめきました。長いあいだ姿を変えていたために、カルシファーは練習不足だったのかもしれません。理由はともかく、一分ほどすると速度がにぶり、ゆっくり降りはじめたので、みんなはようやく気分がよくなりました。

それもつかのま、今度は下に降りるにつれ、城が目に見えて縮みはじめました。互いにぶつかりあい、ころばないように空間を確保しなければなりませんでした。壁は内側に迫り、雲の斑岩《はんがん》からただのしっくい壁になりました。丸天井が降りてきて、大きな黒い梁《はり》のある天井に変わりました。玉座があった場所のうしろには窓があらわれました。

最初、窓はぼやけていました。アブダラは、夕焼けの色に染まった透明な海に島が浮かんでいるのをもう一度見たいと願って、熱心に窓を見ていました。けれども、窓がしっかりした固いガラス窓になったときには、外には空が広がっているだけでした。そして夜明けの黄色い光が、今や小屋ほどの大きさになった室内を照らしていました。

王女たちは互いに折り重なっているし、ソフィーは片手でハウルにしがみつき、もう片方の手でなんとかモーガンを抱いたまま部屋のすみに押しつけられていました。アブダラも〈夜咲花〉と兵士のあいだで、押しつぶされていました。

そういえば兵士は、長いことひと言も口をきいていません。ぜったいようすがへんです。誰かのベールをかぶり、城が縮んだときにあらわれた暖炉のそばの小さな腰かけにうずくまっているのです。

「ご気分でも悪いのですか？」アブダラはたずねました。

「だいじょうぶ」と兵士は答えましたが、声もへんです。

ビアトリス王女が人をかきわけ、兵士に近寄ってきました。「あら、そこにいたのね！　あなた、いったいどうしたのです？　もとの世界に戻ったから、わたしが約束をとり消すとでも心配しているのですか？」

「ちがうんだ。いや、まあそうだな。あんたはいやがるだろう」

「わたしが何をいやがるというのです！」ビアトリス王女がぴしゃりと言いました。

「約束をした以上、わたしは守ります。ジャスティン王子には、その……あきらめさせますわ」

「でも、おれがそのジャスティン王子なんだ」と、兵士。

「今なんと？」と、ビアトリス王女。

兵士はそろそろと恥ずかしそうにベールをはずし、顔を上げました。顔は同じですし、目も同じ青い目です。無邪気だったり、完璧に不正直だったり、その両方に見える顔です。でも、前より肌がなめらかで、教養のある顔になり、位《くらい》の高い軍人らしさを漂わせています。

「あのジンのちくしょうは、おれにも魔法をかけたんだ。今は思い出せる。おれはインガリー軍の斥候《せっこう》が偵察から戻るのを、森の中で待っていたんだ」もと兵士はわびるような顔になりました。

「おれたちはストランジアのビアトリス王女を、つまりあんたを探していたんだが、見つけられなくて。そしたら急におれの天幕が吹きとばされ、目の前にジンがいた。あのばかでかい体を縮めて、森の中にいたんだ。『おれが王女をいただいていく』と、やつは言った。『おまえたちは魔法を不正に用いて王女の国を打ち破ったのだから、おまえも敗軍の一兵卒《いっぺいそつ》となって、敗北がどんなもんか味わうのがよかろう』

次に気がつくと、おれは戦場をさまよっていて、自分はストランジアの兵士だと思いこんでいた」

「つらかったですか？」ビアトリス王女が聞きます。

「そうだな、きつかった。でもなんとか慣れて、役に立つものはなんでも拾い、今後の計画もいくつか立てた。負けた兵士たちのために何かしなくちゃならんと思って」ここで、もとの兵士らしい笑みが顔に広がりました。「正直に言うと、おれはインガリーをあちこちさまようのを楽しむようになった。悪いやつでいるのも楽しかったんだよ。本当は、あのジンと同じなんだ。また統治とやらの仕事に戻るのかと思うと、憂鬱《ゆううつ》になるよ」

「でも、それならお手伝いできます。だってわたし、こつを知っていますもの」ビアトリス王女が言いました。

「本当かい？」ジャスティン殿下は、兵士だったときに帽子の中の子猫を見たのと同じ顔で、王女を見あげました。

〈夜咲花〉がアブダラをうれしそうにそっとこづき、ささやきました。「あれがオキンスタンの王子だったのですね！　もう心配しなくていいんですね！」

それからまもなく、城は羽根のように軽《かろ》やかに大地に降りました。カルシファーは、低い天井の梁《はり》のあたりを漂いながら、城をキングズベリーの郊外に降ろしたよ、と言い、得意そうにつけ加えました。「それから、サリマンの鏡のひとつに伝言を送っておいてやったよ」

ハウルはそれを聞いてひどく怒りだしました。「ぼくも送ったのに。勝手にいろいろしてくれるじゃないか、ええ？」

「じゃあサリマンは、伝言をふたつ受けとったのね。だからどうだっていうの？」と、ソフィー。

「それもそうだな。ばかばかしい」とハウルが笑いだすと、カルシファーもくすくす笑いました。これで二人は仲直りしたようです。

アブダラにはハウルの気持ちがわかりました。ハウルはジンニーになっていたあいだじゅう、怒りでいっぱいだったのです。今も同じなのに、ぶつけられる相手はカルシファーだけなのです。おそらくカルシファーも同じでしょう。二人の持っている魔力は強力で、普通の人にやつあたりするには危険すぎるのです。

両方の伝言が届いたことは明らかでした。窓のそばで誰かが叫びました。「見て！」

みんなは窓へ押し寄せました。キングズベリーの都の門があき、兵士の一団のあとから、王様の馬車が急いで出てくるのが見えました。たいそうな行列でした。王様の馬車のあとには、大使たちの馬車がぞろぞろ続きます。それぞれにハスラエルがさらった王女たちの国の紋章を飾っています。

ハウルがアブダラの方をむきました。「ぼくはあんたをよく知っている気がするんだけど、あんたもそんな気がするかい？」二人はぎこちなく見つめあいました。

アブダラはお辞儀をしました。「あなた様と同じ程度には」

「ちぇっ、やっぱり」ハウルはしょんぼりと言いました。「まあとにかく、必要とあらば、あんたは早口でうまいことしゃべれるとあてにできるな。あの馬車が全部ここへ着いたら、ぜひやってもらわなきゃ」

そのとおりでした。馬車が着いたあとのてんやわんやの騒ぎのあいだに、アブダラの声はすっかりしわがれてしまいました。もっともやっかいだったのは、王女という王女、ソフィー、ハウル、ジャスティン王子までが異口同音に、いかにアブダラが勇敢で賢かったかということを、王様にむかって言いたてたことです。アブダラは誤解を解こうとして言いました。勇敢だったのではありません……〈夜咲花〉が自分を愛してくれたので、文字どおり天にも昇る気分だっただけです……

しばらくして、ジャスティン殿下がアブダラを宮殿の控えの間のひとつに連れていきました。「すなおにほめられておけよ。正当な理由でほめられるやつは誰一人いないんだから。おれを見ろ。インガリーにいるストランジア人たちは、あいつらの敗残兵に金を分けてやったと言って、おれをちやほやしてる。わが兄上は、おれがビアトリス王女との結婚に不平を言わなくなったんでご満悦だ。みんなして、おれを模範的な王子だと思っているんだぜ」

「あなたは、王女と結婚したくなかったのですか？」アブダラは聞きました。

「ああ、したくなかったよ。もちろんそのときは、会ったことはなかったんだがね。陛下とおれはそのことで喧嘩して、おれは宮殿の屋根の上に兄上をほうり投げてやるとおどしたんだ。おれが姿を消したとき、兄上はしばらくのあいだ、おれが腹立ちまぎれに雲隠れしたとしか思ってなかったのさ。心配してもいなかったそうだ」

国王陛下は弟殿下をたいそう機嫌よくお迎えになりましたし、また、ヴァレリア王女と王室づき魔法使いハウルを無事連れ戻したことでアブダラにとても感謝され、翌日宮殿でふた組の盛大な結婚式を挙行せよ、とお命じになりました。

こんな命令が出たせいで、宮殿の中は輪をかけて大忙しになりました。ハウルは急いで王家の使者の人形を紙でこしらえ、ザンジブのスルタンのもとへ魔法で送りつけました。「娘御《むすめご》の結婚式に、移動の呪文でお連れします」という伝言を持たせたのです。でも三十分後、この人形は目に見えてぼろぼろになって、「もし仮にアブダラがザンジブにまた顔を出すようなことがあったら、五十フィートの高さの杭を覚悟せよ」というスルタンの返事を持って帰ってきました。

そういう次第で、ソフィーとハウルが国王のところへかけあいに出かけました。国王はインガリー国の特命大使という職をふたつ作りだし、その夜のうちにアブダラと〈夜咲花〉をその職につけました。

王弟殿下と大使のふた組の結婚式は、インガリーじゅうの語《かた》り種《ぐさ》となりました。ビアトリス王女と〈夜咲花〉は、それぞれ十四人の王女をつきそい娘とし、王様おんみずから父親がわりとして、二人の花嫁を花婿に引き渡されたのです。

アブダラのつきそいを務めたのは、ジャマールでした。ジャマールは、アブダラに結婚指輪を手渡しながら小声で、「けさ早く、天使たちがハスラエルの命を持って離れていったよ」と言いました。「本当に助かったよ！　これでおれのかわいそうな犬も、体をかくのをやめるだろう」

名のある人たちの中で結婚式に出席しなかった唯一の例外は、魔法使いサリマン夫妻でした。でも王様の怒《いか》りに触れたことが直接の理由ではありません。王様が魔法使いサリマンを逮捕しようとしたとき、怒ったレティーが王様にずけずけと文句を言ったために、出産予定日前なのに陣痛がはじまってしまったらしいのです。サリマンは妻のそばについていたいと言ってよこしました。そして結婚式当日、レティーは無事にじょうぶな娘を産み落としました。

「ああ、よかった！　あたしって、伯母さんにむいていると思うの」ソフィーが言いました。

新しい大使夫妻の最初の任務は、誘拐された王女たちをそれぞれの故郷へ送っていくことでした。中には、小柄なツァプファンの王女のようにあまりに遠くに住んでいたため、その国のことがほとんど知られていない場合もありました。アブダラたちはそれぞれの国と通商の協定を結び、道中のあらゆる見知らぬ地域を将来の探検に備えて記録しておくようにと、命じられました。ハウルがこの件で国王に進言したらしく、今では、未知の国々の地図作りが国じゅうの話題になっていました。探検隊の隊員が選ばれ、訓練もはじまりました。

旅をしたり、王女たちの機嫌をとったり、諸国の王様たちといろいろ話したりと忙しく、アブダラはどういうわけか〈夜咲花〉に、あることをうちあけそびれていました。いつも翌日の方が、もっとふさわしいと思われたのです。

けれどもとうとう、はるか遠くツァプファァンに到着しようというとき、アブダラはこれ以上延ばせないと観念しました。

深呼吸すると、顔から血の気《け》が失せるのがわかります。アブダラはだしぬけに言いました。「わたしは本当は王子ではないのです」

〈夜咲花〉は描《か》きかけの地図から顔を上げました。天幕の中で、おおいのついたランプに照らされた〈夜咲花〉は、いつもよりなおいっそう美しく見えます。「ええ、存じておりました」

「なんだって？」アブダラは小声で聞き返しました。

「だって、空中の城におりますあいだ、わたくしには当然あなたのことを考える時間がたっぷりありましたもの。それでまもなく、あなたが空想の世界を作りあげていらしたことがわかったのです。だって、わたくしの白昼夢と同じことでしたから。ただ、正反対でしたけれど。わたくしはいつも、自分が普通の娘だったらなあ、父上が、バザールによくいる絨毯商人だったらなあと、夢見ていたのです。わたくしは父上のかわりに仕事を切りまわしているところを空想したものですわ」

「ああ、あなたはすばらしい人だ！」アブダラは言いました。

「あなたもですわ」〈夜咲花〉は言うと、また地図を描《か》きはじめました。

帰国の時が来て、二人は王女たちがヴァレリアに約束した菓子の箱を山ほど積んだ荷馬を従えて、インガリーに戻ってきました。チョコレートの箱もあれば、砂糖漬のオレンジ、ココナツ菓子に、蜂蜜がけのナッツもありました。とりわけすばらしかったのは、あの小柄な王女から贈られた甘い菓子で、紙のように薄いキャンディが幾重《いくえ》にも重なっている〈夏の葉〉というお菓子でした。どのお菓子もとてもきれいな箱に入っていたので、ヴァレリア王女は大きくなると、箱を宝石入れに使うようになりました。

奇妙なことですが、ヴァレリア王女はぷっつりと泣かなくなり、国王は頭をひねりました。ヴァレリアはソフィーに、「三十人もの人から泣きわめくように頼まれたせいで、もう泣く気になんてならないわ」と言いました。

ソフィーとハウルは、あいかわらず動く城で暮しました。ときどき喧嘩はしていましたが、その方が二人は幸せなんだと言われています。

城の出口のひとつは、〈がやがや谷〉の豪壮な邸宅にあります。アブダラと〈夜咲花〉がインガリーに帰ってくると、国王は二人にも〈がやがや谷〉の土地をお与えになり、そこに大邸宅を建てることをお許しになりました。でも二人は、慎ましい家を建てました。屋根はなんと草葺《くさぶ》きでした。

けれども、二人の庭はまもなく国内でも有数の美しい庭となりました。噂では王室づき魔法使いのうち少なくとも一人が、アブダラの庭造りに手を貸したということです。だってそうでもなければ、大使とはいえ、一年じゅうブルーベルが咲き誇る森なんて、作れませんものね。

日本の読者のみなさんへ

わたしはずいぶん前から、空飛ぶ絨毯が出てくる本を書いてみたいと思っていました。そこであるとき、この『アブダラと空飛ぶ絨毯』を書きはじめたのです。たまたまそのころわたしは、『魔法使いハウルと火の悪魔』で描いたハウルと仲間たちの、その後のようすが気になっていました。でも、どう考えても、ハウルが絨毯の持ち主にふさわしいとは思えませんでした。そこで、主人公はアブダラになったのです。

この本の中には、ハウルと火の悪魔のカルシファーも、ちゃんと登場しています。でも、みなさんにすぐには見つからないように、隠してあります。どうか、みなさんが無事にハウルたちを見つけられますように！

ダイアナ・ウィン・ジョーンズ

解説

西村《にしむら》醇子《じゅんこ》

『アブダラと空飛ぶ絨毯』（原題 Castle in the Air, 1990）はダイアナ・ウィン・ジョーンズのファンタジー作品で、『魔法使いハウルと火の悪魔』（Howl's Moving Castle, 1986）の「姉妹編」にあたります。この二冊の翻訳は最初、「空中の城」というシリーズ名で一九九七年の五月と八月に徳間書店から出版されました。その後、『魔法使いハウルと火の悪魔』のスタジオジブリでのアニメーション映画化が決定し、それに合わせて原作のシリーズ名も「ハウルの動く城」に変更しています。（アニメーション映画は『ハウルの動く城』として二〇〇四年に公開。）

『魔法使いハウルと火の悪魔』（以下『魔法使いハウル』と略します）を、映画でご存じの方や、物語の「続編」を読むつもりで手にとられた方は、「姉妹編」という表現を不思議に思われたことでしょう。また本書をぱらぱらとめくると、『魔法使いハウル』とは雰囲気がちがうと、当惑されるかもしれません。

『アブダラと空飛ぶ絨毯』は、ラシュプート国ザンジブ市の若い絨毯商人アブダラが主人公の物語です。このアブダラ、かなり頼りない人物らしく、おせっかいな親戚からは早く結婚しろとせっつかれ、あやしげな男には空を飛ぶというふれこみの魔法の絨毯を売りつけられます。そのために、とんでもない出来事に巻きこまれるのですが……

でもこの物語は、『魔法使いハウル』のれっきとした姉妹編です。これから読まれる方の楽しみを削《そ》ぐことのないように詳細はふせておきますが、『魔法使いハウル』の登場人物のうちの主要な数名は、この本にも登場してきます。それに、前作と地理的なつながりもあります。まず、そのことからご説明しましょう。

地理的な関係

ご存じのように前作『魔法使いハウル』では、インガリー国に住む帽子屋の長女ソフィーが、主役の一人でした。荒地《あれち》の魔女の呪いで老婆へと変えられたソフィーは、もう一人の主役、魔法使いハウルの城にもぐりこみ、ハウルや火の悪魔カルシファーに呪いを解いてもらおうとするのです。このように舞台は、魔法があたり前になっている昔話風の世界でした。ところが物語が進むうちに、ハウルの出身地がどうやら現代英国に実在するウェールズらしい、ということが判明します。ですから、単純な昔話世界の物語ではなかったと言えます。

さて、『アブダラと空飛ぶ絨毯』の場合。アブダラは空飛ぶ絨毯のおかげで、夜の庭園にいた美しくて賢い〈夜咲花《よるさくはな》〉と出会い、互いに恋に落ちます。実は〈夜咲花〉は、アブダラの住むラシュプート国の権力者であるスルタンの娘でした。スルタンには、〈夜咲花〉を北国の王子に嫁がせ、魔法の武器を手に入れる周到な計画があったのですが、深窓の令嬢として育ててきた娘が突然、姿を消したのであわてます。〈夜咲花〉と会っていたアブダラは、スルタンに誘拐犯だと決めつけられ、巨大な魔神《ジン》にさらわれたと説明しても信じてもらえません。投獄されたアブダラはかろうじて牢から脱出すると、スルタンの追手を気にしながら恋人〈夜咲花〉の行方を探し続けます。その途中で、ずる賢くてうさんくさい兵士や、子連れの黒猫といった旅の仲間ができます。アブダラの一行はオキンスタン国の王室づき魔法使いの力を借りようと、オキンスタン国へむかいますが、お目あての魔法使いハウルは行方不明でした……。

もうおわかりのように、ラシュプート国の人が「オキンスタン」と呼んでいる国こそ、前作の舞台「インガリー」なのです。前作で、ソフィーが家を離れたことで新しい自分に出会ったように、アブダラもはじめてラシュプート国を離れたことで、自分についての理解を深めますが、同時にこれはアブダラが、「所変われば品変わる」こと、つまり名前をはじめ、風俗習慣は場所によってちがっていることを見出す物語でもあるのです。さあ、アブダラの涙ぐましい努力は報《むく》われ、無事に恋人〈夜咲花〉と再会できるのでしょうか。また、ハウルはどこへ行ったのでしょう？

書名をめぐって

『アブダラと空飛ぶ絨毯』の原題“Castle in the Air”は、一般に「空中楼閣《ろうかく》」と か「砂上の楼閣」と訳されます。この言葉は、実現性のない夢のような計画や白昼夢、という意味ですが、実際、アブダラには空想癖がありました。それも、自分が幼くして悪党にさらわれたどこかの王子で、砂漠を逃げているときに今の父親に拾われた、といった現実離れした空想にふけっていたのです。

この原題には別の意味合いもあります。『アブダラと空飛ぶ絨毯』では、『魔法使いハウル』にも増して、ハウルの城／家が重要な役割を果たしているからです。

英語には、「英国人の家は城」という慣用表現があります。『魔法使いハウル』の四章に、ソフィーが城のことをしつこくたずねる場面がありますが、このとき城の一同は、ハウルの家を城に見せかけ、カルシファーが動かしていることや、それには、ハウルが王および侮辱した相手から逃げる目的もあることを明かしています。つまりハウルは、外からの侵略を受けない安全な（はずの）城に住み、「英国人の家は城」を地でいこうとした、と解釈できます。ところが現実はそんなに甘くはなく、そうは問屋が下ろしません。『魔法使いハウル』でのハウルは、敵に弱みを握られ、火の悪魔カルシファーともども、あやうくやっつけられるところでした。今回『アブダラと空飛ぶ絨毯』で明らかになるのは、ハウルが今まで遭遇したことのないほどの強敵にしてやられ、大事な城を盗まれていた、ということです。

空飛ぶ絨毯とは？

さて、『アブダラと空飛ぶ絨毯』は「空中の城」のイメージと「空を飛ぶ絨毯」の伝承を組みあわせた物語です。「空中の城」というイメージ自体は、複数の昔話や民話に見られます。たとえばフランス民話『空にうかんだお城』（山口智子訳、岩波書店）中の「空にうかんだお城」がそうですし、イギリスのジェイコブズが再話した「ジャックと金のかぎタバコ入れ」（河野一郎編訳、岩波文庫『イギリス民話集』所収）も空に城を建てる話です。また、『アラビアンナイト』の「アラジンと魔法のランプ」には、ランプの魔神が建てた宮殿が悪い魔法使いの指示で盗まれるものの、アラジンがもとの場所へ戻させるエピソードもあります。おそらくジョーンズは、こうしたさまざまなイメージを土台に使い、読者がそれらに気づくことも計算に入れて、ひねりを加えていると思われます。

一九九二年に公開されたディズニーの映画『アラジン』に絨毯が空を飛ぶ場面があるため、『アラビアンナイト』の「アラジンと魔法のランプ」にも空飛ぶ絨毯が登場すると思いがちですが、実はそうではありません。もっとも、空を飛ぶ絨毯のエピソードはアンソロジーに収められることがあり、たとえばアンドルー・ラングは世界童話集第一巻『あおいろの童話集』（東京創元社、二〇〇八）に空飛ぶ絨毯が登場する「アフメド王子と妖精ペリパヌー」を入れています。

『アラビアンナイト』（千一夜物語）というのは、アラビアやペルシャで何世紀にもわたって口伝えで語りつがれてきた民衆の物語で、子ども向けのものではありません。八世紀後半にアラビア語になったものを原型とし、その後もたびたび手が加えられて十六世紀ごろまでにほぼ今の形になった、とされているようです。

ヨーロッパでは、十八世紀にフランスのアントワーヌ・ガランが、その原典のひとつをはじめて紹介しました。しかし『アラビアンナイト』と言っても、編集によって、話の数も百六十から二百六十と異なりますし、話の配列までちがっているとか。そしてさまざまな国でさまざまな編集による『アラビアンナイト』が出版されていて、シェヘラザードという教養のある大臣の娘が、王に夜ごと物語を聞かせる、という「外枠」を削除したり、書きかえたりした版、子ども向けの選集、個別の話を単行本化したものまで、どれもが『アラビアンナイト』と呼ばれています。ジョーンズはその中から、一般によく知られている話を選び、中東の香りがする要素を集めて物語にとり入れています。なおジョーンズは、子どものころに『アラビアンナイト』を愛読していたそうです。

では、「アラビアンナイト風」の世界を舞台にしたこの物語が何を描《えが》いたものか、物語のテーマについて見ていきたいと思います。

異化の効果

先ほども触れましたが、『魔法使いハウル』は、ソフィーが試練をへて自己発見に至る探求の物語でした。老婆となったソフィーは、今まで思っていたのとは異なる自己像を発見します。そして、長女だから失敗するという思いこみから解放され、さらにハウルに対する自分の本当の気持ちに気づきます。ソフィーとハウルはハッピーエンドを迎えますが、それは同時に、ソフィーの内面の旅が完結したことを意味していました。

ジョーンズは、物語の中心人物については一冊の中で書ききる、とはっきり述べています。創作のアイデアが豊富だったジョーンズは、つねに新しい作品に挑戦することを好んでいたのです。ところが読者は、そうした作家の思いなどおかまいなしに、「続きが読みたい」「続編を書いて」という要望を寄せます。それに応《こた》えようとしたジョーンズはあるとき、同じ世界の中の、主人公以外の登場人物についてなら、まだ書く余地がある、と気づいたそうです。そうした作品が、普通の続編とはちがう「姉妹編」になるというわけです。

　では「ハウルの動く城」シリーズの場合は、物語の主役が交代するほかに、どこがどう変わっているのでしょう。

『魔法使いハウル』は三人称の物語で、ソフィーがいない時期や場所については伝聞の形がとられています。一貫してソフィーの視点に寄りそって物語が展開するため、読者もまた、ソフィーの視点を受け入れることになります。ただし、思いこみの強いソフィーは、読者にとってはいわゆる「信頼できない語り手」です。それに気づかないでいると、ソフィー（の視点）に振りまわされたり、作者にだまされたりするかもしれません。

　ソフィーの視点に沿って読むおもしろさのひとつは、昔話世界の住人から見た現代ウェールズの描写でしょう。自動車やテレビ、コンピュータから衣類の素材やデザインまで、どれもソフィーがはじめて見るものです。当然、ソフィーの頭の中にはトレーナーとかジーンズ、スニーカー、パソコンといった言葉は浮かびません。その点、読者はソフィーより有利な立場から物語を眺められるわけです。そして、自分たちにとってあたり前のものが、ソフィーたちの世界の住人にはそうではないという設定に、新鮮さを感じるでしょう。このように、見慣れて新鮮さを失った事物をファンタジー世界に移しかえると輝きをとりもどせるというのは、「ナルニア国物語」を著した

C・S・ルイスや『ホビットの冒険』の作者J・R・R・トールキンがファンタジーの効用として考えていたことで、「異化」の効果というわけです。

『アブダラと空飛ぶ絨毯』も三人称の物語で、アブダラの視点に寄りそって進行していきます。ただし、アブダラはソフィーと性別や性格がちがうだけでなく、物事を判断するときの基準からしてちがっていることが重要です。家を出てもすぐにハウルの城に入りこみ、そこでずっと暮したソフィーとちがって、アブダラは旅をし、さまざまな人物や事物に出会っていきます。

アブダラの国は「一夫多妻」制で、人々は美辞麗句とかけひきを尊重し、魔神や精霊については学校で教わり、予言を重視しているようです。わたしたちにはなじみのないこれらのことが、アブダラにとっては常識となっていました。けれどもインガリーの文化に出合ったとき、アブダラは自分の常識がそのまま通用しはしないことを発見します。

それがあらわになった例として(八章末から九章の)北国の宿屋の場面が挙げられます。アブダラは「草をぎっしりしばって」屋根にした白いしっくい壁の木造の家を見て、みすぼらしいと思い、体形を浮かびあがらせる女性の服はたしなみがないと思います。また、渇いたのどをうるおすためにアブダラが注文したのはシャーベットか果物のジュースでしたが、女主人が勧めたのはビールです。はじめてビールを目にしたアブダラは、「ラクダの小便のようだ」と思っています。砂漠の文化圏から来た人物らしい連想と言えるでしょう。ただしアブダラはかなり適応力のある人物らしく、たびたび驚きはしても、比較的すんなりとインガリーの文化を受け入れていきます。美辞麗句をすっかりやめることはできなくても、へらそうと心がけてもいます。このようにジョーンズは、アブダラを通じて、いわば自国中心主義からの脱却と価値観の相対化を試みているのです。

ふたつの文化の差

ところで十四章に、アブダラが魔神《ジン》にむかって「七つの偉大な封印にかけて」と述べる箇所があります。これは、その場にふさわしい言葉としてジョーンズが伝承をもとに作った表現のようです。一般には「七つの封印」とは、キリスト教の新約聖書の「ヨハネの黙示録」に出てくるもので、封印された巻物を見る資格があるのはキリスト以外にない、という意味になるのだそうです。わたしは、アブダラがキリストのことを持ちだすことがとても不思議に思えたので、最初にこの作品を訳したときに、ジョーンズに問いあわせてみました。すると、「『七つの封印』とは『ソロモンの封印』のことです。『ソロモンの封印』で封をしたものには、精神的・肉体的に堕落しない、という不可思議なイメージがあるから」という返事が返ってきました。

「ソロモンの封印」とは五芒星形《ごぼうせいけい》の図形をさし、叡智を象徴し、封印された中身の純正さを護《まも》るものと言われています。「封印」にはまた、安全とか恒久的保存という意味があり、「封印する」には、魔物が入れない結界を設定する、という意味もあるのだそうです。これらを総合すると、アブダラは魔神に「封印」をし、危害を加えられないようにして、質問にきちんと答えさせたのではないか、と解釈できます。

右のやりとりからもおわかりのように、ジョーンズは、実際のイスラム文化を描こうとしているわけではありません。とくに目立つのは、『アラビアンナイト』にふくまれていたような、宗教にかかわる習慣と考え方を、そっくりはぶいていることです。そういう意味では、アブダラの目をとおして見るインガリーの風俗習慣もまた、わたしたちの知っている英国文化とよく似てはいても、そっくり同じとは思わないほうが無難でしょう。たとえば、英国文化の中で一定の役割をはたしている教会などは、まったく出てきません。

また、ふたつの文化における庭園のちがいも、読みどころのひとつです。日本でも近年、英国流の庭造りが流行しているようですが、イスラム式庭園と英国式庭園とでは、そもそも庭造りで理想とするものがちがっています。また、ひと口に英国庭園と言っても、時代ごとに様式は変化しています。大まかに言うと、花の種類が少なくて薬草園や菜園中心だった時期から、フランスの影響を受けた古典様式の庭園へ、さらに十八世紀ごろからは自然の茂みや曲線の小道があり、自然風景を思わせる風景庭園へと移行しています。二十世紀になると、素朴で自然なたたずまいの田舎屋風の庭（コテージ・ガーデン）が一般に広まります。

一方イスラム教国では、庭は瞑想の場でもあり、水が大事にされています。イスラムの庭園は色タイルで装飾された中庭（パティオ）や細い水路があり、幾何学的に配置された花壇の中央には必ず噴水があるのだとか。アブダラが〈夜咲花〉と出会った夜の庭園も、イスラム式のようです。もっともアブダラは、最後には、ブルーベルの咲く英国風のコテージ・ガーデンを好むようになっています。

作品のメッセージ

ジョーンズの作品は、多くの場合、さまざまな問題にぶつかった登場人物がどう考えるかを描き、読者にも推測し、考えるようにと励ますものだと言えるでしょう。言いかえれば、何も考えずに人の言いなりになるという態度は、褒められたことではないのです。

さて、『アブダラと空飛ぶ絨毯』の場合。絨毯商人の時代のアブダラは親戚に悩まされ続け、旅に出てからも、兵士や瓶の中の精霊《ジンニー》、さらには黒猫にまでこづきまわされたり下働きをさせられたりします。身近なことにばかり気をとられていると、大局的な見方ができなくなるものですが、アブダラも、そんな状況に理不尽さを感じても、どうすることもできないと思っていました。ところが、あるときから運命の裏をかこうとして、行動しはじめるのです。恋人をとりもどすという目的を見失わず、困難に負けないアブダラは、少々頼りなくても、ヒーローと言えるでしょう。

そしてあとになってわかったことは、恋人をさらわれた多くの男性の中で、危険を冒して行動に出たのは、アブダラ一人だったということです。高貴な生まれの人物でなくても英雄的行動はとれる、というところに、ジョーンズの皮肉な見方が透けて見えます。皮肉と言えば、さらわれた各国の王女たちが、年齢や体格、既婚・未婚とバラエティに富んでいたというところも、「プリンセス（王女）」と聞けばつねに若くきれいな女性を思い浮かべる（わたしたちの）先入観のおろかしさをからかうねらいがあったのでしょう。

さらわれた〈夜咲花〉もまた、昔話にありがちな救出を待つ受動的な女性ではなく、論理的に物事を考えていく知的な女性として描かれています。（もちろん、昔話の中にも行動する勇ましいヒロインの話は存在していますが。）つまりアブダラも〈夜咲花〉も、「神の意志」だとか、「運命だからしかたない」とは言わずに、できるかぎり自分の力で運命に立ちむかおうとしています。二人がしたように、事態をきちんと分析し、対処を重ねていけば、いずれ打開策が見つかるだろう、というのは物語に隠されたメッセージのひとつと言えるでしょう。

また、この物語で興味深いものにハスラエルの存在があります。ハスラエルは弟に弱みを握られ、世界中の王女を盗みだすように命じられました。このため王女たちの空中での住まいとして、ハウルの城に目をつけたのです。物語の終盤で、何も悪いことをしていないのに理不尽なしうちを受けた、とハウルが抗議する場面があります。するとハスラエルは、ハウルが近隣の諸国を征服するのに魔術を悪用したからだ、と意外なことを言うのです。

これはなにげなく読みすごしそうな場面ですが、魔法使いとしてのハウルを従来とちがう目でとらえなおす意味を持っています。『魔法使いハウル』では、ハウルが悪者だというのは噂だけで、実際はそうではないとされていました。でも今回『アブダラと空飛ぶ絨毯』がつきつけてくるのは、王室づき魔法使いとしてのハウルの行動がはたして非の打ちどころのないものだったのか、という問いです。それに対しじっくり考えたハウルは、ハスラエルの言うとおりだと認めています。このことをさらに敷衍させると、間接的ながら、ジョーンズが英国政府のしてきたこと（海外派兵や戦争加担）を批判したものとも考えられるでしょう。そういう意味では、ソフトではあっても政治性を持った作品と言うこともできるかもしれません。

作品の持つ越境性

　さて、ジョーンズが発表した数々のエッセイを読むと、古典に関する知識造詣の深さが伝わってきます。けれどもジョーンズのすごさは、若いころにオックスフォード大学で学んだ古典や英文学から、結婚後に息子たちといっしょに読んだ児童文学まで、さまざまな文学伝統を知ったうえで、それらを踏み台として見事な飛躍を見せ、独自性のある作品を生みだし続けたことではないでしょうか。

　ジョーンズの息子コリンは、二〇一一年三月に死去した母ダイアナへの追悼エッセイの中で、ジョーンズがもっとも文学的な影響を受けたのは、英国児童文学の古典的作家イーディス・ネズビットだったと断言しています。たしかにジョーンズは、日常の中に魔法が融合する手法を先駆者ネズビットから学んでいるようです。ネズビットは二十世紀のはじめに子どもの本の領域に大きな足跡《そくせき》を残した作家で、多くの作家が影響を受けています。ただジョーンズ作品にくらべると、魔法の描写にそれほど手間をかけていないように思われます。たとえば、『火の鳥と魔法のじゅうたん』という作品では、絨毯に命が吹きこまれるとぴんとなる、といった描写はありますが、壁をどうくぐりぬけたのかは描かれていません。

　最近、やはり英国児童文学の古典の一つ、フィリパ・ピアス作『トムは真夜中の庭で』というタイム・ファンタジーを読み返しました。この中にトムが幽霊のように壁を「通りぬける」という場面があります。ピアスは、物質の中を通りぬけるときの抵抗感までちゃんと描写していました。ジョーンズの『アブダラと空飛ぶ絨毯』でも、絨毯に乗って壁をくぐりぬける場面では、やはり興味深い描写が見られます。

絨毯から砂漠や街を見ることは、異なる角度から物事を見ることへのメタファーにもなっています。何よりも、絨毯で壁を通りぬけられるということは、実際の壁にとどまらず、国境とか文化の差異といった目に見えない障壁ですらも、見方を変えれば越えられる、と示唆しているように思えます。このように、『アブダラと空飛ぶ絨毯』は、異文化相互の理解を進めてくれる作品とも言えるでしょう。

作者について

作者のダイアナ・ウィン・ジョーンズは一九三四年生まれの英国の作家です。すでに述べたように、小さいころから神話や古典に親しみ、その後オックスフォード大学セント・アンズ・コレッジへ進みます。当時のオックスフォードでは、J・R・R・トールキンやC・S・ルイスが教鞭をとっていたので、彼らの授業を受けたり講演を聞いたりするうちに影響を受けたようです。卒業後すぐに結婚し、やがて生まれてきた三人の息子といっしょに子どもの本を楽しみ、自分でも創作をはじめました。

英国ではじめてジョーンズの本が出版されたのは一九七三年で、その後も作品の発表は続きましたが、わたしがジョーンズの作品を読みはじめた一九九〇年代には、入手しにくくなっていました。そのころはまだインターネット書店は存在していません。原書の購入は容易ではなく、海外へ行くたびに書店で本を探した覚えがあります。

そんな状況が大きく変わったのは、インターネットの普及と、J・K・ローリングの『ハリー・ポッターと賢者の石』（一九九七）以下のシリーズの大ヒットによるものと言えます。ファンタジー作品のブームが起き、ローリングの先輩作家であるジョーンズにも注目が集まり、英国では全作品が新しい装丁で出版しなおされました。また公式サイトに加え、アメリカの版元ハーパー・コリンズ社のホームページにもジョーンズのサイトが誕生するなど、本国だけでなく、カナダやアメリカでもジョーンズへの注目がどんどん高まったのです。

ジョーンズの作品は子どもから大人まで、またファンタジーファンからSFファンまで、幅広い読者を魅了し続けています。そのことは、二〇〇九年七月に「ダイアナ・ウィン・ジョーンズ・カンファレンス」が開催されたことでもわかるでしょう。これはジョーンズの作品とその受容だけをテーマとした三日間の会議で、十四カ国の計七十一人がジョーンズ作品について論文を発表し、また熱心に語りあいました。ジョーンズと親交のあるチャールズ・バトラー氏の勤務校であるブリストルの大学が開催地とあって、ジョーンズが顔を出すのでは、とだれもがひそかに期待していました。

けれどもこのときすでにジョーンズはガンの治療中で、わたしたちはバトラー氏が撮影したジョーンズのメッセージをビデオで見ることになりました。（カンファレンスで発表された論文のうちの十一本は、Journal of the Fantastic in the Arts 誌二〇一〇年二十一巻二号で巻頭特集として掲載されています。）ガンと闘っていたジョーンズが亡くなったのは、二〇一一年三月二十六日のことでした。

最後に訳語について。ジョーンズは、王女をさらう魔神をジン、瓶の中の精霊をジンニーと呼び、ふたつを区別しています。けれども、もともとアラビア語では、「ジン」は「ジンニー」の複数形でした。しかし、ジンニーにはさまざまな種類があることから、アラビア語からフランス語をへて英訳されたときに、両者はちがうものだと誤解されたようです。アラブ圏では、ジンとはアッラーが火から作ったものとされています。そして善のジン族と悪のジン族、力の弱いジン族や強力なジン族がいる、と考えられています。ただ、ジョーンズが英語圏の習慣どおり、ジンとジンニーを区別し、それぞれに異なるイメージを与えていますので、翻訳もそれに合わせて、別々の言葉を使用しました。

そのほか人名の表記は、なるべく現在の標準的な表記に近づけましたが、〈夜咲花〉、

〈真夜中〉など、名前の意味を生かして和訳したものもあります。また、主人公に関しては、正確な表記ではアブドゥッラーもしくはアブドッラーとなりますが、呼びやすくなじみのあるアブダラという表記を選んだことをおことわりしておきます。なお文庫化にあたって、訳を見直しました。ファンタジーの名手ジョーンズのユニークな物語を、どうぞお楽しみください。

この作品は1997年8月徳間書店より刊行された単行本に、若干の語句の修正を加えたものです。

徳間文庫

ハウルの動く城 2

アブダラと空《そら》飛《と》ぶ絨毯《じゅうたん》

2013年4月15日 初刷
2025年10月5日 11刷

著者 ダイアナ・ウィン・ジョーンズ
訳者 西《にし》村《むら》醇《じゅん》子《こ》
発行者 小宮英行
発行所 株式会社徳間書店
東京都品川区上大崎三−一−一 〒141−8202
目黒セントラルスクエア
電話 編集〇三(五四〇三)四三四九
販売〇四九(二九三)五五二一
振替 〇〇一四〇−〇−四四三九二
印刷
製本 株式会社広済堂ネクスト

ISBN978-4-19-893683-9 (乱丁、落丁本はお取りかえいたします)